인문학 카페에서 읽는 16통의 편지

마흔,
흔들리되
부러지지는
않기를

인문학 카페에서 읽는 16통의 편지

마흔, 흔들리되 부러지지는 않기를

노진서 지음

"마흔을 넘어 우리를 살게 하는 궁극적인 힘은 무엇일까"를
찾아 떠나는 한 인문학자의 편지

이담
Books

프롤로그

객석에 앉아 오페라 공연을 봅니다. 지금은 무대 위로 조용하지만 비장한 느낌의 간주곡이 흐르고 있습니다. 간주곡, 이탈리아어로 인터메조intermezzo는 오페라의 중간 휴식 시간에 나오는 음악입니다. 그런데 간주곡은 오페라의 흐름상 아주 중요합니다. 왜냐하면 간주곡이 연주되는 시간 동안 관객은 앞으로 전개될 극의 흐름과 주인공의 운명을 가늠해 보는 기회를 갖는 것이지요. 그런데 문득 간주곡이 흐르는 무대 위를 보면서 그 주인공의 앞날과 나 자신의 앞날이 겹쳐 보이는 것은 왜일까요.

'인생은 한 편의 드라마'라는 말을 자주 듣습니다. 세상은 무대, 우리는 연기를 하고 있는 배우인 셈이지요. 연극의 공연 시간은 생애 한 평생. 그런데 중년이 되었으니 이제 공연은 절반만 남은 셈입니다. 오페라로 치면 지금이 바로 간주곡이 흐르면서 주인공의 운명이 예고되는 시간입니다. 주연 배우인 나의 운명은 어떻게 될 것인가. 생각이 여기에 이르자 지나간 날들이 주마등처럼 스쳐갑니다.

이전세대와는 달리 우리는 학창시절 교복자율화로 규제가 아닌 자유를 만끽했지요. 그리고 일찍이 마이클 잭슨, 티나 터너 등의 노래를 들으며 서구문화에 친숙해졌습니다. 게다가 서울아시안게임, 서울올림픽을 보면서 높아진 위상에 자신감과 자부심을 갖게 되었지요. 또한 해외여행 완전자유화가 시행되면서 대학시절 해외 배낭여행을 다녔습니다. 대중문화를 선도한 서태지와 아이들에 열광하며 X세대라는 신조어를 만들어낸 장본인도 바로 우리 세대였습니다.

그러던 우리는 어느덧 세월의 강물에 떠밀려 불혹의 나이가 되었습니다.

두 얼굴의 야누스Janus처럼 과거와 동시에 미래를 바라보는 나이, 마흔. 이제 사랑의 열병을 앓던 베르테르는 어느새 로렌스의 금지된 사랑을 훔쳐보기도 하고 『구토』의 주인공 로캉탱처럼 이 힘겨운 일상에서 탈출을 꿈꾸기도 합니다. 또 『변신』의 잠자처럼 벌레가 되는 시간들을 겪기도 하고, 때로는 아서 밀러의 세일즈맨의 죽음을 떠올리기도 합니다. 또 때로는 언제 올지도 모를 고도를 기다리는 블라디미르와 에스트라공처럼 하루하루 그저 기다리며 사는 것이 다인 거구나 하고 인정하기도 하지요. 그런데 수많은 좌절과 추락 속에서 이제야 비로소 조금 알 것 같습니다. 시지프스의 후예로서, 무턱대고 바윗돌을 산꼭대기로 굴려 올리는 게 아니라는 것을요. 그리고 호모 글로벌리스로서 '하찮음의 공포'에 빠져드는 나 자신의 모습도 볼 수 있게 되었습니다.

하지만 반짝이는 것이 다 금이 아니듯, 헤매는 모든 이들이 다 길을 잃은 것은 아닙니다. 어두운 밤이 지나면 새날이 밝아오듯, 헤매다 보면 길이 나타날 것이라는 희망이 있습니다. 무엇을 해야 할지 더 이상 알 수 없을 때 비로소 진정한 무엇인가를 할 수 있고, 또 어느 길로 가야 할지 더 이상 알 수 없을 때, 그때가 바로 진정한 시작이라고 들었습니다.

하여 예서 머물 순 없습니다. 연극이 아직 끝나지 않았듯 우리의 긴 여행도 아직 끝나지 않았습니다. 생애 최고의 날들은 아직도 나를 기다리고 있습니다. 그러니 더 가야 합니다. 잠들기 전까지는 더 가야 합니다. 잠들기 전까지는…….

필자 노진서

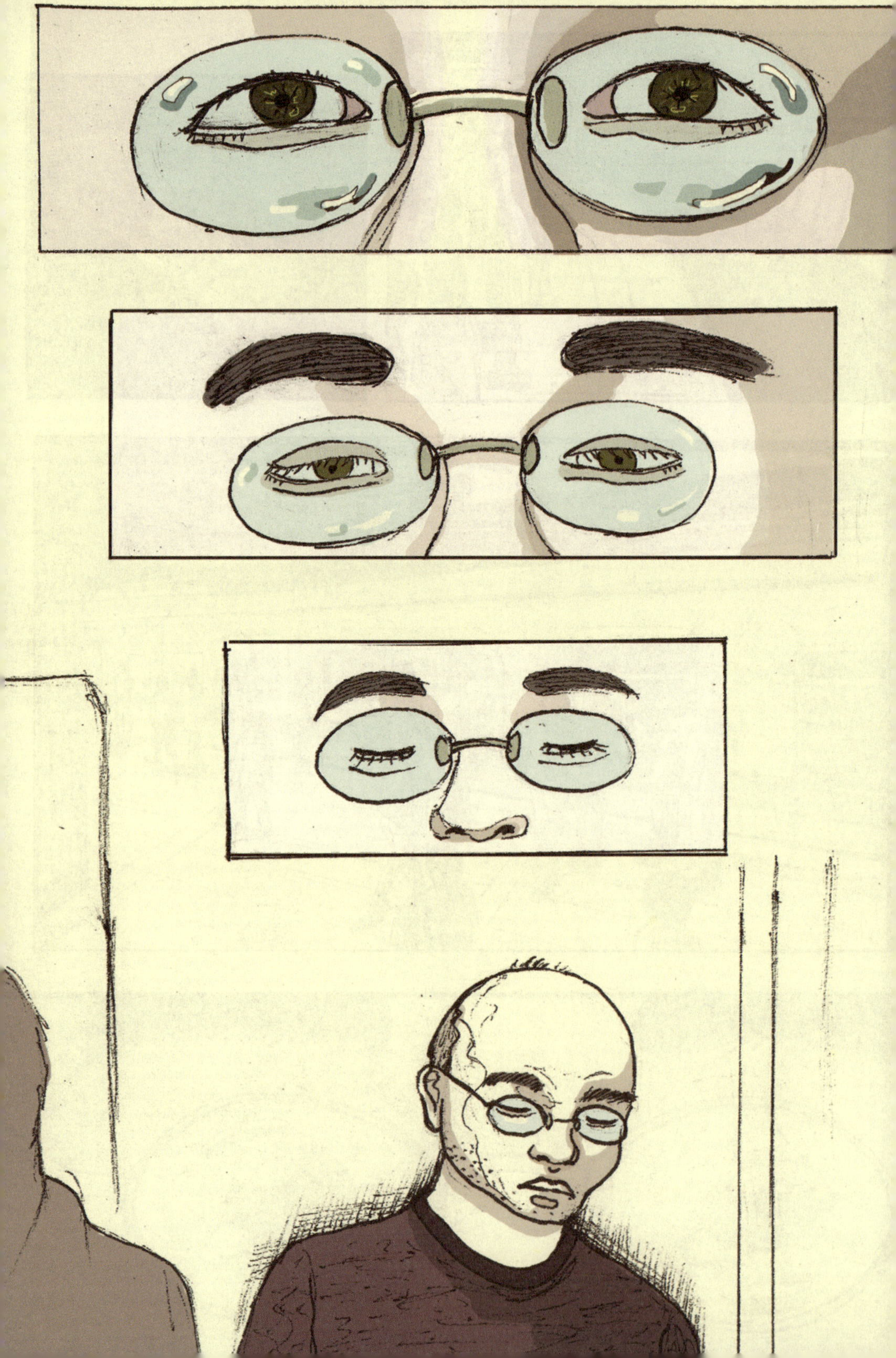

이건 틀림없이 꿈이다!!

맞아요 개꿈.

쉽게 인정 하다니...

이 꿈에서 깨시려면 16개의 문을 지나가서야 해요

저 전철이 알아서 데려가 주겠지만 본인이 직접 찾아가야 할 때도 있을겁니다

문을 못찾거나 지나가지 못한 경우에는 어떻게 되나요?

그렇지 못할 경우에는

......

지루한 일상으로
돌아가겠죠,

아,
그리고
이 생쥐는

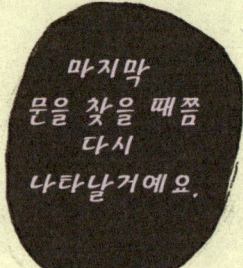

마지막
문을 찾을 때쯤
다시
나타날거예요.

으아아아악
!!!!!!!!

저리 떨어져버렷!!!

엉?

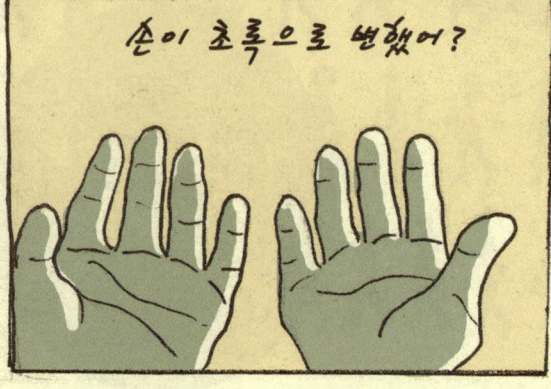

손이 초록으로 변했어?

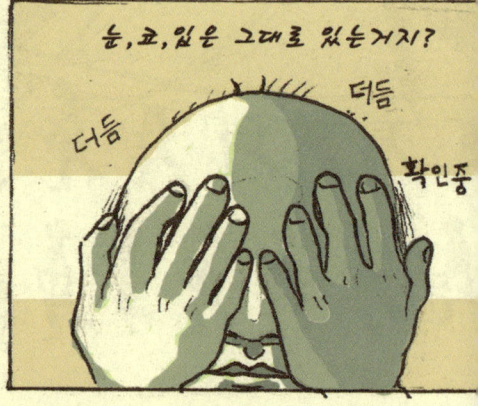

눈,코,입은 그대로 있는거지?

더듬

더듬

확인중

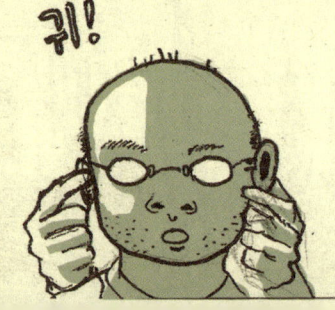

귀!

생쥐에게 물리면
걸리는 저주같은 건데,

슈렉같은
외모로
변하게 되요
원래 외모와
별 차이가 없어
보이지만요
……

저주에 풀리려면

저
생쥐에게
다시
물려야
하고요

어서
쫓아가세요

그럼 즐거운 여행 되시길.

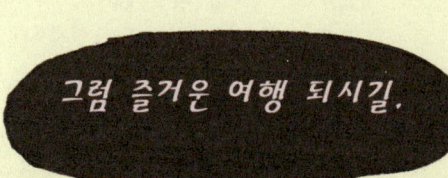

목차

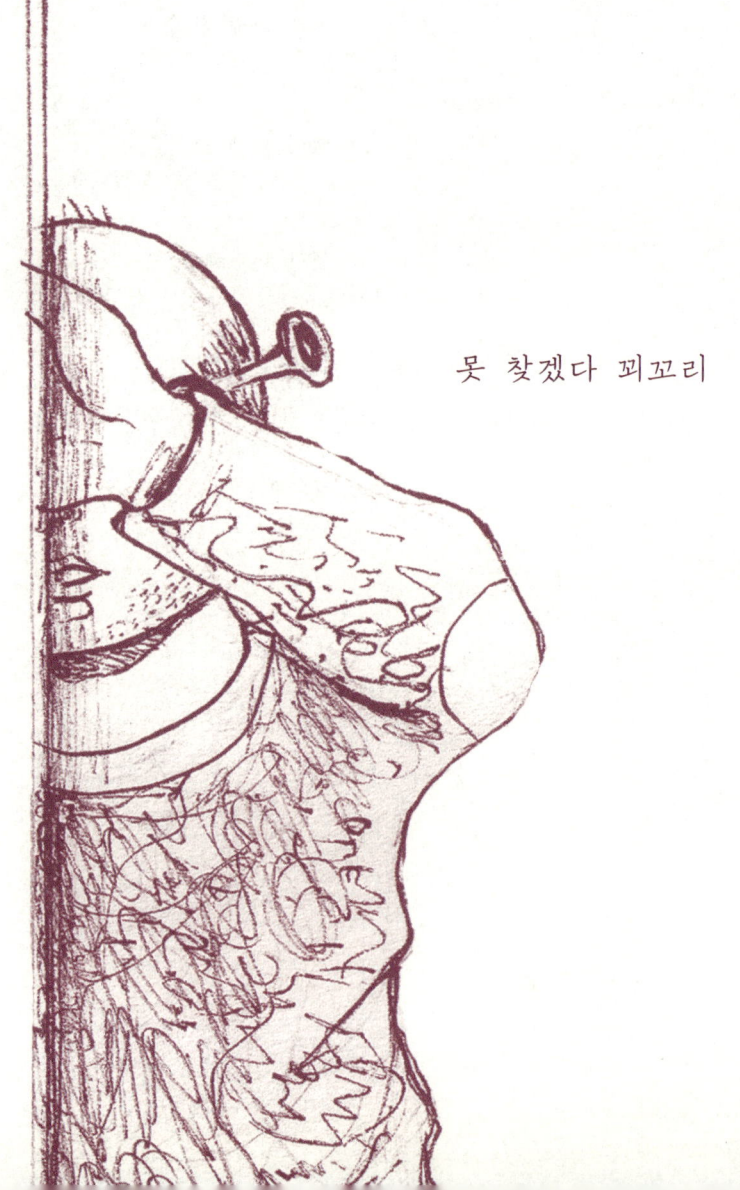

못 찾겠다 꾀꼬리

무지개를 쫓던
어린 날의 풍경

1.
어린 날의
풍경

어린 날의 풍경

음, 나는 다른 장소로 갈 수 있는 문을 찾고있어.

나 거기 어떻게 가는지 알아요

저랑 놀아주시면 어떻게 가는지 알려드릴게요. 근데 아저씨는 누구세요?

나?

난 40년 후의 너란다......

근데요, 아저씨 숨래잡기 잘해요?

못찾겠다 꾀꼬리

어두워져가는 골목에 서면
어린 시절 술래잡기 생각이 날거야
모두다 숨어버려 서성거린다
무서운 생각에 난 그만 울어버렸지
하나둘 아이들 돌아가 버리고
교회당 지붕위로 저 달이 떠올 때
까맣게 키가 큰 전봇대에 기대앉아
애들아
못 찾겠다 꾀꼬리
나는야 오늘도 술래

엄마가 부르기를 기다렸는데
강아지만 멍멍 난 그만 울어버렸지
그 많던 어린 날의 꿈이 숨어버려
잃어버린 꿈을 찾아 헤매는 술래야
이제는 키다란 어른이 되어
눈을 감고 세어보니 지금의 내 나이는
찾을 때도 됐는데 보일 때도 되었는데
......

흥겨운 국악 가락에 맞춰
따라 부르던 조용필의 노래

'무궁화 꽃이 피었습니다'와 함께
어린 시절 외치던 소리
못 찾겠다 꾀꼬리
이렇게 되면 나는 또 술래

어릴 때는 숨은 친구를 찾는 술래
지금은 잃어버린 꿈을 찾는 술래

무지개를 쫓던
어린 날의 풍경

놀이를 하는 인간, 호모루덴스

　　　　얼마 전 미국의 유력 주간지 '크리스천 사이언스 모니터'는
미국 사회의 어린이들에 대하여 경종을 울리는 기사를 실었습니다. 즉,
어린이들이 노는 법을 몰라 놀이마저 새로 배워야 할 정도로 어린이들
의 놀이가 위협을 받고 있다고 보도했지요. 아동심리학자, 학부모, 의
사들은 어린이들이 놀이에 소비하는 시간이 줄어들고 있다는 사실을 지
적하고 이것은 심각한 결과를 초래할 것이라고 경고했습니다. 이것이

비단 미국에만 국한되는 현상이겠습니까. 우리나라도 마찬가지이겠지요. 우리나라의 아이들도 놀이터에서 한가로이 놀 수 있을 정도로 여유를 갖고 있지는 않습니다. 학교가 끝나도 아이들은 학과 공부를 위한 보습학원이나 음악, 미술 등 입시와 연관된 특기 교육을 받아야 합니다. 혹 시간이 나더라도 요즘 아이들은 컴퓨터와 게임기 같은 전자기기를 갖고 놉니다. 몸을 움직이는 육체적 활동은 거의 하지 않지요. 그래서 신체 각 부위의 운동 신경은 퇴화되고 운동 능력도 떨어집니다. 한 시간 이상을 걸어서 다녔던 등하굣 길, 학교 운동장뿐만 아니라 어려서부터 마을 앞산과 뒷산을 오르내리고 강을 건너려 개헤엄을 치며 체력을 단련되었던 우리 세대의 시각에서 보면 참으로 격세지감을 느낍니다.

그러고 보니 노는 것, 놀이를 학문적으로 체계화한 사람이 있습니다. 바로 하위징아^{Johan Huizinga}(1872~1945)라는 사람인데요. 『중세의 가을』이라는 명저를 남긴 네덜란드의 문화사학자입니다. 그는 인간을 '호모루덴스'라고 불렀습니다. 놀이를 하는 인간이라는 뜻이지요. 그가 그렇게 주장한 이유는 인간은 놀면서 그 놀이를 통하여 문화를 만들어 간다고 본 것인데요. 특히나 유년 시절의 놀이가 사람들의 감성, 지능 그리고 창조력에 커다란 영향을 미친다고 했습니다. 그러니 어릴 때는 뛰어 놀아야 한다는 것이지요. 동산 위에 일곱 색깔의 무지개를 보면서 막 뛰어가는 아이들. 이러한 모습을 보면 떠오르는 시구가 있지 않습니까. '하늘의 무지개를 보면 내 가슴은 뛰노라' 바로 이 시구인데요. 영국의 낭만파 시인인 워즈워스^{William Wordsworth}(1770~1850)의 「무지개」라는 시에 나오는 구절입니다. 이 구절로 세상의 모든 무지개는 그의 전매특허처럼 되어 버렸습니다. 그는 팔십 평생을 영국 북부에 위치한 호수지방에 살면서 그 지역의 **빼어난** 자연 풍광을 평범한 일상용어로 노래한 위대한 시인입니다. 그의 시 「무지개」입니다.

> 하늘에 무지개를 보면
> 내 가슴은 뛰노라
> 내 인생 시작되었을 때 그랬고
> 지금 어른이 돼서도 그러하며
> (……)
> 아이는 어른의 아버지
> 내 살아가는 나날이
> 자연에 대한 경외로 이어질 수 있다면.

　워즈워드는 자연에 대하여 늘 깨어 있던 아이 같은 마음을 잃지 말아야 한다는 메시지를 전하고 있습니다. 어른이 되면서 점점 순수한 마음을 잃어가고 있으니까요. 니체^{Friedrich Wilhelm Nietzsche}(1844~1900)도 『차라투스트라는 이렇게 말했다』에서 그와 비슷한 것을 말했는데요. 니체는 삶을 이끄는 세 가지 마음가짐을 말했습니다. 낙타, 사자, 아이에 비유하여 말한 것이 바로 그것이지요. 먼저 낙타가 등에 주인의 짐을 저항 없이 싣고 가는 것처럼, 사회적 관습을 맹목적으로 따르는 '낙타 같은 마음가짐'이 있습니다. 그 다음은 사자의 등에 그의 의지를 무시하고 짐을 올릴 수 없는 것처럼 일체의 억압을 부정하는 '사자 같은 마음가짐'이 있습니다. 그리고 마지막으로 과거를 무조건 따르지 않고 솔직함과 당당함을 가지고 새로운 것을 창조하려는 '아이의 마음가짐'이 있는데요. 니체는 낙타에서 사자로, 다시 아이의 마음가짐으로 정진하면서 살아야 한다고 말했습니다. 그런데 워즈워스의 「무지개」라는 시를 대할 때마다 그런 철학적 메시지보다는 그저 어린 시절 자연 속에서 뛰어 놀던 모습이 더 강하게 연상 됩니다.

추억의 공간, 고향

고향 마을이라는 공간적 배경에서 놀던 어린 시절. 그 속에서 벌어진 재미있었던 사건들. 그래서 누구나 그런 기억을 갖고 있기 때문에 우리에게 고향은 공통적인 공간적 배경일 수밖에 없습니다. 특히나 베이비부머 세대의 많은 사람들은 산업화의 물결과 함께 고향을 떠나 도시로 향한 사람들입니다. 그래서 이 세대가 유독 고향에 대한 짙은 향수를 갖고 있을 겁니다. 옛 추억에 빠져들게 하는 푸근하고 정감어린 그곳. 그 고향을 정지용 시인만큼 잘 그려 놓은 사람이 있을까요.

> 넓은 벌 동쪽 끝으로
> 옛이야기 지줄대는 실개천이 휘돌아 나가고
> 얼룩백이 황소가
> 해설피 금빛 게으른 울음을 우는 곳,
> 그곳이 차마 꿈엔들 잊힐리야.
> (……)
> 하늘에는 성근 별
> 알 수도 없는 모래성으로 발을 옮기고,
> 서리 까마귀 우지짖고 지나가는 초라한 지붕,
> 흐릿한 불빛에 돌아앉아 도란도란 거리는 곳,
> 그곳이 차마 꿈엔들 잊힐리야.

마을에는 맑은 실개천이 흐르고 얼룩백이 황소가 울음을 우는 곳. 풀벌레 소리 더욱 또랑또랑해지고 담장 위로 기어오르는 줄기 따라 하얀 박꽃이 피어 있습니다. 웅웅거리며 이 꽃 저 꽃 분주하게 날아다는 꿀벌. 텃밭 고추는 붉은 빛을 늘리고 울타리를 따라 빨갛게 핀 샐비어, 그리고 바람에 하늘거리는 코스모스. 무성한 댑싸리는 벌써 아이 키만큼 커졌습니다. 아이들은 봉숭아꽃을 따다 손톱 물 들이기에 정신이 없습니다. 논에 물을 대고 김을 매기에 바쁜 어른들. 날이 저물고 어둑어둑 땅거미가 몰려 올 때쯤, 강으로 나갑니다. 저문 강에 삽을 씻고 발을 씻고 고무신을 씻습니다. 갈색 깃발이 펄럭이듯, 갈색 진흙을 풀어 놓은 강물은 금방 누런 빛깔이 번져 갑니다. 이제 고단한 또 하루가 끝이 났습니다. 삽을 어깨에 메고 터덜터덜 논둑길을 걷습니다. 마중 나온 삽살개가 반갑게 꼬리를 치면서 앞서갑니다. 헛간에 들러 농기구를 정리하고 두레박으로 시원한 샘물 길어 등목을 합니다. 이제 가족이 다 모였습니다. 돗자리 위에 두레상을 펴고 둘러앉아 저녁밥을 먹습니다. 오규원 시인의 「여름에는 저녁을」 마당에서 먹는다는 시를 보시지요.

여름에는 저녁을
마당에서 먹는다.
초저녁에도
환한 달빛

마당 위에는
멍석
멍석 위에는
환한 달빛
달빛을 깔고
저녁을 먹는다.
(······)

저녁을 먹고 나면 마당에 꺾어 놓은 쑥으로 모깃불을 피웁니다. 삽살이는 바로 멍석 옆에 엎드려 가끔 사람들과 눈길을 주고받고, 소는 저만치 떨어져 꼬리를 휘두르며 모기를 쫓습니다. 어머니가 간식 삼아 쪄

주시는 옥수수도 먹고 감자도 먹고 또 강에서 건져온 다슬기도 까먹었습니다. 슬금슬금 어둠이 내려앉습니다. 멍석 위에 그대로 누워 봅니다. 밤하늘엔 별들이 쏟아질 듯 가득합니다. 깊은 적막을 깨고 부엉부엉, 부엉이 울음소리 들리고 반딧불이 유령처럼 날아다닙니다. 시원하다 못해 서늘한 한기를 느끼게 했던 여름밤. 하루의 마지막 이벤트가 남았습니다. 서늘한 우물물에 담가 둔 수박을 건져 옵니다. 한 조각씩 나누이 먹고 잠자리에 듭니다.

새벽녘이 되면 밤에 먹은 수박 때문에 오줌이 마려워 잠이 깹니다. 예전 시골집은 실내에 수세식 화장실이 없었습니다. 그래서 한밤중이라도 실외에 있는 뒷간으로 가야 했습니다. 그런데 한밤중이니 무섭기도 하고 해서 삽살개 집 근처로 갑니다. 개는 잠귀가 밝아서 자다가도 발딱 일어나 꼬리를 치며 반겨 줍니다. 이동순 시인의 시 「별」을 보니 다들 그랬었나 봅니다.

> 새벽녘
> 마당에 오줌 누러 나갔더니
> 개가 흙바닥에 엎드려 꼬리만 흔듭니다.
> 비라도 한 줄기 지나갔는지
> 개밥그릇엔 물이 조금 고여 있습니다.
> 그 고인 물 위에
> 초롱초롱한 별 하나가 비칩니다.
> (……)

아무리 밤중이라도 개들은 식구가 나오면 발딱 일어서서 몸을 흔들며 꼬리를 칩니다. 그런데 여기 이 개는 엎드려서 꼬리만 흔드네요. 아마도 성품이 느긋하고 점잖은 개인가 봅니다.

어린 시절에 가축은 식구와 마찬가지였습니다. 그래서 다들 정을 나누게 되지요. 그런데 개에 비해 소는 은근히 깊은 정이 드는 동물입니다. 고삐를 끌고 나가 들판에 매 놓고 풀을 뜯게 하면서 또 그 시간에 소에게 먹일 꼴을 베면서 꽤 많은 시간을 소와 함께 보내게 되지요. 소는 개처럼 장난을 치거나 몸을 비비거나 하면서 살갑게 대하지는 않습니다. 하지만 좀 슬픈 듯 보이는 큰 눈망울을 가만히 보고 있노라면 이심전심으로 전해지는 깊은 정이 있습니다. 그래서 소는 살가운 개보다도 가벼이 할 수 없는, 그래서 마음에 부담을 주는 그런 존재였던 것 같습니다. 여기 고은 시인의 「순간의 꽃」에도 이런 마음을 담아 놓았네요.

저쪽 언덕에서
소가 비 맞고 서 있다.

이쪽 처마 밑에서
나는 비가 그치기를 기다리고 있다.
둘은 한참 뒤 서로 눈길을 피하였다.

들판에 소와 함께 나갔습니다. 갑자기 소나기가 옵니다. 근처 움막 처마 밑으로 뛰어가 비를 피합니다. 소는 그냥 비를 맞고 있습니다. 그러다가 서로 눈이 마주쳤어요. 나는 미안한 마음이 들어 눈을 피합니다.
이렇게 집에서 키우는 가축과 정이 들기도 하지만 반면 벌레나 동물을 잡아서 짓궂은 장난도 많이 했습니다. 제일 만만한 것이 잠자리였습니다. 잡기도 쉽고 비교적 덜 징그러운 곤충이니까요. 잠자리 두 마리를 잡아서 꼬리 부분을 각각 반쯤 자르고 짚이나 풀줄기를 꼬리에 서로 끼워서 날리는 것이지요. 그러면 서로 날갯짓을 해대지만 곧 땅에 내려앉고 맙니다. 또 잠자리를 잡아서 꼬리에 실을 매지요. 그 다음 반대편 실 끝을 내 귀에 맵니다. 한 마리 더 잡아서 같은 식으로 반대쪽 귀에 맵니다. 그리고 걸어 다녔습니다. 나는 걷고 잠자리는 날고. 마치 두 대의 작은 비행기가 공중에 날아다니며 나를 경호하는 것처럼 말이지요.

그리고 사마귀 두 마리를 잡아다가 책상 위에 올려놓고 싸움을 붙이는 겁니다. 사마귀 얼굴 자세히 본 적 있나요. 좀 무섭습니다. 가을철이 녀석들이 떠날 때가 되면 알을 낳기 위해 암수가 교미를 합니다. 그럴 때 무서운 광경을 간혹 봅니다. 교미가 끝날 무렵 암컷이 수컷의 머리를 물어뜯어 먹습니다. 수컷은 기꺼이 살신공양을 하는 것입니다. 아무리 더 튼실한 알을 낳으려는 종족 보존의 본능이라지만 좀 살벌하지요.

행복의 조건, 동심으로 돌아가기

아무튼 어린 시절, 우리는 하위징아가 말한 놀이하는 인간, 호모루덴스였습니다. 그것도 너무나 충실한 호모루덴스였지요. 학교에서나 집에서나 또 어디에서나 결코 노는 것은 중단되지 않았으니까요. 시간 가는 줄 모르고 친구들하고 신나게 놀다 보면 어느새 땅거미가 몰려옵니다. 집집마다 굴뚝에서는 연기가 피어오르고 저녁 짓는 냄새는 마을 골목까지 전해집니다. 이윽고 엄마가 저녁 먹으라고 부르는 소리가 들립니다.

그래도 엄마가 이렇게 된장국이나마 저녁을 준비하고 부르면 다행입니다. 학교 갔다 집에 돌아왔을 때, 또 신나게 놀다 집에 돌아 왔을 때, 집안에 엄마가 안 계시면 까닭 모를 불안감에 휩싸이게 되지요. '어디

가셨지?' 문 앞에서 서성이다 보면 꼭 싱거운 동네 아저씨들이 한마디
씩 하고 지나갑니다. "니네 엄마 기다리냐? 너 보기 싫어서 너 떼어 놓
고 도망갔다." 그 말에 더 불안해집니다. 그 아저씨들은 만날 때마다 늘
"너, 다리 밑에서 주워왔다." 이렇게 놀리곤 했습니다. 하긴, 그 말이 틀
린 것은 아니지요. 그 다리가 엄마의 다리인지는 그땐 몰랐으니까요. 영
어 문화권에서는 다리 밑이 아니라 '황새가 물어다 주었다'고 합니다.
어쨌든 엄마를 기다리는 불안한 심정. 이거야말로 어릴 때 누구나 겪었
던 보편적인 불안감 아니겠습니까. 이 불안한 '엄마 걱정'을 기형도 시
인은 이렇게 적었습니다.

> 열무 삼십 단을 이고
> 시장에 간 우리 엄마
> 안 오시네, 해는 시든 지 오래
> 나는 찬밥처럼 방에 담겨
> 아무리 천천히 숙제를 해도
> 엄마 안 오시네,
> 배추잎 같은 발소리 타박타박
> 안 들리네, 어둡고 무서워
> 금 간 창 틈으로 고요히 빗소리
> 빈방에 혼자 엎드려 훌쩍거리던
> (……)

　우리는 어린 시절 그저 행복했습니다. 그 이유는 앞에서 말했던 하
위징아가 잘 설명해 줍니다. 하위징아는 인간의 활동에서 놀이와 노동
을 구분하였습니다. 놀이는 수단과 목적이 합치된 것이고 노동은 수단
과 목적이 분리된 것이라고 하였지요. 어린이는 대체로 놀이를 하는 것
이고, 어른은 노동을 하는 것이라고 했습니다. 생각해 보니 그의 주장이

참 옳습니다. 예를 들어, 어린이가 블록 쌓기 놀이를 하고 있습니다. 그의 블록 쌓기는 수단이면서 동시에 목적이지요. 그래서 현재 그 자체가 기쁨입니다. 블록 쌓기가 다 끝나면 누군가로부터 어떤 보상이 또는 상이 주어지는 것도 아닙니다. 이에 반해 건설현장에서 벽돌을 쌓는 일을 생각해 보세요. 벽돌공은 벽돌 쌓기가 마냥 즐거운 것은 아닙니다. 그것은 그 일이 목적이 아니기 때문입니다. 그의 즐거움은 일을 한 뒤에 돈을 받을 때이지요. 그 미래의 즐거움을 위해 현재는 희생되고 있는 겁니다. 따라서 하위징아의 말을 요약해 보면 이렇습니다. 놀이를 하는 어린이는 즐거움으로 가득 찬 긍정적인 현재를 살고 있으니 행복한 것입니다. 그에 반하여 노동을 하는 어른은 미래를 위해 희생당하는 현재를 살고 있으니 불행하다는 겁니다. 이러한 점을 잘 생각해 보면 지금 해야 할 일이 있습니다. 어른이 된 지금 다시 행복해질 수 있는 방법이 있다는 말입니다. 이것은 영국 시인 워즈워드나 독일 철학자 니체가 말한 것과 일맥상통하는 것인데요. 어릴 때처럼 내가 하고 싶고 좋아하는 일을 마치 놀이처럼 하면 되지요. 그러면 내면에 잠재된 상상력, 그리고 집중력과 창의력 등이 시너지 효과를 발휘하여 엄청난 결과를 가져 오겠지요. 그런데 살면서 좋아하는 일, 그리고 하고 싶은 일만 하면서 살 수 있는 어른이 있습니까. 이것은 현실적으로 불가능한 것이지요. 그렇다면 차선책으로 가급적 좋은 쪽으로 생각하고 긍정적으로 열심히 살도록 노력하는 수밖에 없겠지요. 우리 어른들은 그렇게 하려고 노력해야 하고, 우리 아이들은 진짜 자신들이 좋아하는 것, 그리고 하고 싶은 것을 할 수 있어야 합니다. 가급적 아이처럼 되어야 하는 어른. 아이다워야 하는 아이. 그런 어른과 아이를 잘 표현한 시가 있습니다.

생계로 내일을 생각하여
일하는 것은 어른
걱정으로 저녁 하늘을 살피고
걸을 때 서두르는 것은 어른
이웃을 믿지 않고 가면을 쓰며
갑옷 입고 행동하며
눈물을 감추는 것은 어른.

미래에서 행복을 찾지 않고
노는 것은 아이
기쁨으로 노래하고
경이로워하며 울 줄도 알고
변명과 허세 없이 솔직하고
잘 믿고 가식도 전혀 없이
사랑하는 것은 아이.

이 시는 앤 머로 린드버그^{Anne Morrow Lindbergh}(1907~2001)의 「어른과 아이」라는 시입니다. 세계 최초로 대서양 단독 비행에 성공한 린드버그 ^{Charles Augustus Lindbergh}(1902~1974)라는 사람 있지요. 그의 부인이 바로 앤 머로 린드버그입니다. 남편과 같이 비행기 조종사이면서 시를 짓기도 했습니다. 그녀도 어른이 되면 왜 행복하지 못할까 하고 고민을 해 보았나 봅니다. 그러다가 어른이 되면서 아이의 동심을 잃어버렸기 때문에 그렇다는 결론을 내렸지요. 그래서 이렇게 훌륭한 비교분석과 해법을 제시하고 있습니다.

어린 시절과는 달리 나이가 들면서 이런 저런 생각들이 많아집니다. 그러다 보니 어른들은 솔직하지 못할 때가 더 많습니다. 남을 속이기 위해서 거짓말을 하기도 하지만 본의 아니게 남을 배려해서 선의의 거짓말을 하는 경우도 있습니다. 그렇지만 아이들은 다릅니다. 「벌거벗은 임금님」에서 보듯 아이들은 보는 그대로, 느끼는 그대로 솔직합니다. 해 맑습니다. 그대로 행복합니다. 그러니 행복해지려면 미래를 위해 현재를 희생시키는 어른이 아니라. 주어진 현재를 즐기고 사랑하는 아이가 되어야 하겠지요. 적어도 아이의 마음으로 돌아가야 되겠지요. 그래서 잃어버린 나, 예전의 나, 처음의 나. 바로 어린 날의 동심으로 돌아가야 합니다. 완전히 되돌아갈 수는 없더라도 적어도 돌아가려는 노력은 해 보면서 조금의 행복이나마 찾아야 하지 않을까요.

내 낡은 서랍 속의 바다

순수를
품은 혼돈

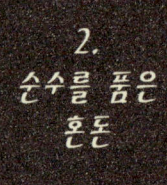

2.
순수를 품은 혼돈

여기는 내가 사람들의 추억을 먹어서 보관하는 곳이야. 여기를 지나가려면,

네 첫사랑의
기억을
이 서랍들 안에
두고 가야돼.
너는 여기서
이 기억을
잃는 거지.

주머니 속에
나오는 사진이
네 첫사랑에
대한
이미지야.

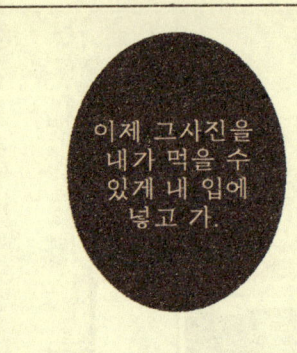

이제 그사진을 내가 먹을 수 있게 내 입에 넣고 가.

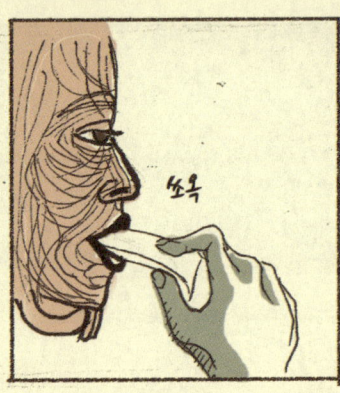

쏘옥

널름

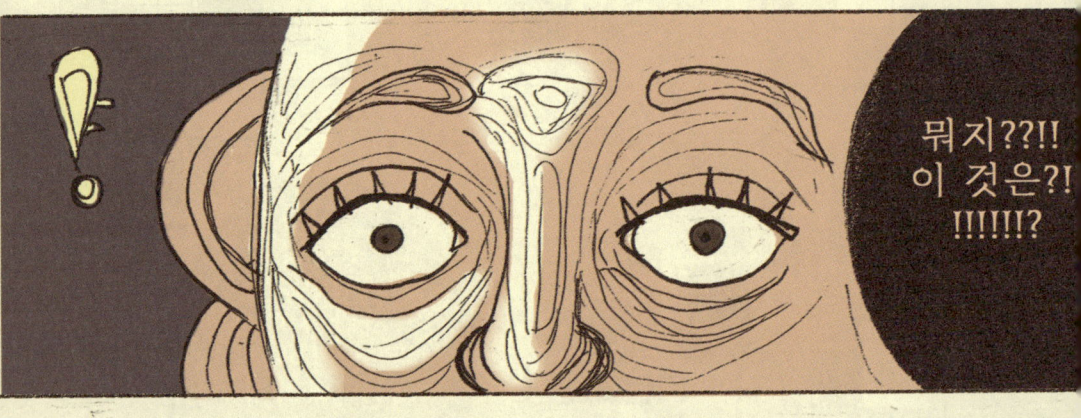

뭐지??!! 이 것은?! !!!!!!?

엄청 거대한 부피의 기억을 삼킨 것 같아.

서랍이 곧 터질 정도라구

네 첫사랑에 대한 아련한 기억이 뭐길래, 이렇게 가득찬게 밀려오는거야?

저는 첫사랑을 글로 배웠습니다 그 때 책 속에서 만난 아련한 기억은요,

순수했던, 나에게
세상의 모든 별들이 내 어깨에 기대는,
아름답고 거대한 세계였거든요.

내 낡은 서랍 속의 바다

내 바다 속에는
깊은 슬픔과 헛된 고민들 회오리치네
그 바다 위에선 불어 닥치는 세상의 추위
나를 얼게 해

때로 홀로 울기도 지칠 때
두 눈 감고 짐짓 잠이 들면
나의 바다 그 고요한 곳에 무겁게 내려다
나를 바라보네

난 이리 어리석은가 한 치도 자라지 않았나
그 어린 날의 웃음을 잃어만 갔던가

초라한 나의 세상에 폐허로 남은 추억들도
나 버릴 수는 없었던 내 삶의 일부인가

바다 앞에 내 자신이 너무 작아
흐르는 눈물 두 손 주먹 쥐고 닦아
많은 꿈을 꾸었는데
이젠 차마 날 보기가 두려워서 그냥 참아

......

밀레니엄 전후시기에 들었던
패닉의 몽환적인 노랫말

어느 날 문득 서랍을 열었다가
빠져 들어가는 기억 저편
빛바랜 사진과 쪽지, 깨알 같은 메모
까맣게 잊었던 기억의 조각들
추억 그리고 비밀……

···
순수를
품은 혼돈

사춘기의 로망, 스테파네트 아가씨

원성 스님이 지은 『풍경』이라는 책을 아시지요. 1990년 후반쯤으로 기억되는데요. 동자승의 해맑은 얼굴을 많이 그려 놓은 책입니다. 요즘도 가끔 그 책을 들여다보면서 동자승의 순진무구한 표정으로부터 유년 시절을 떠올립니다.

때 묻지 않은 순수. 그 시절을 회상하면 여러 가지 감정들이 뒤섞이기는 하지만 그래도 빙그레 웃음 짓게 하는 추억거리가 많습니다. 한 번도 그런 적이 없다면 지금 먼지가 뽀얗게 쌓인 낡은 서랍을 열어 보세요. 그 서랍 속에 출렁이는 바다에는 어린 날의 웃음. 그 웃음에 새겨진 유년시절의 천진난만함. 그것을 잃어 가는 슬픔. 그리고 헛된 고민들이 회오리치는 혼돈과 방황이 있습니다. 누구나 그랬겠지요. 누구나 거세게 분출되는 에너지. 그 소용돌이에 휘말려 헤매던 경험이 있습니다. 그런 얘기 하지 않나요. 모든 기운은 땅에서 나와 하늘로 올라간다고요. 우리가 가진 기운도 그렇습니다. 그래서 유아일 때는 그 기운이 땅과 가까운 다리에 머물러 있습니다. 그래서 아이들은 빨빨거리며 뛰어다닙니다. 그러다가 사춘기가 되면 기운은 하늘 쪽으로 조금 더 올라가 사타구니 부근에 머무르지요. 그 결과 사춘기와 청년기에는 생식기에 기운이 뻗칩니다. 다시 장년이 되면 기운은 더 위로 올라가 드디어 가슴에 도달하지요. 그러면 가슴이 뜨거운 사람이 됩니다. 그래서 가족과 이웃 그리고 주변을 돌아보는 따뜻함과 여유를 갖습니다. 그리고 후에 노년이 되면 입으로 기운이 모이지요. 그래서 말이 많아집니다. 할머니와 할아버지들 기운이 없다고 그러시면서 옛날 얘기와 참견은 쉴 새 없이 하십니다. 그러다가 기운이 더 올라가 머리카락으로 해서 하늘로 빠져 나가면 저 세상으로 간다는 말이지요. 어떠세요. 그럴듯하지요. 그건 그런데요. 특히 사춘기 시절에는 뭔가 누를 수 없는 기운에 휘둘립니다. 지나고 보니 이것인데요. 주체할 수 없는 이성에 대한 욕망. 그것도 천사 같은 아가씨 스테파네트와의 로맨스를 꿈꾸는 환상에 빠져 지냅니다. 그런데 이제는 그 기억들도 시간의 흐름 속에 흐려져 갑니다. 하지만 그 시절 이루지 못했던 욕망의 미련은 아직도 흐린 기억 속에 남아 있습니다. 그 실현되지 못한 로망. 그것을 대리 만족 시켜주는 작품이 있지요.

바로 알퐁스 도데^{Alphonse Daudet}(1840~1897)의 「별」입니다. 「별」은 그의 단편집 『풍차방앗간에서 온 편지』에 실려 있는 여러 작품 중 하나입니다. 프랑스 작곡가 비제^{Georges Bizet}(1838~1875)의 작품 「아를의 여인」도 이 단편집에 있는 동명의 단편소설을 소재로 한 것입니다. 알퐁스 도데가 태어나고 성장한 프랑스 남부의 프로방스 지방은 아름답고 정겨운 곳입니다. 이 프로방스 지방의 아름다운 모습은 단편집의 맨 처음에 실린 '살집을 마련하다'에서 다음과 같이 그려져 있습니다.

> 이곳은 밝은 햇살에 살랑이는 예쁜 소나무 숲이 내 앞에서 시작하여 산 밑까지 이어져 있다. 그리고 저 멀리로는 아르피유의 산봉우리들이 아름답고 험준한 자태를 뽐내고 있다. 소리 없는 정적. 다만 아릿하게 귀를 간질이는 나무피리 소리, 라반드 숲에서 지저귀는 도요새 소리, 그리고 길을 가는 당나귀의 방울 소리만이 이따끔씩 들려올 뿐이다. 그런데 프로방스 지방의 이 아름다운 경치는 빛을 얻는 순간 비로소 자기 색을 드러낸다. 이렇게 되면 이제 그대들이 살고 있는 소란스럽고 빛바랜 도시, 파리 따위에는 무슨 미련이 있으리⋯⋯.

지정학적으로 보면, 프로방스 지방은 남쪽으로 코발트 빛 지중해, 동북쪽에는 알프스 산맥의 높은 준령들, 그리고 서쪽에는 론 강이 흐르는 풍요로운 들판을 끼고 있는 천혜의 지역입니다. 이곳은 화가 빈센트 반 고흐^{Vincent willem van Gogh}와 폴 고갱^{Paul Gauguin}이 작품 활동을 한 곳이기도 하지요. 알퐁스 도데는 파리에서의 번잡한 생활을 벗어나고 싶을 때마다 이곳을 찾았습니다. 그리고 그때마다 농부들로부터 민화를 수집하였습니다. 그것을 소재로 알퐁스 도데는 소박하게 살아가는 프로방스 사람들의 모습을 그렸습니다. 투박한 민화에 그만의 감성을 덧입혀 따뜻한 이야기로 바꾸어 놓았지요. 그 이야기 중 하나가 바로 「별」인데요. 양을 치는 목동과 그가 흠모했던 주인집 아가씨 스테파네트. 「별」은 바로 그들의 아름답고 순수한 사랑이야기입니다.

이야기의 시간적 배경은 여름철이지요. 그리고 공간적 배경은 농가와 꽤 멀리 떨어진 산 정상에 있는 목동의 움막입니다. 왜 목동이 산 정상에 혼자 있었을까요. 그 까닭은 프로방스 지방의 목축 관행 때문이지요. 이것을 보세요. 프로방스에서는 여름철이 되어 날씨가 더워지면 양떼를 몰고 알프스 산맥의 고지대로 올라갑니다. 가을과 겨울에 대비하여 농가 근처의 목초들을 아껴두는 것이지요. 하여 농가에서 멀리 떨어진 산 위의 풀을 먼저 뜯게 하는 것입니다. 그러다가 서늘한 가을바람이 불기 시작하면 양떼를 몰고 다시 산 아래 농가 마을로 내려와 아껴두었던 근처의 목초지에서 풀을 뜯게 하는 겁니다.

「별」에 등장하는 양치기 총각도 마침 여름이 되어 류브롱 산 위로 양떼를 몰고 올라가 있는 중이었지요. 그러니 주위에는 데리고 간 개 한 마리와 양떼뿐. 사람 구경은 거의 하기 힘든 그런 상태로 여름을 나고 있었습니다. 그나마 위안이 되는 것은 2주일에 한 번씩 보름치 식량을 싣고 오는 농장의 일꾼들이었습니다. 그들은 식량을 날라 올 뿐만 아니라 마을의 소식을 한꺼번에 전해 주기도 하였지요. 하지만 목동이 정작 듣고 싶은 이야기는 따로 있었습니다. 이웃 마을을 포함하여 인근에서 제일 예쁜 주인집 아가씨. 바로 스테파네트 아가씨의 소식이었습니다. 그녀가 자주 파티에 초대받는지 또 그녀에게 청혼을 한 젊은이가 있는지 등. 아가씨에 관한 모든 것들을 듣고 싶어 했지요. 하지만 그런다고 뭐 어떻게 될 것은 아니었지만 말입니다. 신분의 차이 때문에 언감생심 꿈도 꿀 수 없는 그런 주인집 아씨 아닌가요. 그런데 목동의 지극정성이 하늘에 닿았는지 정말 뜻밖의 사건이 터집니다. 살다 보면 별일이 다 생기듯이 산 위에서 외롭게 지내던 목동에게 정말 꿈같은 일이 일어납니다.

어느 일요일이었습니다. 눈이 빠지도록 기다린 보름치 식량이 오후 늦게 도착한 날이 있었습니다. 아침나절에는 미사 때문에 늦는 거려니 생각했고, 낮에는 심한 폭우가 몰아쳐 올 수 없는 모양이라고 생각했습니다.

세 시쯤 되자 다행히 날이 개었고, 물이 불어난 개울물의 힘찬 소리와 함께 이슬과 햇살이 언덕 위를 밝게 비추고 있을 무렵이었습니다. 멀리서 반갑게도 당나귀 방울소리가 들려왔습니다. 부활절에 울려 퍼지는 종소리처럼 빠르고 힘찬 방울소리였습니다.

그런데 당나귀를 끌고 온 사람은 미아로도, 노라드 아주머니도 아니었습니다. 놀랍게도 아가씨였습니다. 그토록 나를 설레게 하는 바로 그 스테파네트 아가씨였습니다.

아아, 꿈속에 그리던 아름다운 스테파네트 아가씨가 눈앞에 나타났으니 목동은 넋이 나갔겠지요. 주인집 안뜰에서나 그것도 가끔 먼발치에서나 볼 수 있었던 아가씨를 이렇게 가까이서 그것도 단 둘이 마주 보고 있으니, 나 원, 세상에……. 너무 황홀해서 제정신이 아니었을 겁니다. 제정신이 아닌 채로 당나귀 등에 가지고 온 것들을 목동이 옮겨 놓는 사이 스테파네트 아가씨는 목동이 기거하는 움막 여기저기를 신기한 듯 둘러봅니다. 그리고는 서둘러 돌아가지요. 목동은 무척 허전해 합니다. 스테파네뜨 아가씨와의 너무나 짧은 만남. 그리고 이별. 목동은 그 심경이 마치 '당나귀 발굽에 채여 뒹구는 길 위의 조약돌 하나하나가 자기 가슴에 떨어졌다가 튕겨 나가는 것' 같았다라고 말했습니다. 꿈에 떡 맛 본 듯 아가씨를 보내고 난 목동. 그는 날이 저물도록 그 꿈에서 깨어나지 않으려고 꼼짝 않고 앉아 있었습니다. 아가씨의 환영을 깨고 싶지 않아서 그랬겠지요.

그런데 해질 무렵이었습니다. 골짜기 밑 부분부터 땅거미가 밀려오기 시작했습니다. 양들도 '메에, 메에' 울면서 집 안 울타리로 돌아오고 있었지요. 바로 그때, 언덕길 아래쪽에서 누군가 부르는 소리가 들렸습니다. 아니, 이게 누구입니까. 스테파네트 아가씨가 다시 온 겁니다. 그런데 장난기 있고 앙증맞던 평소 아가씨의 모습이 아니었습니다. 추위와 두려움에 떨고 있는 전혀 다른 모습의 아가씨였습니다. 낮에 내린 소나기로 물이 불어난 소르그 개울을 무리하게 건너다가 미끄러져 그만 빠진 모양입니다. 어두워진 이 시간에 산 속을 통과하여 마을로 돌아갈 수는 없게 되었습니다. 그리하여 예기치 않게 목동은 아가씨와 단둘이 밤을 보내게 되었습니다. 날마다 마음에 그리며 사모하던 바로 그 스테파네트 아가씨와 말입니다.

그야말로 예전에 제부도 같은 섬에 놀러갔다가 막배가 끊긴 셈이지요. 아니, 우리도 미필적 고의인 척하면서 그런 결과를 만들어 내려고 이전 저런 시도를 많이 해 봤지 않습니까. '나 믿지? 손만 잡고 잘 거니까 걱정 말고……' 등의 멘트로 시작되는 사건 말이지요. 그리고 나면 잠만 같이 잤는지, 아니면 잠도 같이 잤는지……. 목동에게는 정말 감당하기 어려운 상황이 벌어진 것이지요.

좌우지간 목동은 마음으로야 원앙금침을 마련하고 싶었겠지요. 하지만 산 정상의 움막에서 별안간 무슨 재주로 어떻게 만들겠습니까. 하지만 순수함 그 자체인 목동은 아가씨를 위해 나름의 최선을 다해 잠자리를 마련해 줍니다. 하지만 귀하디귀하신 아가씨께서 이불대신 지푸라기가 깔리고 양들이 움직이며 부스럭 거리는 낯선 환경에서 잠이 오겠습니까. 아무튼 잠을 이루지 못하고 뒤척이던 아가씨. 한밤중에 마침내 움막 문을 열고 나옵니다. 목동은 아가씨 어깨에 양털을 덮어 주고 마당에 모닥불을 피웁니다. 그리고는 아가씨 옆에 앉습니다. 연인과 함께 한 것이 아니더라도 혹시 여름밤을 야외에서 보낸 경험이 있으신가요. 그런 경험이 있다면 알퐁스 도데가 묘사한 여름밤의 아름다운 정경에 공감하실 겁니다.

> 당신이 여름철 밖에서 밤을 보낸 일이 있습니까. 그렇다면 모두가 잠을 자고 있을 그 시간에 어떤 신비로운 세계가 고요함 속에서 가만히 눈을 뜨고 깨어난다는 사실을 알 겁니다. 그때 연못가의 샘물은 더 한층 쾌활한 노래를 부르기 시작하고, 연못이나 늪은 작은 불꽃을 터트립니다. 그리고 산의 정령들이 모두 깨어나 공중의 나뭇잎을 흔들어 소리 나게 합니다.

　　신비로운 세계가 펼쳐지고 있는 칠월의 여름밤. 캄캄하고 적막한 산중. 모닥불 앞에 앉은 두 사람. 앞에 활활 타오르는 모닥불. 그리고 까만 밤하늘에 쏟아질 듯한 많은 별. 목동은 산 위에서 혼자 지새던 수많은 날들 동안, 잠 못 이루며 하늘에 그려 놓았던 아름다운 별 이야기를 하기 시작합니다. 그런데 한참 별 이야기를 해 주던 목동의 어깨에 무언가 부드러운 것이 살포시 얹힙니다. 졸음을 이기지 못한 스테파네트 아가씨가 머리를 기댄 겁니다. 리본이며 레이스며, 곱슬 거리는 머리카락이 목동의 어깨 위에 얹혔습니다. 이 순간, 목동의 몸은 얼음이 됩니다. 물론 심장은 터질 듯했겠지요. 그때의 심경을 목동은 이렇게 적었습니다.

아가씨는 이렇게 꼼짝도 않고 있었습니다. 하늘의 별들이 이른 새벽 솟아오른 아침 햇살에 밀려서 사라질 때까지 그대로 있었습니다. 아름다운 생각만을 보내준 맑은 하늘 덕분에, 나는 두근거리는 가슴을 안고 내 어깨에 기대어 잠든 아가씨를 지켜보고만 있었습니다. 하늘에는 별들이 마치 순한 양 떼처럼 천천히 그리고 조용히 걸음을 옮기고 있었습니다. 나는 몇 번이고 이런 생각을 했습니다. 이 세상에서 가장 예쁘고 가장 빛나는 별 하나가 길을 잃고 내 어깨에 내려 앉아 잠들어 있다고……

이 장면만큼 순수함을 떠올릴 수 있는 것이 또 있을까요. 이 순수함이 우리 마음을 움직여 마음 저 깊은 곳에 잠자던 우리의 순수함을 일깨웁니다. 주인집 아가씨에 대한 목동의 순수한 사랑은 이렇게 끝을 맺습니다. 이렇듯 알퐁스 도데의 「별」은 인간에 대한 연민의 정을 너무나 아름답게 그려냈습니다.

도데의 현실 참여 「마지막 수업」

　　평화로운 프로방스의 시골 전경. 그 속에서 살면서 아름다운 사랑 이야기를 지어낸 알퐁스 도데. 그에게는 세상의 모든 근심 걱정과는 관련 없을 사람처럼 보입니다. 한데 그렇지 않습니다. 세상의 일이란 늘 알 수 없는 것이지요. 예나 지금이나 순탄하기만 한 인생살이를 한 사람은 거의 없나 봅니다. 프로방스 지방의 평화로운 정경에서 삶의 위안을 찾았던 알퐁스 도데에게도 시련이 닥쳐왔습니다. 19세기 후반 유럽에는 프로이센(오늘날의 독일)이라는 국가가 등장합니다. 비스마르크^{Bismarck}(1815~1898)라는 걸출한 인물이 나타나 강력한 군사력을 바탕으로 프로이센을 강국으로 만들었습니다. 그는 당시 작은 영방 국가로 쪼개어져 있던 독일을 통일합니다. 이어서 인접국이자 당시 유럽세계를 주도하던 프랑스와 전쟁을 벌이지요. 나폴레옹^{Napoléon}(1769~1821) 시절, 독일은 약소국이라 프랑스에 상대가 될 수 없었습니다. 그런데 이번에 프로이센은 달랐습니다. 세계사에서는 이것을 보불전쟁(1870~71)이라 하는데요. 전쟁이 시작되자마자 프로이센은 물밀 듯 프랑스로 진격하였고 나폴레옹 3세(1808~1873)는 포로가 되었습니다. 프로이센은 프랑스의 자존심이던 파리의 베르사유 궁전에서 독일 제국을 선포하였습니다. 프랑스는 패전의 결과로 배상금과 함께 알자스-로렌 지방(독일과 접경을 이루는 프랑스의 동부, 라인강 서쪽 지역)을 독일에게 넘겨주어야 했고, 그 결과 프랑스 국민은 자존심에 엄청난 상처를 입었습니다.

　알퐁스 도데는 당시 보불전쟁으로 빚어진 참담한 상황을 작품으로 남겼습니다. 그의 단편집 『월요이야기(1873)』에 실린 「마지막 수업」이 바로 그것이지요. 이 작품은 그가 서정적인 글만 쓰는 것이 아니라 애국심을 고취시키는 현실참여 작가임을 보여줍니다. 「마지막 수업」을 잠깐 참관할까요.

가엾은 선생님!
선생님이 예복을 입고 오신 것은 이 마지막 수업에 경의를 표하기 위해서였던 것입니다. 나는 그제야 왜 마을 어른들이 교실 뒷자리에 앉아 있는지를 이해하게 되었습니다. 이는 그들이 좀 더 자주 학교에 오지 않았음을 후회하고 있다는 사실을 의미하는 것 같았습니다. 또한 그것은 40년 동안 아이들 교육에 힘써 오신 선생님에 대한 감사의 표시이며 이제 사라져가는 조국에 대한 자신들의 의무를 다하려는 뜻인 것 같았습니다.
……
아멜 선생님은 프랑스어에 대해 말씀하기 시작했습니다. 프랑스어가 세상에서 가장 아름답고 가장 이해하기 쉬우며 가장 확실한 언어라는 내용이었습니다. 그리고 프랑스어를 결코 잊어버려서는 안 된다고 하셨습니다. 왜냐하면 한 민족이 노예로 전락해도 자기네들의 언어만 잊지 않으면 감옥의 열쇠를 쥐고 있는 것과 마찬가지라고 하셨습니다.
……
그때 갑자기 성당의 큰 시계가 정오를 알렸고, 곧이어 기도 시간이 되었습니다. 바로 그 순간, 훈련에서 돌아오는 프로이센 군인들의 나팔 소리가 창문 바로 밑에서 울려왔습니다. 아멜 선생님은 창백해진 얼굴로 교단에서 일어나셨습니다. 선생님이 이때처럼 커 보였던 적은 없었습니다.
"여러분, 나는……, 나는……"
그러나 무엇인가가 선생님의 목을 메이게 만들었습니다. 결국 선생님은 말을 끝맺지 못하시고는 칠판을 향해 돌아섰습니다. 그리고 분필토막을 집어 들고 온 힘을 다해 커다랗게 글씨를 쓰셨습니다.
'프랑스 만세!'
그러고 나서 선생님은 머리를 벽에 기댄 채 한참 동안 계시더니 이윽고 아무 말 없이 손짓으로 우리에게 말씀하셨습니다.
"다 끝났다…… 돌아들 가거라."

학교 공부보다는 뛰어 놀기를 좋아하는 소년 프란츠. 그의 눈을 통해서 알퐁스 도데는 프랑스어를 잊지 말아야 한다고 주장하면서 자신이 현실참여 작가임을 보여주고 있습니다. 이렇게 알퐁스 도데는 삶의 후반부에 전쟁을 경험하면서 굴곡진 삶을 살았습니다. 누구든 살아간다는 것은 일차적으로 주변 환경과 관계를 맺는 것인데요. 그 환경의 변화가 필연적으로 그 사람의 삶을 바꾸어 놓습니다.

수레바퀴 아래서 살아난 헤르만 헤세

처해진 환경이 사람에게 여러 가지 영향을 미치는 것은 당연한 것인데요. 더구나 심신의 변화가 잦은 유년기나 사춘기에 겪는 변화. 이것의 영향력은 한 사람의 인생을 좌우할 정도로 대단한 위력을 갖습니다. 그런 사실을 입증하는 대표적인 예가 바로 독일의 문인 헤르만 헤세Hermann Hesse(1877~1962)입니다. 그는 성장기에 우리나라의 아이들처럼 부모님의 지나친 기대와 규제로 엄청난 압박을 받았습니다. 그가 흠모하던 외할아버지는 유명한 신학자이자 인도를 연구하던 학자였습니다. 그리고 아버지는 목사였지요. 어머니도 신학자 가문 출신이었기 때문에 헤세는 너무나 경건한 분위기 속에 어린 시절을 보냈습니다. 13세 때 헤세는 마울브론 신학교에 진학합니다. 이 학교는 졸업생의 다수를 튀빙겐 대학교 신학부에 보내는 명문학교입니다. 그러나 헤세는 학교생활에 회의를 느끼고 마울브론 신학교를 그만둡니다. 그리고는 15세에 자살을 시도하다 미수에 그칩니다. 그 후, 심신을 추스르고 고향에 있는 시계공장과 서점에서 일을 시작합니다. 그러면서 점점 안정을 찾게 되고 나중에 글쓰기에 전념하여 뛰어난 문인이 됩니다.

헤세는 성장기에 자신이 겪었던 암울한 경험을 고스란히 소설로 옮겨 놓았습니다. 그 소설이 바로 1906년에 발표한 「수레바퀴 아래서」입니다. 그 내용을 잠깐 살펴볼까요.

독일 남부 어느 마을에 한스라는 소년이 있었습니다. 한스는 공부를 매우 잘해서 그 마을에서 가장 뛰어난 수재로 손꼽히는 아이였습니다. 그래서 한스의 아버지와 마을 사람들은 한스에게 신학교에 진학하여 엘리트 코스를 밟으라고 권합니다. 그러나 구둣가게를 하는 플라이크는 '어리석은 짓이지. 애들은 그저 재미있게 뛰어 다니며 놀아야 하는데……'라고 말합니다. 가끔 한스에게는 원인 불명의 두통이 찾아오지만 그런대로 잘 견디면서 입시공부에 전념합니다. 열심히 공부한 덕택에 한스는 신학교에 입학하게 되고 온 마을 사람들은 마치 자기 일처럼 한스의 입학을 기뻐하고 축하해 줍니다.

한스는 신학교 기숙사에 들어가게 되고 거기서도 일등을 목표로 열심히 공부합니다. 동급생인 헤르만은 한스를 '공부만 아는 샌님'이라고 놀려대지만 한스는 개의치 않고 공부에 열중합니다.

그러나 걱정거리였던 두통이 점점 더 심해지면서 한스의 성적은 서서히 떨어집니다. 한스는 어렵게 입학한 터라 어떡해서든지 다시 성적을 올리려고 공부에 몰입하지만 예전같지 않음을 느낍니다. 설상가상으로 기억력까지 떨어집니다. 그렇게 부진을 면치 못하고 지내던 어느 날, 한스는 교실에서 쓰러집니다. 그 여파로 한스는 결국 신학교를 그만두게 되지요.

고향 마을로 돌아온 한스는 낚시와 산책을 하면서 시간을 보냅니다. 그러다가 아버지의 권유로 기계공장에서 일을 시작하게 되지요. 그런데 심신이 매우 허약해진 터라 공장에서의 노동을 견디지 못합니다. 가는 곳마다 적응하기 힘들자, 그는 '이제 내 인생에는 남은 것이 더 이상 아무것도 없다'는 자포자기의 심정으로 자살을 생각합니다. 어느 날 한스는 직장 동료와 하이킹을 나갔다가 술을 많이 마시고는 자기도 모르게 강물에 휩쓸려 들어갑니다.

　　작가 헤르만 헤세는 이 소설이 '학대 받았던 자신의 실제 경험을 그대로 그려내고 있다'라고 밝혔습니다. 헤르만 하일너(H)와 한스(H)의 일인이역으로 작가 자신(헤르만 헤세: H. H.)이 등장하고 있는 것입니다. 또한 「수레바퀴 아래서」라는 소설 제목은 위선적인 교장 선생님의 말, 즉 '힘을 빼면 안 됩니다. 그러면 수레바퀴 아래 깔려 죽게 되니까요'에서 가져온 것이지요. 사춘기의 한스는 순진무구함 그 자체였습니다. 여자 친구 에마가 연애에 적극성을 띠면 오히려 '수레바퀴에 닿은 달팽이처럼 더듬이를 끌어들이고 껍데기 안으로 숨어드는' 순진한 소년이었지요. 이 순진한 소년은 주위 사람들의 부담스런 요구와 기대를 수용하지 못하고 결국 좌절하게 됩니다. 학교와 사회라는 '수레바퀴 아래 깔려서 죽음의 그림자 속으로 질질 끌려들어'간 것입니다. 소설의 5장을 보면, 깊은 절망의 수렁에 빠진 한스의 모습이 잘 묘사되어 있습니다. 누구에게도 도움의 손길을 구할 수 없는 절망적인 심경을 헤르만 헤세는 이렇게 적었습니다.

　　교장 선생님으로부터 아버지, 그리고 선생님들과 복습교사들에 이르기까지 어린 소년들을 키우는 의무에 충실한 사람들. 그들은 자신들의 바람을 가로막는 장애물이 한스의 내면에 자리 잡고 있다는 사실을 알았습니다. 그래서 이 오기와 잘못된 사고를 바로잡고 억지로라도 한스를 다시 올바른 길로 이끌어야 한다고 생각하고 있었습니다. 동정심 많은 복습 교사를 제외하고는, 어느 누구도 야윈 소년의 얼굴에 어려 있는 애처로운 미소를 보지 못했습니다. 또한 꺼져가는 한 영혼이 수렁에 빠져 허우적거리는 모습을 발견하지 못했습니다. 그 가련한 영혼이 불안과 절망에 휩싸인 채 주위를 두리번거리는 모습을 보지 못한 것이지요.

아이들은 바닷새가 아닌데

힘겹게 학창시절을 보내는 한스의 모습은 우리와 너무나 닮았습니다. 그가 지나온 어두운 터널을 우리도 똑같이 지나왔습니다. 그런데 이것이 어찌된 것인가요. 그 힘들었던 터널을 사랑하는 우리의 자식들에게도 똑같이 통과하도록 강권하고 있습니다. 너무나 몰지각하고 잔인한 일이 아닐까요. 글쎄요. 내 아이의 행복을 빙자하여 무리한 집착을 보이는 것. 이것이야말로 세상에서 가장 무서운 살인 무기가 아닐까요. 문득 이 대목에서 장자莊子(BC 369~BC 289?)의 「바닷새 이야기」가 생각납니다. 우선, 그 내용을 잠깐 소개하겠습니다.

어느 날, 바닷새가 노나라의 서울 밖에 날아와 앉았습니다. 노나라 임금은 이 새를 궁궐 안으로 데려왔지요. 그리고는 친히 소, 돼지, 양을 잡아 산해진미를 차리고, 술을 권했습니다. 그리고 궁중 음악까지 곁들여 극진히 대접하였습니다. 그러나 바닷새는 난감해 하면서 슬퍼하기만 할 뿐이었습니다. 고기나 술, 그리고 음식은 입에 대지도 않은 채 사흘 만에 죽어 버렸습니다.

이 우화는 자기 식의 사랑이 때로는 무모한 것이 될 수 있다는 교훈을 전해 줍니다. 바닷새를 너무도 사랑한 노나라 임금이 오히려 바닷새를 비극적인 죽음으로 이끌었기 때문이지요. 이것은 자기와 같은 사람을 기르는 방법으로 새를 기른 것이지(以己養養鳥), 새를 기르는 방법으로 새를 기른 것이 아닙니다(以鳥養養鳥). 이 이야기를 들으면 다들 '거, 왜 바닷새를 그냥 풀어 줘서 자유롭게 살게 하지, 붙잡아 둬서 문제를 일으키는 거야' 이렇게 말할 겁니다. 아마, 노나라 임금도 그런 충고를 들었을 겁니다. 하지만 그렇게 되던가요. 사랑하는 내 아이가 진정으로 무엇을 원하는가는 차후의 일입니다. 먼저 나의 가치관에 근거하여 방향과 기대치를 정해 놓고 아이에게 강요합니다. 하지만 의도하든 아니든 간에 이것은 결과적으로 아이에게서 내 자신이 원하는 열매를 얻으려는 욕심을 부리는 것과 마찬가지입니다. 궁극적으로 이것이 사랑하는 자신의 아이를 수레바퀴 아래로 밀어 넣는 행위라는 것을 모릅니다. 아이의 삶이 파멸되어 불행한 결과가 나와야 그때 비로소 땅을 치며 후회합니다. 물론 이해는 갑니다. 부모의 입장에서 자식을 포기하는 것은 결코 쉬운 일이 아닐 테니까요. 하지만 노나라 임금의 경우처럼 사랑하는 바닷새를 결국 죽게 만드느니 차라리 풀어 주는 게 낫지 않을까요. 그리고 그저 따뜻한 시선으로 바라보는 것만으로 만족하는 것이 좋지 않을까요.

잃어버린 꿈을 찾아서

　　　　어쨌든 젊은 시절 품었던 푸른 꿈은 사라져 버렸습니다. 시간과 함께 허공으로 날아가 버렸지요. 얼마 전에 지나간 시절의 꿈과 연관되어 화제가 되었던 신문기사가 있었습니다. 바로 서울의 모 대학 의대 졸업생들과 그 대학 국문과의 어느 교수님이 관련된 기사였는데요. 내용인즉슨 그 교수님이 1991년 당시 의대 학생 33명을 가르치면서 받았던 과제물에 얽힌 사연이었습니다. 그 과제물은 91학번 의대학생들이 「나의 20년 후」라는 제목으로 쓴 에세이였습니다. 그런데 그 교수님은 그 원고를 20년간 보관하다가 스캔해서 그것을 쓴 졸업생 당사자에게 돌려주었답니다.

　그 과제에 적혀 있었던 의대생들의 꿈은 농촌에서 봉사하는 의사, 해맑은 소아과 의사 등 다양했습니다. 그런데 20년 후에 실현할 각자의 꿈을 밝혀놓았었지만 정작 그 꿈을 이루고 그대로 사는 사람은 별로 없었습니다. 인생이라는 것이 그런 거 아니겠습니까. 어쨌든 스승이 보내준 원고를 보고 마흔이 넘은 제자들은 많은 상념에 잠겼다고 합니다. 개중에 몇 사람은 지금이라도 잃어버린 꿈을 찾아 나서겠다고 했답니다.

　흐르는 시간 속에 변하지 않는 것은 없다고 하지요. 사람도 변하고 꿈도 변하고 인생도 바뀌겠지요. 당연합니다. 하지만 변하고 바뀌는 것은 그래도 괜찮습니다. 아예 사라지니 그것이 문제이지요. 그 누구도 시간의 파괴성을 막을 수는 없잖아요. 그래서 꿈과 젊음이 있었던 그 시절의 시간이 더 아쉽습니다. '내 우물쭈물 그냥 살다가 이렇게 될 줄 알았지'라는 조지 버나드 쇼$^{George Bernard Shaw}$(1856~1950)의 묘비명이 생각나기도 하고요. 이럭저럭 보내다가 허탈하게 끝내기는 아쉬우니 이제라도 꿈을 찾아 다시 한 번 다짐을 해 보는 것이 어떨까요. 아니면 적어도 남은 시간을 알차게 보내야겠다는 다짐이라도 해야 하지 않을까요.

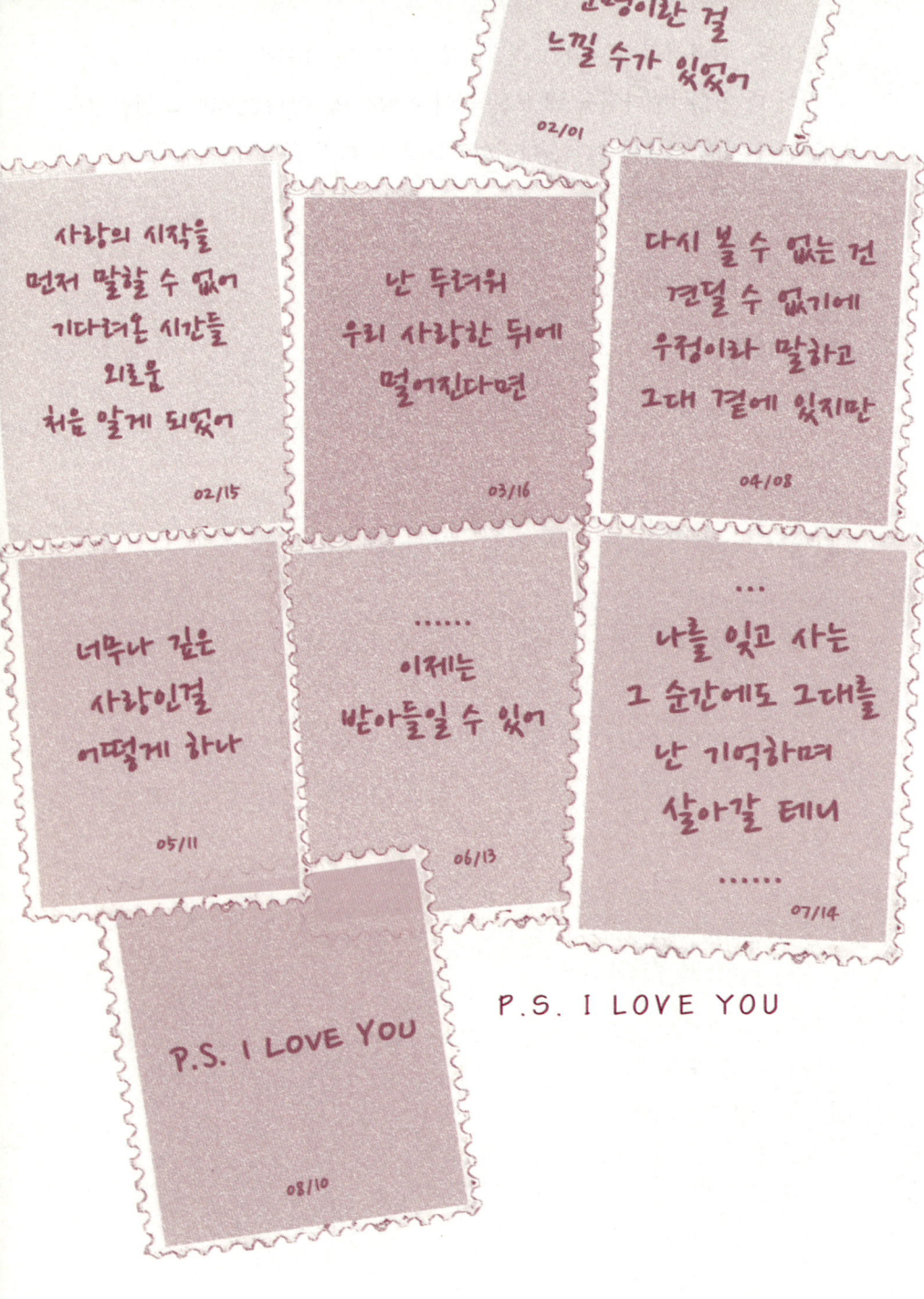

그대 처음 본 순간
운명이란 걸
느낄 수가 있었어

02/01

사랑의 시작을
먼저 말할 수 없어
기다려온 시간들
외로움
처음 알게 되었어

02/15

난 두려워
우리 사랑한 뒤에
멀어진다면

03/16

다시 볼 수 없는 건
견딜 수 없기에
우정이라 말하고
그대 곁에 있지만

04/08

너무나 깊은
사랑인걸
어떻게 하나

05/11

······
이제는
받아들일 수 있어

06/13

···
나를 잊고 사는
그 순간에도 그대를
난 기억하며
살아갈 테니

······

07/14

P.S. I LOVE YOU

P.S. I LOVE YOU

08/10

사랑, 아름답고
잔혹한 본능

3. 사랑,
아름답고
잔혹한 본능

휴우ㅡ

어!
들켰다

심심해서
여기서도
숨바꼭질 하고
있었어요.

위에
올라가면
못찾을 줄
알았어요
...

저요,
계속 아저씨
따라다니면
안되요?

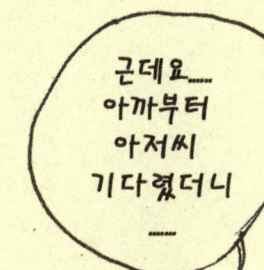

근데요.....
아까부터
아저씨
기다렸더니
.....

네.
취미기도
하고

제가
사랑했던
여자들을
추억하기
위한

제 나름의
방식이기도
하죠

그녀들은
제 취미를
알게 된 후에는
저에게
많은 엽서를
보냈어요

그래서
이 엽서들은
그녀들과 나의
역사라고
할 수 있죠

그럼 이
중에서
가장 기억에
남거나

가장
사랑했던
여자가 준
엽서는
어떤거예요?

그녀는
특이하게도
저에게 엽서를
보내지
않았어요.

대신 엽서
쓸 때 쓰라며
이것들을
주고 갔는데.....

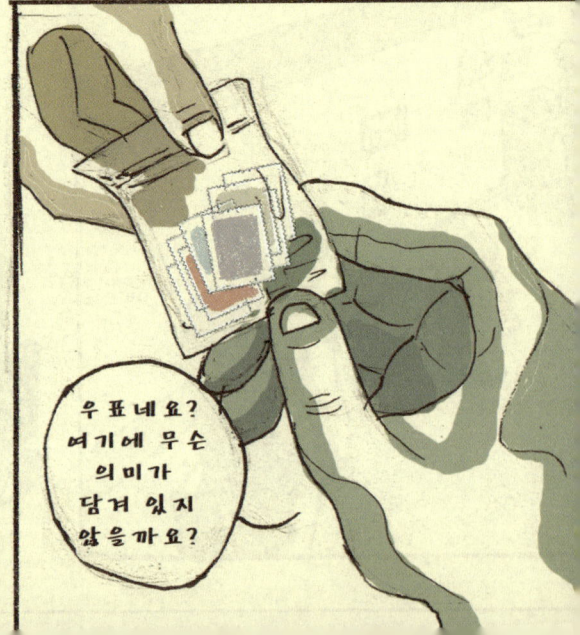

우표네요?
여기에 무슨
의미가
담겨 있지
않을까요?

이거..
산성 성분에
반응하는 거
같은데?
우표에 침을
바르면
나타나도록...

우연히
그대 처음 본 순간
운명이란 걸
느낄 수가 있었어

02/01

사랑의 시작을
먼저 말할 수 없어
기다려온 시간들
외로움
처음 알게 되었어

02/15

난 두려워
우리 사랑한 뒤에
멀어진다면

03/16

다시 볼 수 없는 건
견딜 수 없기에
우정이라 말하고
그대 곁에 있지만

04/08

너무나 깊은
사랑인걸
어떻게 하나

05/11

……
이제는
받아들일 수 있어

06/13

…
나를 잊고 사는
그 순간에도 그대를
난 기억하며
살아갈 테니

……

07/14

P.S. I LOVE YOU

08/10

감성의 목소리로
마법을 거는 세이렌 박정현
그녀의 노래

운명적인 만남으로 시작되는 사랑
사랑은 연인의 숨결로 이루어진 연기
깨끗이 없애면 불꽃이 일고
마구 흔들어 놓으면 눈물바다가 되는 것

때로는 몸서리치게 쓴맛
때로는 설탕에 절여지는 달콤함
그것이 바로 사랑

사랑, 아름답고
잔혹한 본능

사랑은 특별한 관계 맺기

　　어느 나른한 오후로 기억됩니다. 달리의 〈기억의 지속〉이라는 그림을 아시지요. 그 속에 늘어진 시계처럼, 한여름의 아스팔트가 늘어지듯, 몸이 축축 처지기 시작합니다. 카페인의 힘을 빌려 정신을 차려 보려고 진한 에스프레소 한 잔을 막 마시고 있었습니다. 바로 그때 전화가 왔습니다. 대학시절 동아리 활동으로 알게 되어 격의 없이 지냈던 여자 후배였습니다. 한동안 소식이 뜸하다 싶었는데 느닷없이 결혼을 통보를 하는 전화였습니다. 순간, 뒤통수를 얻어맞은 듯 정신이 번쩍 납니다. 남 주기 아까운 무언가를 할 수 없이 넘겨주는 듯한 묘한 기분이 들었습니다. 이 복잡한 감정은 뭐지. 이런 것이 사랑인가…….

프랑스 철학자 알랭 바디우^{Alain Badiou}(1937~)는 사랑을 이렇게 정의 내렸습니다. 그의 말에 따르면 사랑이란 '우발적으로 마주친 타인에게서 얻게 되는 기쁨을 계속해서 유지하려는 노력'입니다. 그러면서 '두 사람이 서로의 차이를 극복하고 새로운 세계를 열어 가는 과정'이라고 했지요. 그렇다면 예전 그 후배와의 만남이 기쁨이었던가. 그리고 그 기쁨을 계속해서 유지하려고 했던가. 이런저런 상념에 사로잡히며 사랑에 대한 생각을 다시 해보게 되었습니다.

혹시 『보바리 부인』이라는 소설을 읽어 보셨나요. 소설 속의 주인공은 보바리 부인과 그녀의 착실한 의사 남편입니다. 꿈과 현실세계의 차이가 빚어내는 환멸. 그리고 그 속에서 벗어나려 애쓰는 비극을 그려 낸 소설이지요. 이 소설의 작가, 귀스타브 플로베르^{Gustave Flaubert}(1821~1880)는 루앙시립병원의 외과부장이었던 아버지 덕분에 어린 시절 병원에서 많은 시간을 보냈습니다. 병원 해부실과 수술실 등 곳곳을 호기심 어린 눈으로 둘러보면서 성장했기 때문에 후에 '여성을 보면 그 안에 있는 해골의 모습이 떠오른다'라고 할 정도였습니다. 그 때문인지 그는 평생을 독신으로 살았지요. 또한 그의 소설에는 의사와 병원에 관련된 이야기가 많습니다. 그건 그렇고요. 그를 유명인사로 만들어 준 소설이 바로 「보바리 부인」인데 거기에 이런 내용이 있습니다.

마음 저 밑바닥에서는
뭔가 사건이 일어나기를 기다리고 있다.

마치 난파선의 선원처럼
고독한 생활 속에서 절망적인 눈을 부라리며
아득히 먼 수평선 뒤 짙은 안개 속에
흰 돛이 나타나기를 기다리고 있다.
그 우연이 무엇인가.
그 우연을 자기 쪽으로 불어 줄 바람은 어떤 바람인가.
또 그것은 어떤 해안으로 나를 데려다 줄 것인가.

  사람들은 본능적으로 마음 한구석에 늘 무언가 새롭고 짜릿한 일이 벌어지기를 기대합니다. 그렇다고 어떤 가능성의 확증을 가지고 기다리는 것은 아닙니다. 그저 막연한 것이지요. 마치 자신이 타고 있는 난파선이 구조되기를 기다리는 선원처럼 말입니다. 더구나 지루하게 반복되는 일상에서는 더욱 그렇습니다. 그런데 사람마다 기다리는 것이 다를 수는 있습니다. 그것이 사회적 출세이거나 아니면 사업의 성공, 그래서 부자가 되는 것 등 차이가 있을 수 있습니다. 하지만 공통적인 것이 하나 있지요. 바로 사람을 기다리는 것입니다. 그렇지요. 누구든 사람을 기다립니다. 그런데 나이 든 사람들도 우연의 만남을 기대하거늘 하물며 젊음의 혈기가 넘치는 청춘남녀는 오죽하겠습니까. 특히나 사랑하는 사람을 기다리는 것이지요. 바로 「어린왕자」에서 여우가 말하는 '길들이기', 그러니까 아름답고 멋진 사람과 특별한 관계 맺기를 늘 기대하고 있는 겁니다.

    지금 나에게 있어서 너는 다른 아이들과 다름없는
    그냥 소년에 불과하단다.
    그리고 지금 나에겐 네가 없어도 돼.
    물론 너한테 나도 단지 많은 여우 중 한 마리일 뿐이겠지만.
    그렇지만 만일 네가 나를 길들이면,

우리는 서로를 원하게 되지.
나에게 너는 이 세상에 하나밖에 없는 아이가 될 것이고,
나도 너에게 유일한 존재가 될 거야.

　'길들여진 관계'라는 말. 글쎄요. 좀 좋지 않은 뉘앙스로 들릴 수도 있는데요. 그렇지는 않습니다. 세상에는 무수히 사람들이 있잖아요. 거리를 걸으면 서로 스치며 지나가는 많은 사람들. 그런 사람들은 나에게 '그 사람', '그 남자', '그 여자'일 뿐이지요. 그런 사람들은 나에게 3인칭 관계에 불과한 사람들입니다. 그러나 어떤 연유로든 '그 사람'이 나와 만나면 그래서 깊은 인연을 맺으면 '그 사람'은 '당신'이 됩니다. 3인칭에서 2인칭의 특별한 관계로 발전한 것이지요. 2인칭의 '당신'과 '나'라는 관계, 이것이 바로 '길들여진 관계'입니다. 다시 말하면 '너 – 나'의 관계, 즉 '우리'라는 관계는 서로가 서로에게 연결되어 있는 관계입니다. 그래서 말소리나 숨소리만 들어도 상대를 알 수 있습니다. '길들여진 관계'란 그야말로 '너=나', 즉 '우리'가 된 것이지요. 그러니까 사랑이란 두 사람이 만나서 서로의 관계를 발전시켜 '길들여진 관계'를 맺는 것입니다.

성적 엑스터시를 매개로 한 종족 번식

　　그런데 이러한 설명은 좀 형이상학적이지요. 추상적인 설명이어서 그렇게 와 닿지 않습니다. 우리가 하는 남녀 간의 사랑. 이것이 무슨 철학적인 겁니까? 아니잖아요. 사랑하는 행위. 그것은 표면적

으로 보면 성적인 행위이고 본능적 충동 같은 것인데요. 그래서 이번에는 진화심리학자들의 설명을 들어 보겠습니다.

진화심리학에서는 사랑을 본능적이고 성적인 것으로 설명하지요. 사랑 행위. 그것은 표면적으로 보면 성적 엑스터시를 경험하려는 본능적 충동이지요. 하지만 그 충동의 기저에는 무서운 것이 숨겨져 있습니다. 바로 그 본능적 충동이 해소되는 순간, 유전자를 전달하여 종속을 번식시키려는 목적을 갖고 있습니다. 마치 쓴약을 먹게 하기 위해 단 껍질을 씌워 놓은 당의정과 같지요. 그렇게 보면 사랑이 인류를 오늘날까지 존속시킨 원동력인 게 분명합니다.

상대를 만나고 유전자를 전달하여 종족을 번식시키는 것. 그 사랑을 위해 인류는 400만 년 동안 진화에 진화를 거듭해 왔습니다. 그 과정을 볼까요. 우선 몸을 덮고 있던 털을 없앴습니다. 매끈한 피부로 관능적인 외모를 드러낼 수 있게 되었지요. 물론 신체 몇몇 부위의 털은 성적 자극을 유발하기 위해 남겨 두었습니다. 또 남성의 수염은 수사자의 갈기처럼 야성미를 위해 그대로 두었지요. 또한 두 발로 서게 되자 인간 여자는 남성을 유혹하던 최대의 무기를 잃어버렸습니다. 하여 두 다리 사이에 숨어 버린 유혹의 무기를 대체할 그 무언가가 필요했습니다. 그래서 성기 대신 가슴과 엉덩이를 발달시켰지요. 이러한 진화 과정은 섹시한 자가 살아남는다는 생존 원리를 입증하는 역사였고 그것을 증명하는 증거물이 바로 우리가 아니겠습니까. 언뜻 봐도 고릴라나 침팬지보다는 우리가 훨씬 섹시하고 잘생겼습니다.

시선 끌기와 냄새의 유혹

사랑의 궁극적인 목표는 유전자를 후대에 전하려는 것이지요. 그렇다면 아름답고 우월한 유전자를 가진 상대를 만나는 것이 무엇보다 중요하지요. 그래서 누구나 좋은 유전자를 가진 배우자를 얻기 위한 무한 경쟁에 뛰어듭니다. 그리고 그 경쟁은 지금도 진행 중이지요. 그 눈물겨운 노력을 한번 볼까요. 우선, 인간은 수단과 방법을 가리지 않고 상대의 시각을 자극합니다. 왜냐하면 오감을 통해서 무엇을 판단할 때 시각에 의존하는 비중이 제일 크거든요. 그러니 우선 상대의 눈에 내가 멋있게 보여야 합니다. 그래야 상대가 나를 선택하고 나도 사랑을 해서 내 유전자를 물려받은 자손을 낳을 수 있지 않겠습니까.

그래서 동물이 치열하게 구애 경쟁을 하듯이 우리 역시 타인의 시선 끌기 경쟁을 합니다. 거리를 걷는 여성들을 한번 보세요. 여성들은 자신들의 몸이 실제보다 더 풍만하고 여성스럽게 보이도록 한껏 졸라매거나 무엇을 덧대어 부풀립니다. 한때 지나치게 몸을 졸라매어 장기 손상까지 일으켰던 '코르셋'이라는 도구가 유행했었습니다. 그것에 대한 미련은 20세기 초 브래지어를 출현시키고 나서야 사라졌지요. 뿐만 아닙니다. 비비안 웨스트우드라는 디자이너는 브래지어와 팬티를 겉옷 위에 입혔습니다. 이른바 펑크스타일의 패션을 유행시켰는데요. 이것은 등장하자마자 사람들의 눈길을 단숨에 사로잡았습니다.

옷도 옷이지만 시선이 집중되는 곳은 당연히 얼굴입니다. 아름다운 얼굴이라 함은 젊음, 건강 그리고 이목구비의 균형이 잡힌 얼굴을 말하는 것이지요. 행동과학자들의 연구에 따르면, 사람들은 미인들이 더 멋지게 사랑 행위를 할 거라는 묘한 기대를 한답니다. 그래서 그런가요. 예나 지금이나 빼어난 미인들은 세인들의 이목을 끕니다. 그러다 보니 오랜 역사 속에서 미인과 연관된 사자성어도 생겼습니다. 우선, 경국지색^{傾國之色}이란 말이 있지요. 나라를 망치는 미인이라는 의미가 들어 있는 데요. 경국지색은 중국의 한 무제(BC 156~BC 87) 때 처음 쓰인 것으로 알려져 있습니다.

북쪽에 아름다운 여인
절세 미모 당할 이 없네
한 번 돌아보면 성이 기울고
두 번 돌아보면 나라가 기우니
도성과 나라가 위태로운 건 알지만
어쩌겠나 절세미인은 또 얻기 어려운 걸

이 시의 한자 시구, 한 번 돌아보면 성이 기울고^{一顧傾人城}(일고경인성), 두 번 돌아보면 나라가 기우니^{再顧傾人國}(재고경인국)에서 경국지색이란 말이 나왔습니다. 얼마나 미인이었으면 그렇게 될까요. 한두 번 마주치기만 해도 얼이 빠져 정신을 잃을 정도라는 것이지요. 그러다가 결국 개인은 패가망신하고 일개 국왕이 그렇게 되면 나라가 망한다는 겁니다.

그런데 그와 같은 부정적 이미지가 아닌 진짜 절세미인으로 소개되는 미인들도 많이 있습니다. 월나라 출신의 서시^{西施}, 전한의 왕소군^{王昭君}, 후한의 초선^{貂蟬}, 당나라의 양귀비^{楊貴妃}가 그들이지요. 이른바 중국 역사에 등장하는 4대 미인으로 손꼽히는데요. 이들 중 서시와 왕소군은 얼마나 아름다웠던지 그녀들의 미모를 가리키는 사자성어가 있습니다. 바로 침어낙안^{沈漁落雁}인데요. 절세미인 서시가 연못가를 거닐었을 때, 그 아름다운 자태에 물고기들도 넋이 빠졌답니다. 그래서 지느러미 움직이는 것을 깜박 잊어 아래로 가라앉았다는 일화가 바로 '침어'이지요. 또 언젠가 왕소군이 거리를 나섰는데 그 미모에 반하여 날아가던 기러기 떼들이 날갯짓을 까먹어 땅으로 떨어졌다는 일화가 바로 '낙안'입니다. 중국식 허풍이 있기는 하지만 그만큼 미인의 얼굴은 시선 끌기에 강점을 갖고 있다는 사실은 틀림없겠지요.

만남이 거듭되면 상대방과 심리적으로 좀 더 가까이 가기 위해 먼저 물리적 거리를 좁히게 됩니다. 그런데 그렇게 하다 보면 서로 밀착되고 그러는 과정에서 상대방의 냄새를 맡게 되지요. 그런데 이 냄새는 사랑 행위에서 시각 못지않게 중요한 역할을 합니다.

먼 옛날 인간들도 동물처럼 냄새로 상대를 확인했었습니다. 사람을 만나면 킁킁 거리며 이 사람이 어느 부족 사람인지 그리고 여성이라면 가임 기간인지 아닌지 이런 것들을 냄새로 확인하던 시절이 있었습니다. 그 결과 오늘날까지 그 잔재가 남아 있는데요. 바로 포옹하는 인사법, 코를 서로 비비는 마오리 족 인사법, 양쪽 뺨을 번갈아 가며 살짝 대는 프랑스인들의 '비주'라는 인사법 등이 바로 그것입니다.

그러면 이성 간의 사랑에서 냄새는 얼마나 중요할까요. 먼저 동물의 경우를 생각해 보겠습니다. 동물의 세계에서 암컷들은 발정기간에 페로몬을 풍기면서 수컷을 유혹합니다. 수컷은 그 냄새의 유혹을 견디지 못하고 암컷에게 달려갑니다. 그런데 동물에 비해 인간 여자는 지능적으로 진화했습니다. 인간 여자는 페로몬을 피우지 않아 자신의 가임 시기를 외부로 알리지 않는 쪽으로 진화했습니다. 그 이유는 바로 이것 때문이지요. 자식을 낳아 키우는 종속 번식을 성공적으로 이루기 위하여 조력자인 남자를 곁에 붙들어 두자는 계산입니다. 인간 여자의 임신 가능 시기가 언제인지를 모르니 인간 남자는 여자 곁에서 수시로 유전자를 주어야 합니다. 지난번이었을까? 오늘일까? 아니면 내일? 아니면 다음 주? 내 유전자를 전하고 내 유전자를 가진 자손을 얻기 위해 인간 남자는 인간 여자 옆을 떠날 수 없게 되었습니다. 냄새로 임신이 되는 정확한 시기를 알 수 있었다면 인간 남자도 동물의 수컷과 똑같이 행동했겠지요. 인간 여자에게 유전자를 전하는 사랑 행위가 끝나자마자 인간 남자는 미련 없이 인간 여자 곁을 떠났을 겁니다. 그러고는 자신의 유전자를 퍼뜨릴 또 다른 인간 여자를 찾았겠지요. 그런데 인간 여자는 페로몬의 냄새를 감추었고 그 결과 인간 남자는 평생을 한 여자 옆에 머물게 되었습니다. 인간 여자는 시선 끌기에 이어 관계 유지를 위한 강력한 수단을 보유하게 된 셈이지요.

그렇다고는 하지만 이성을 끌어들이는 수단으로서 후각의 이용을 포기할 수는 없었습니다. 그렇다고 가임 기간을 알리는 페로몬을 사용할 수는 없으니 다른 수단을 쓰는 것이지요. 즉 자연에서 얻은 좋은 향료를 몸에 바르고 그것으로 이성을 유혹하는 겁니다. 그것이 바로 향수인데요. 향수 냄새를 맡은 사람은 일시적으로 몽롱한 상태에 빠집니다. 예전의 TV 인기 드라마 〈최고의 사랑〉을 보셨나요. 거기서 독고진 역할을 하는 탤런트 차승원이 구애정 역을 맡은 탤런트 공효진의 방에 들어가지요. 방에서 그녀의 화장품 냄새를 맡습니다. 그러고는 '음, 구애정 냄새' 이렇게 말합니다. 냄새는 이렇게 사랑하는 사람을 생각나게 해주고 이어 주는 마력이 있습니다.

사랑 가꾸기

반복되는 말이지만 사랑은 상대를 끌어들여 관계를 이어 가는 것이라고 했습니다. 단적으로 말하면 시선을 자극하여 상대를 끌어들이기는 쉽습니다. 그런데 상대를 길들여서 관계를 맺기는 녹록지 않습니다. 왜냐하면 상대는 언제든지 변할 수 있고 또 그럴 수 있는 자유를 가진 사람입니다. 그래서 사랑의 진행 방향은 늘 변화무쌍합니다. 어떻게 될지 모른다는 것이지요. 알퐁스 도데가 쓴 『사포』라는 장편소설이 있는데요. 젊은 남녀의 사랑을 다루면서 심리적 욕망과 갈등을 잘 표현한 작품입니다. 그 소설 속에 사랑의 속성을 잘 나타낸 대목이 있습니다. 소설의 시작 부분인데요. 파티가 끝난 후 주인공 커플은 갈 곳이 마땅치 않았지요. 생각다 못해 두 사람은 남자 주인공 장 고셍의 기숙사로 향합니다. 두 사람은 현관에 들어섰지요. 그런데 여자 주인공 파니는 술에 취해서 걸음이 불안합니다. 그것을 보고 장 고셍이 파니를 안고 기숙사의 5층까지 계단을 걸어서 올라가기 시작합니다. 계단을 올라가는 동안 느끼는 장 고셍의 심리 변화. 이것이 곧 변하는 사랑의 모습. 즉 사랑의 시작, 중간, 끝. 바로 그것입니다.

첫 번째 계단은 단숨에 올라갔습니다. 싱싱한 맨살의 두 팔이 자기 목을 휘감고 있어서 그는 행복감에 젖은 채 여자의 체중을 느끼지 못했습니다.

두 번째 계단은 시간이 더 오래 걸린 반면 흥겨운 기분이 줄어들었습니다. 그녀가 팔의 힘을 풀고 그대로 온몸을 내맡겼기 때문에 한층 더 무겁게 느껴졌지요. 그녀의 쇠로 된 액세서리들이 처음에는 그를 간질이는 정도였지만, 이제는 사정없이 그의 살을 찔러댔습니다.

세 번째 층계참에서 그는 피아노를 운반하는 사람처럼 헐떡거렸습니다. 아니, 숨이 멎을 지경이었습니다. 그런데도 그녀는 황홀한 기분에 젖어 계속 중얼거렸지요.

마지막으로 남은 몇 개의 계단은 그가 하나씩 속으로 헤아리면서 올라갔습니다. 그 계단들은 어마어마하게 높은 계단처럼 보였고, 벽도 난간도 작은 창문들도 모두 끊임없이 빙글빙글 돌기만 하는 것 같았습니다. 그는 이제 여자를 안고 올라가는 것이 아니라 자기를 질식시켜 죽이려고 하는 그 무엇. 무겁고 무시무시한 그 무엇을 안고 가는 기분이었습니다. 순간순간 그는 그 짐을 내버리고 싶은 충동을 느꼈지요.

하아, 격정적인 사랑에 빠져 있는 남자 주인공 장 고셍. 그는 어느 순간부터 점점 질식한 것만 같은 답답한 기분을 느끼게 됩니다. 서로의 만남은 시작되었지만 바람직한 관계를 이어 가지 못했으니 이것은 사랑이 아니지요. 소설 후반에는 좀 달라지기는 하지만 이들은 행복한 사랑 가꾸기를 하지 못합니다.

우연한 만남으로 시작하여 그 기쁨을 이어 가도록 노력하는 것. 그러면서 서로의 차이를 인정하고 또 둘이 함께 새로운 세계를 열어 가는 것. 그것이 사랑인데요. 그러나 그것은 말처럼 쉬운 일은 아닙니다. 그런데 역사적으로 보면 귀감이 될 정도로 아름다운 사랑 가꾸기를 보여 준 인물들이 있습니다. 그런 인물들 가운데 여기 이 사람의 경우를 소개해 볼까 합니다.

18세기 인물임에도 불구하고 요즈음에 다시 패션 아이콘으로 떠오른 사람입니다. 코르셋, 레이스 스타킹, 볼록한 가슴을 강조한 옷. 최근 그녀가 입던 스타일이 다시 유행하고 있습니다. 그녀는 바로 마담 퐁파두르 $^{Madame\ de\ Pompadour}$(1721~1764)입니다. 프랑스 국왕 루이 15세의 정부로서 그녀는 뛰어난 패션 감각은 물론 미술, 건축, 음악에도 조예가 깊었습니다. 그래서 그런가요. 로코코풍의 가구와 프랑스가 자랑하는 세브르 도자기를 생산하게 만든 장본인이기도 합니다. 게다가 그녀는 상당한 미인이었습니다. 왕의 정부이니 미모야 당연한 것이었겠지만 아무튼 대단했나 봅니다. 전하는 바에 따르면 각도에 따라 다르게 보였다는 청록색 눈동자. 그리고 백옥같이 뽀얀 투명 피부. 또한 춤이면 춤, 연기면 연기, 승마면 승마 등 다양한 재주를 갖고 있었다고 합니다. 게다가 풍부한 독서로 교양까지 갖추었다지요. 그런데 그게 끝이 아닙니다. 무슨 이야기를 하든 극적으로 몰고 가는 말솜씨까지…… 그래서 그런가요. 퐁파두르 부인은 여성 편력이 심했던 루이 15세의 마음을 단번에 사로잡았습니다. 그리고 그의 사랑을 19년간 독차지했습니다. 하지만 그녀는 왕의 사랑을 단지 그녀의 미모만으로 얻어 낸 것은 아니었습니다.

역사가 전하는 퐁파두르 부인의 사랑 가꾸기. 그것은 그녀의 노력이 이루어낸 결과였지요.

무엇보다 퐁파두르 부인은 평민 출신이었습니다. 1744년 우여곡절 끝에 어렵사리 루이 15세의 정부가 되지요. 왕의 전력을 봤을 때 곧 퐁파두르 부인은 버림을 받게 될 거라고 했습니다. 그러나 왕은 퐁파두르를 점점 더 자주 찾게 되었습니다. 왜냐하면 그녀는 왕에게 유쾌한 시간을 만들어 줄 새로운 것들을 끊임없이 창출했기 때문입니다. 하여 루이 15세는 그녀에게서 오늘은 어떤 즐거움을 얻게 될까 하는 기대감과 설렘을 갖게 되었지요. 이것이 바로 그녀의 처소로 왕의 발걸음을 향하게 만든 직접적인 요인입니다. 무엇보다도 그녀의 방은 늘 따뜻했고 기분을 좋게 만드는 향기로 가득했습니다. 그리고 그녀는 늘 우아하면서도 색다른 느낌의 옷을 갖추어 입었습니다. 다른 느낌을 주기 위해서 같은 옷차림으로 왕을 맞이한 적이 한 번도 없었다고 하니까요. 그리고 방에는 늘 왕의 호기심을 자극하는 새로운 물건들을 구해 놓았습니다. 아름다운 도자기, 중국 부채, 황금 꽃병 등. 루이 15세는 원래 여자와는 말을 거의 하지 않는 사람이었습니다. 따라서 루이 15세 주변의 여성들은 누구라도 왕과 이렇다 할 대화를 나누어 보지 못했습니다. 하지만 퐁파두르 부인은 달랐습니다. 어떤 주제에 관해서든 아름다운 목소리와 쾌활한 모습으로 끊임없이 대화를 시도했습니다. 대화가 지루해지면 피아노를 치면서 아름다운 음성으로 노래를 불렀습니다. 그녀는 국왕이 우울해 보이면 베르사유 궁전에서 왕을 위한 연극 공연을 하기도 했습니다. 연극의 여주인공은 자신이 직접 맡았지요. 루이 15세는 그녀가 출연하는 연극 관람을 너무나 좋아했습니다. 나중에는 다음 공연을 기다리기까지 했습니다. 이러한 그녀의 노력은 국왕의 관심도 바꾸어 놓았습니다. 사냥과 도박을 좋아했던 루이 15세는 그녀가 하고자 하는 예술, 철학, 문학 후원 활동을 지원해 주기까지 했지요. 세월이 흘러도 그녀를 향한 왕의 사랑은 식을 줄 몰랐습니다. 그녀가 43세로 세상을 뜰 때까지 두 사람은 변함없는 사랑을 나누었습니다.

　사실 퐁파두르 부인과 루이 15세의 사랑을 가로막는 장애물은 너무
나 많았습니다. 왕과 평민이라는 신분의 격차. 기존 귀족들의 시기. 그
녀의 취약한 정치적 기반 등. 그래서 다들 퐁파두르 부인과 루이 15세의
사랑은 금방 끝날 것이라고 예측했지요. 하지만 그녀는 그녀만의 사랑
법이 있었습니다. 우선, 자신의 매력을 극대화시켰지요. 거기에다가 상
대에 대한 관심과 세심한 배려로 서로의 관계를 이어 나갔습니다. 그 결
과 루이 15세와의 사랑을 아름답게 일구어 냈습니다.

사랑은 둘이 한곳을 보며 나아가는 것

　　　　　퐁파두르 부인의 사랑법을 보면서 사랑의 의미를 다시 떠
올려 봅니다. 사랑은 서로 다른 두 사람이 하나의 세계를 바라보며 같이
나아가는 것입니다. 그 과정에 중요한 것은 그것을 지속하려는 의지와
노력입니다. 그렇습니다. 서로 다른 두 사람이 서로 의지하며 힘을 합해
장애물을 극복하며 함께 나아가는 것. 그것이 바로 사랑입니다. 칼릴 지
브란^{Kahlil Gibran}(1883~1931)은 이러한 사랑이 의미를 더욱 확실하게 짚었
습니다.

> 사랑은 너희 영혼의 해안 사이에 출렁이는 바다.
> (……)
> 홀로 있으되 같이 떨림으로 음악 연주하는 악기의 현처럼.

너희 마음을 주되, 서로의 마음을 잡아두지 마라.

삶의 손만이 너희 마음을 담아 둘 수 있으니,
함께 있으되 너무 가까이 함께 하지 마라.
사원 기둥은 서로 떨어져 있고,
참나무도 사이프러스 나무도 서로 그림자 드리우면 자라지 못하니.

흔히 사랑은 둘이 하나 되는 것이라고 합니다. 하지만 칼릴 지브란은 둘이 하나처럼 되어 서로 구속하는 것을 경계합니다. 사랑은 둘이 하나가 되는 것이 아니라는 것이지요. 적당한 거리를 두고 서로를 인정하고 존중해 주는 것이 사랑이라는 것입니다. 그러한 뜻이 담겨 있는 그의 시 『예언자』 중에서, 「결혼」을 천천히 재음미해 보시지요.

가시나무새

그대 안에 갇힌 사랑

4.그대 안에
갈힌 사랑

다음에
내리는 곳엔
뭐가 있을까요?
으히히
기대된다

우와!!
엄청 큰
장미넝쿨이다

이 안에
뭐가
있나?

나는 다른 새들과 달리 못생겼다는 이유로 늘 혼자였어.

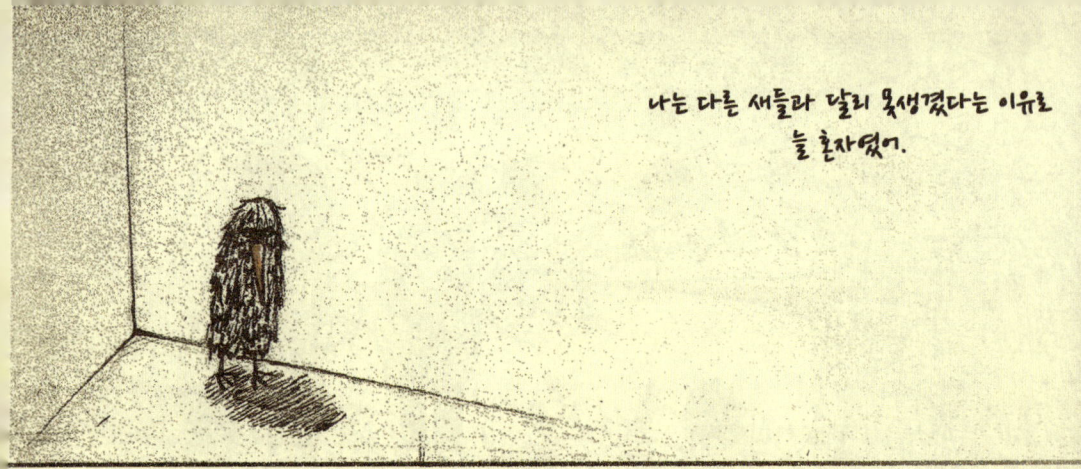

지나가는 나에게 쓰레기나 돌을 던지기도 했지.

너무 아팠어 외로워서.

이렇게 아프게 살고 싶지 않더라구 그래서 죽기로 결심했지.

그 때였어 구석 진 곳에 버려져 있는 시든 장미를 발견한 건.

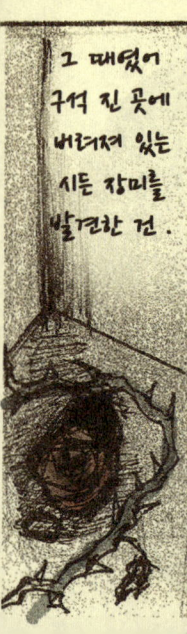

나랑 비슷한 처지인 것 같아 그냥 지나칠 수 없었는지도 몰라.

나는 이 장미를 이용해서 죽기로 했어. 혼자 죽는 것보다 내 처지와 비슷한 이와 함께 가는 게 나을 것 같았거든.

장미를 내 심장 쪽으로
깊숙히
찔러 넣고있는데

이상한 일이
벌어졌어.

시들었던 장미가 내 피를 먹고 다시 살아나더니
무럭무럭 자라나기 시작했지.

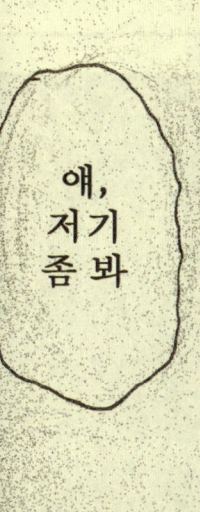

애,
저기
좀 봐

저 새,
너무
멋있지
않니?

맞아
게다가
좋은 향기가
여기까지 나

내가 멋있다고?

장미들은 내 피의 양분을 마시면서 자라고
가시들로 나한테 상처도 냈지만,

못났던 나를 멋지게 바꿔주면서 지켜줬어.
장미들도 내가 없으면 죽지만 나도 장미가 없으면 죽는,
우린 그런 관계가 될거야.

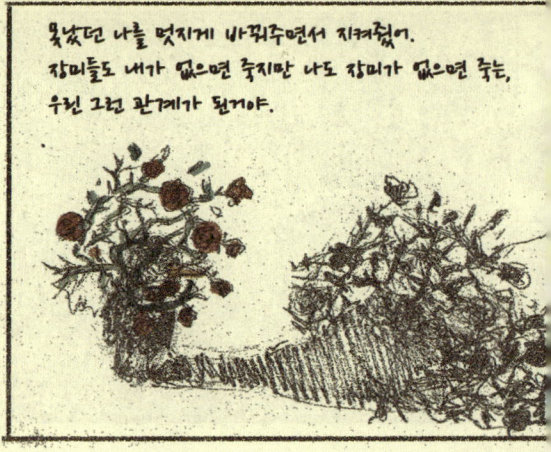

그래서
다행이야.

내가 잠이 들면 곧
장미들이 함께 잠들고,
곁에 있으면 우린
춥지 않을테니까...

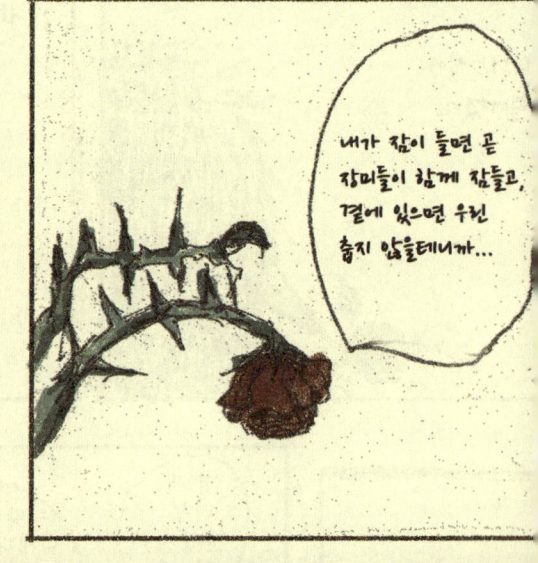

가시나무

내 속엔 내가 너무도 많아
당신의 쉴 곳이 없네 내속엔
헛된 바람들로 당신의 편한 곳 없네

내 속엔 내가 어쩔 수 없는
어둠 당신의 쉴 자리를 뺏고
내 속엔 내가 이길 수 없는
슬픔 무성한 가시나무숲 같네

바람만 불면 그 메마른 가지 서로 부대끼며 울어대고
쉴 곳을 찾아 지쳐 날아온 어린 새들도 가시에 찔려 날아가고
바람만 불면 외롭고 또 서로워 슬픈 노래를 부르던 날이 많았는데

내 속엔 내가 너무도 많아서
당신의 쉴 곳 없네
바람만 불면 그 메마른 가지 서로 부대끼며
울어대고 쉴 곳을 찾아
……

메마른 서정을 적셔 준
시인과 촌장, 그리고 조성모
그들의 지독한 사랑의 노래

사랑만을 위해 사랑하고
못 다한 사랑은 가슴에 묻고
나 떠나가리라

그대 안에 갇힌
사랑

감금 신드롬, 지독한 사랑

"지쳐 날아온 어린 새들도 가시에 찔려 날아가고, 바람만 불면 외롭고 또 괴로워 슬픈 노래를 부르던 날이 많았는데……" 이 노랫말은 가시나무새에 대한 켈트족의 전설을 생각나게 합니다. 오랜 세월 전해 오는 켈트족의 가시나무새 전설은 이렇습니다.

일생에 단 한번 우는 새가 있다.
이 세상에서 가장 아름다운 소리로 우는 그 새는

부화하여 둥지를 떠나는 그 순간부터 가시나무를 찾아다닌다.
그러다가 크고 날카로운 가시를 골라
그 가시에 날아들어 자기 몸이 찔리게 한다.
그러고는 고통 속에 아름다운 노래를 부르며 죽어간다.

그러니까 가시나무새는 일생이 가시나무를 찾는 일에 묶여 버린 겁니다. 일종의 감금 신드롬인데요. 어떤 것에 붙잡혀서 꼼짝도 못하는 현상을 이르는 말입니다. 원래는 의학용어로 사용되던 말이지요. 의식은 멀쩡한데 몸의 다른 기능이 정지해 버리는 증상입니다. 범죄 드라마와 영화에서 가끔 볼 수 있는데요. 19세기 후반 에밀 졸라Emile Zola(1840~1902)가 쓴 자연주의 소설『테레즈 라캥』의 주인공 라캥이 그 예입니다. 비밀을 알면서도 주위에 알리지 못하는 환자이지요. 감금 신드롬은 일상에서 여러 가지 경우에 일어날 수 있는데요. 여러 가지 경우 가운데 가장 행복하면서도 치명적인 것이 사랑의 감금 신드롬이지 않을까요. 가시나무새가 가시를 찾듯, 자기가 사랑하는 사람에 올인하는 것. 황홀해하며 빨려 들어갔다가 그 안에 갇히는 고통을 맛보는 것. 바로 사랑의 지옥에 갇히는 것입니다.

아벨라르와 엘로이즈의 치명적인 사랑

단 한 사람을 향한 치명적인 사랑. 이런 사랑 이야기는 신화 속에 많이 등장합니다. 극적인 요소가 사람들의 흥미를 유발하기에 적절하니까요. 그런데 고색창연한 신화시대가 아니라 중세시대에도 가슴 저리도록 절절한 사랑 이야기가 있었습니다. 바로 중세 최대의 연애사건이라 불리는 아벨라르$^{\text{Pierre Abélard}}$(1079~1142)와 엘로이즈 ^{Héoise}(1098~1164)의 사랑 이야기입니다. 대략의 이야기는 이렇습니다.

　아벨라르는 12세기의 명망 있는 철학자이자 신학자였습니다. 그는 39살에 가정교사를 하러 가면서 엘로이즈와 운명적으로 만나게 됩니다. 그때 아벨라르는 파리의 노트르담 수도회 수사인 퓔베르로부터 소개를 받있지요. 그런데 가르치게 될 학생이 바로 17살의 엘로이즈였던 겁니다. 엘로이즈는 바로 퓔베르의 조카딸이었지요.

　그 두 사람은 만나자마자 첫눈에 반합니다. 그러고는 열렬한 사랑에 빠졌지요. 그러나 때는 중세였습니다. 금욕과 절제 같은 도덕적 덕목을 강조하던 시대였습니다. 그러니 스승과 제자 사이의 사랑. 게다가 나이마저도 크게 차이가 나는 두 사람의 사랑은 결코 그냥 넘어갈 수 없는 사안이었습니다. 두 사람의 운명적인 사랑은 시작부터 이미 비극을 잉태하고 있었던 것이지요.

　엘로이즈의 임신과 출산. 그리고 그들만의 비밀결혼. 이것은 엘로이즈 가족을 분노하게 만들기에 충분했습니다. 게다가 아벨라르와 친구였던 퓔베르는 엄청난 배신감에 치를 떨었지요. 그래서 오히려 친구인 그가 아벨라르의 처벌을 주도했습니다. 결국 아벨라르는 남자로서는 치욕적인 거세형을 받게 됩니다. 그 후 아벨라르는 세상의 차가운 시선과 모멸감으로 실의에 빠지게 되지요. 그러다가 생 드니 수도원의 수사가 됩니다.

　한편, 더 이상 사랑하는 사람을 볼 수 없게 된 엘로이즈. 그녀 역시 세상을 등지고 아르장퇴유 수도원의 수녀가 됩니다. 이후 두 사람은 죽을 때까지 만나지 못했습니다. 두 사람 사이에는 애절한 편지만 오고 갈 수 있었지요. 그러다가 나이가 많은 아벨라르가 한 많은 세상을 먼저 떠납니다. 그러자 엘로이즈는 그의 유해를 거두어 매장하고 무덤 곁을 지켰습니다.

엘로이즈가 아벨라르의 무덤을 지킨 지 22년이 되던 해, 63세가 된 그녀도 세상을 하직합니다. 엘로이즈는 죽으면서 아벨라르 옆에 묻어 달라는 유언을 남겼지요. 사람들은 그녀의 애절한 유언을 들어주기로 했습니다. 그래서 합장을 위해 아벨라르의 무덤을 파헤치자 죽은 아벨라르의 유골이 두 팔을 벌리며 엘로이즈를 맞아들였다고 합니다.

참으로 애절한 그리고 지독한 사랑이지요. 이들의 사랑은 중세 이후 수많은 문학작품과 그림의 소재가 되었습니다. 장 자크 루소도 아벨라르와 엘로이즈의 편지를 소재로 『신 엘로이즈』라는 소설을 써 1761년에 발표하였지요. 아벨라르와 엘로이즈처럼 한 사람에게 중독된 치명적인 사랑 이야기는 현대에 들어서도 변함없이 문학 작품의 단골 소재로 등장합니다.

모든 것을 건 개츠비의 위대한 사랑

혹시 『위대한 개츠비』라는 소설을 보셨는지요. 피츠제럴드 F. S. Fitzgerald(1896~1940)가 쓴 20세기 미국소설을 대표하는 작품이지요. 그 소설의 주인공이 바로 개츠비입니다. 피츠제럴드는 그 소설에서 순수한 사랑을 위해 큰돈을 벌고 그 사랑을 좇다가 파멸해 가는 주인공 개 츠비의 모습을 그렸습니다. 개츠비로 대표되는 1920년대 중산층의 꿈과 좌절. 피츠제럴드는 그것뿐만 아니라 유산계급의 퇴폐상을 사실적으로 그려 냈습니다. 그런데요. 그 소설을 읽다 보면 개츠비 역시 일종의 감금 신드롬 환자임을 알 수 있습니다. 그는 한 여자. 바로 가난했던 청년 장교 시절 사랑했던 데이지에게 모든 것을 다 걸었습니다. 그 내용은 이렇습니다.

가난 때문에 그녀를 잃었다고 생각한 개츠비는 엄청난 부자가 되어 다시 그녀 앞에 나타납니다. 그리고 그녀와 재회하기 위해 그녀의 집 앞에 호화 주택을 짓고 주말마다 파티를 엽니다. 혹시 데이지가 올지 모른다는 기대 때문이지요.

그러던 어느 날, 개츠비는 이웃에 사는 닉이 데이지와 친척이라는 사실을 알고 그를 통해 데이지와 재회합니다. 데이지는 개츠비의 엄청난 부를 보고 황홀해하면서 개츠비에게 다가섭니다. 개츠비는 이것으로 그녀의 사랑을 되찾았다고 생각합니다. 그러자 걱정스러운 닉은 개츠비에게 말합니다.

"그녀에게 많은 것을 바라지 마세요. 과거는 되돌릴 수 없습니다."

그 충고에 대해 개츠비는 이렇게 말하지요.

"아니, 되돌릴 수 있습니다. 난 모든 것을 전과 똑같이 되돌려 놓겠습니다."

어느 날 개츠비와 데이지, 데이지의 남편 톰, 그리고 닉이 함께 뉴욕에 가게 됩니다. 그곳에서 개츠비는 데이지와의 관계를 분명히 해 보려고 하지만 그녀는 모호한 태도를 보입니다.

　그날, 돌아오는 길에 사고가 납니다. 데이지가 운전하던 차에 어떤 여인이 치여 죽습니다. 공교롭게도 그 여인은 데이지의 남편인 톰과 내연 관계에 있는 여자였습니다. 데이지를 지켜 주기 위해 개츠비는 자기가 운전했다고 진술합니다. 그런 개츠비의 선의와는 달리 톰과 데이지는 개츠비에게 죄를 덮어씌울 음모를 꾸밉니다.

　다음 날, 차에 치여 죽은 여자의 남편이 권총을 들고 톰을 찾아옵니다. 그러나 톰이 뭐라고 말하자 그는 개츠비를 찾아 그에게 권총을 들이댑니다. 혼자 수영을 하고 있던 개츠비는 영문도 모른 채 총에 맞아 숨을 거둡니다.

　개츠비의 장례식을 준비하던 닉은 놀라운 사실을 알게 됩니다. 개츠비를 둘러싼 온갖 소문과는 달리 개츠비는 오로지 데이지의 사랑을 되찾기 위해 죽도록 일만 했었다는 사실에 놀랍니다. 장례식을 위해 닉은 곧바로 데이지에게 연락을 취하지요. 하지만 그녀는 참석조차 하지 않습니다. 개츠비가 열어 주던 파티에서 흥청대던 사람들도 마찬가지였습니다. 그의 장례식은 쓸쓸하기 그지없었습니다.

　사랑을 위해 모든 것을 걸었던 개츠비. 우리가 보기에는 너무나 미련한 사랑입니다. 하지만 그는 그의 방식대로 진정한 사랑을 했을 뿐이지요. 그리고 그는 사랑 때문에 행복한 파멸을 자초했습니다. 하기야 그것 때문에 작가 피츠제럴드는 그에게 '위대한'이라는 형용사를 붙여 주었지요. 이 시대에 사랑만을 위해 그렇게 무모한 사랑을 하는 젊은이가 결코 있을 수 없다는 역설이기도 합니다.

포의 슬픈 사랑 노래, 애너벨 리

　　　　한 사람을 향한 절절한 사랑이라고 말할 수 있는 또 다른 사례가 있습니다. 미국 시인이자 소설가인 에드거 앨런 포^{Edgar Allan} ^{Poe}(1809~1849)인데요. 그는 사촌 동생이자 아내인 한 여인과 나눈 슬프고 처연한 사랑 이야기를 시로 남겼습니다. 그것이 유명한 「애너벨 리」라는 시입니다. 시를 천천히 음미해 보실래요.

　　아주 여러 해 전 바닷가 어느 왕국에
　　당신이 아는지도 모를 한 소녀가 살았습니다.
　　그녀의 이름은 애너벨 리
　　날 사랑하고 내 사랑을 받는 일밖엔
　　소녀는 아무 생각도 없이 살았습니다.
　　(……)
　　그것이 이유였습니다.
　　오래전, 바닷가 이 왕국에선
　　구름으로부터 불어온 바람이
　　나의 애너벨 리를 싸늘하게 만들었습니다.
　　(……)
　　그래서 나는 밤이 지새도록
　　나의 사랑, 나의 생명, 나의 신부 곁에 누워만 있습니다.
　　바닷가 그곳 그녀의 무덤에서
　　파도 소리 들리는 바닷가 그녀의 무덤에서.

「갈가마귀」, 「검은 고양이」 등의 작품으로 알려진 포는 스물여섯 살 되던 해에 열세 살 난 그의 사촌 동생 버지니아 클렘^{Virginia Clemm}과 결혼합니다. 하여튼 포와 결혼한 클렘은 결핵에 걸려 고생하다가 25살에 사망하지요. 그녀에게 많이 의지하고 살아가던 포는 정신적으로 많이 흔들리기 시작합니다. 급기야 그녀의 무덤가를 배회하다 통곡하는 일이 잦아졌습니다. 아내를 사별한 지 2년이 지난 시점이지요. 건강을 잃고 극도로 피폐한 삶을 살아가던 포는 결국 먼저 떠나보낸 아내를 뒤따라갑니다. 아내를 사랑하는 일밖에 아무것도 생각하지 않았던 시인 포. 「애너벨 리」는 아내와의 이별. 아내에 대한 절절한 사랑. 그 사랑을 상실하고 생애 마지막으로 독백하듯이 쓴 슬픈 사랑 노래입니다.

사랑은 절대적 선택이어야

그런데 정도의 차이일 뿐이지 우리 모두 소위 사랑이라는 것 다 경험해 보셨잖습니까. 목하 열애 중일 때, 그때는 가슴속에서 활활 타오르는 뜨거운 불꽃이 있었지요. 성적 욕망, 흥분, 고뇌와 번민, 근심과 질투. 뭐 이런 복잡한 것들이 뒤섞여 마음 깊은 곳에서는 소용돌이가 일었습니다. 그래서 정신 못 차리고 술 먹고 방황하고…… 하여튼 그랬습니다. 그런데 이런 것은 뇌 사진을 찍어 보면 실제로 증명된다고 하네요. 사랑에 빠지면 뇌에서 무의식적 본능을 관장하는 부위, 즉 미상핵이 활발한 활동을 한답니다. 그 결과 이성적이기보다는 좀 더 본능적인 것에 치우치게 된다는군요. 그래서 전에는 소심하던 사람들이 달라지기도 한답니다. 그래서 그런가요. 때로는 의외로 대담한, 그래서 민망하기까지 한 애정 행각을 벌이기도 합니다. 「고금소총」에 실려 있는 이야기입니다.

막 결혼하여 신혼을 즐기던 양반이 있었습니다.

어느 날, 그 양반이 오랜만에 부인과 함께 거리가 좀 되는 처가에 다녀올 계획을 짰습니다. 그러고는 계집종을 불러 내일 아침 일찍 출발해야 하니 일찍 일어나 밥을 지으라고 말했지요.

계집종은 새벽잠을 설치며 일찍 일어나 아침밥을 했습니다. 그리고 주인나리가 일어나길 기다렸습니다. 이윽고 동이 트고 날이 밝았습니다. 그런데 주인어른이 일어나는 기미를 느낄 수 없었지요. 그래서 안채로 들어와 문틈으로 가만히 동정을 살폈습니다. 그랬더니 주인어른과 마님이 정을 나누는 소리가 들렸습니다.

화가 나기는 했지만 아랫것인지라 감히 어쩌지 못하고 그냥 대청마루 끝에 앉아 기다리고 있었지요. 하지만 꿀맛 같은 아침잠을 설친 것에 은근히 화가 치밀었습니다. 그런데 그때 마당에서 모이를 쪼아 먹던 암수 한 쌍의 닭이 갑자기 교미를 하는 겁니다. 그러자 계집종은 더욱 심통이 나서 수탉을 보고 이렇게 소리를 빽 질렀지요.

"야! 이것아, 너도 처가 가냐?"

얘기 나온 김에 하나 더 할까요.

가난하지만 금슬이 너무나 좋은 부부가 있었습니다. 가난하다 보니 시골집 단칸방에서 아들과 한 이불을 덮고 잡니다.

그날 밤에도 금슬 좋은 부부는 부부간의 정을 나누게 되었지요. 그런데 그 와중에 이불이 밀려서 어린 아들은 이불을 전혀 덮지 못한 상태로 쪼그리고 새우잠을 잤지요. 다음 날 아침 아들이 아버지에게 물었습니다.

"아버지! 어젯밤 자다 보니 철퍼덕철퍼덕 진흙 밟는 소리가 나던데요,

무슨 소리인가요?"

"아마 진흙 새 소리였겠지"라고 아버지가 대답했습니다.

그러자 그 말에 아들이 다시 말했습니다.

"그런데 그 새는 왜 밤에만 우나요. 그 새가 울면 저는 몹시 추워요."

사랑과 섹스. 사랑이 포괄하는 것 가운데 가장 강력한 것으로 지목되는 애무와 섹스. 사르트르^{Jean Paul Sartre}(1905~1980)는『존재와 무』라는 저서에서 그것을 이렇게 설명합니다.

> 사랑의 욕망은 육체로부터 껍질을 벗겨 육체의 살아 있는 움직임조차도 순수한 살로 바꾸어 놓으려는 것이다. 이렇게 보면 애무는 상대의 육체를 내 것으로 만들려는 동작이다. (……) 그녀를 애무할 때 나는 내 손가락 아래에 그녀의 순수한 살을 만들어 내고 있는 것이다.

사르트르의 설명대로라면, 애무는 상대방을 내 손 터치 아래 묶어 두어 다른 사람을 선택하지 못하게 하려는 행위인 것입니다. 그러나 이것은 순간적이고 일시적인 효과밖에 기대할 수 없습니다. 누구를 사랑하게 되면 어쩔 수 없이 그 순간부터 사랑을 잃을 것 같아 불안해지기 시작합니다. 그런데 불안해지면 질수록 상대에게 더 집착하고 매달리지요. 완전히 상대와 하나가 되려고 합니다. 이러한 조바심의 근원은 그리스 신화로 설명될 수 있습니다. 상대와 하나가 되려는 바람. 이것이야말로 사랑의 신 에로스가 가진 본성입니다. 원래 에로스는 풍요의 신 포로스와 결핍의 신 페니아 사이에서 태어났지요. 그래서 풍요와 결핍의 중간자적인 성격을 갖다 보니 결핍을 풍요로 만들려고 애씁니다. 그러나 풍요에 근접할 수는 있지만 풍요의 신은 될 수 없으니 늘 불만족스럽습니다. 그래서 사랑을 하면 할수록 뭔가 허전하고 불만족스러워져서 더욱 사랑을 얻으려고 몸부림치게 되는 겁니다.

설사 상대가 나를 사랑하는 것이 확인된다 하여도 마음을 놓을 수는 없습니다. 지금은 나를 사랑한다 해도 그 사람이 변심할 수도 있잖습니까. 이런 엇갈린 사랑이나 짝사랑의 관계를 명쾌하게 설명한 사람도 역시 사르트르입니다. 앞서 언급한『존재와 무』라는 저서에 따르면 인간은 '무'에 해당한답니다. 다시 말하면 인간은 미리 갖고 있는 본질이 없기 때문에 스스로 본질을 만들어 나가는 존재라는 겁니다. 그래서 자기를 만들어 나갈 수 있는 자유를 가지고 있기 때문에 지금 이 순간과는 달라질 수 있다는 말이지요. 그러니 상대가 설사 지금은 나를 좋아한다고 해도 앞으로 변하여 다른 사람을 좋아하게 될 가능성이 있지 않겠습니까. 그래서 사르트르는 이렇게 말합니다.

> 만일 상대로부터 사랑을 받으려면 내가 조건 없이 선택되어야 한다. ……이 선택은 상대적이거나 우발적이어서는 안 된다. ……사랑하는 사람이 원하는 것은 자기 자신이 상대로부터 절대적인 대상으로 선택되는 것이다.

사르트르의 설명은 이렇습니다. 우선 강요가 아닌 자유 의지에 따라 상대가 나를 선택해야 합니다. 그리고 나를 선택하되 어떤 특별한 조건, 예를 들면 부자여서, 잘생겨서, 능력이 특출해서 등등 이런 것들 때문이 아니라 어떤 상황에서도 나를 선택하는 것이어야 한다는 겁니다. 그야말로 절대적 선택인 것이지요. 하지만 그런 선택이 흔하겠습니까. 그러니 자유를 가진 상대방이 나를 떠날까 봐 늘 불안한 겁니다. 그래서 상대에게 집착하게 되고 또 집요하게 사랑을 확인하려 합니다. 또한 사랑을 구걸하기도 하고 사랑을 시험해 보기도 합니다. 영국의 여류시인이지요. 브라우닝^{Elizabeth Barret Browning}(1806~1861)이 진정한 사랑을 갈구하는 그 심경을 잘 노래하고 있습니다. 그녀의 시를 한번 보세요.

> 당신이 날 사랑해야 한다면
> 다른 아무것도 아닌
> 오직 사랑만을 위해 사랑해 주세요.
> 이렇게 말하지 마세요.
> '그녀의 미소와 외모와 부드러운 말씨 때문에 그녀를 사랑해.'
> 연민으로 내 볼에 흐르는 눈물 닦아 주는
> 그런 마음으로도 사랑하지 마세요.
> (……)

그녀는 장애자였습니다. 그리고 시한부 인생을 살고 있었지요. 그러던 브라우닝이 당시 여섯 살 연하의 젊은 시인 로버트 브라우닝^{Robert Browning}(1812~1889)의 프로포즈를 받습니다. 그리고 그 답으로 쓴 시입니다. 아름다운 미소와 말씨에 끌려서 아니면 자신을 동정해서 사랑하지 않았으면 한다는 것이지요. 그저 사랑만을 위해서 사랑해 달라는 겁니다. 절대적인 진정한 사랑을 애원을 하는 것이지요. 이 두 사람은 주위의 반대를 무릅쓰고 결국 결혼하게 됩니다. 그리고 그들은 15년간 행복한 결혼 생활을 합니다. 아마도 사랑의 힘 때문이었겠지요. 엘리자베스 배릿 브라우닝은 생의 시한을 늦출 수 있었습니다.

사랑의 또 다른 얼굴, 질투

　　　　그런데 내가 상대방에게 절대적으로 선택만 되면 사랑에 관한 한 더 이상의 문제는 없을까요. 순탄한 사랑이 이어질까요. 아니 그렇지 않습니다. 바로 인간의 욕심 때문에 또 다른 문제가 생겨납니다. 채워도 채워도 채워지지 않는 욕심 때문에 사랑에 관련된 또 다른 문제가 발생하지요. 사람들은 일단 사랑을 차지하면 다음 단계로 그것을 확실하게 해두려고 욕심을 부립니다. 사랑하는 사람을 내 품 안에, 아니 내 손안에 잡아두려고 하지요. 그것으로부터 생겨나는 괴물이 바로 질투입니다. 사랑과 질투. 그것은 어쩌면 동전의 양면 같은 것이지요. 하지만 질투는 사랑이라는 미명하에 자신을 가두고 상대에게 더 집착하게 만듭니다. 그래서 질투는 일단 시작되면 걷잡을 수 없이 커져서 이성을 마비시키고 결국은 파멸에 이르게 합니다. 사랑과 질투의 관계를 재미있게 보여주는 이야기가 있습니다. 스톡튼Frank R. Stockton(1834~1902)이라는 미국 소설가가 쓴『레이디냐 타이거냐』라는 소설입니다. 우선, 그 줄거리는 이렇습니다.

　　오래전 독특한 심판제도를 갖고 있던 왕국이 있었습니다. 모든 죄인은 경기장에서 즉결 심판을 받았습니다. 그 경기장 입구의 반대편에는 똑같이 생긴 두 개의 문이 있습니다. 왕은 죄인에게 두 개의 문 중 하나를 선택하게 합니다. 그런데 그 두 개 중 어느 한쪽 문 뒤에는 호랑이가 있습니다. 그 문을 열게 되면 굶주린 호랑이가 튀어나옵니다. 그 호랑이는 나오자마자 앞에 있는 죄인을 그 자리에서 물어 죽입니다. 하지만 죄인이 호랑이가 없는 문을 연다면 왕이 직접 골라 놓은 아름다운 여인이 걸어 나옵니다. 곧이어 왕이 보는 앞에서 그 여자와 결혼식을 올립니다. 그리고 죄인은 무죄임이 선언됩니다.

그런데 사건이 터집니다. 이 포악한 왕에게 아름다운 딸이 있었습니다. 그런데 어쩌다가 공주는 궁중의 노비와 사랑에 빠지게 되었습니다. 그 사랑은 오래가지 않아 발각되고 노비는 심판을 받게 되었습니다.

드디어 경기장의 출입문이 열리고 노비가 걸어 들어왔습니다. 체격이 당당하고 용모가 수려한 노비를 보는 순간, 사람들은 공주가 사랑에 빠질 만하다는 생각을 했습니다. 노비는 경기장 가운데까지 걸어 들어와 걸음을 멈추고 왕에게 몸을 굽혀 인사를 했습니다. 하지만 눈은 왕을 보는 것이 아니었습니다. 왕 옆에 앉아 있는 공주를 보고 있었지요.

사실 공주는 심판 전에 어떡하든 노비를 살려 내려고 노력했습니다. 그래서 문 뒤의 비밀을 알아냈습니다. 어느 문 뒤에 호랑이가 있는지를 말입니다. 하지만 새로운 문제가 생겼습니다. 공주는 부왕이 문 뒤에 세워 놓을 여자를 본 것입니다. 노비가 심판에서 살아난다면 결혼하게 될 여자이지요. 공주는 노비의 결혼식과 그 이후의 장면들을 떠올리면서 점차 고민에 빠져들었습니다. 그러면서 어느 순간부터 그 여자에 대한 증오심이 생기기 시작했습니다. 이런 번민의 나날을 보내다가 공주는 심판의 날을 맞이한 겁니다.

한편, 심판대에 서자마자 노비는 공주와 눈이 마주쳤습니다. 노비는 공주의 눈빛에서 확신을 얻었습니다. '아! 공주는 알고 있구나!' 그래서 노비는 강렬하고도 절실한 눈빛을 보냈습니다. '어느 쪽 문으로……?'

이 긴박한 순간, 공주는 손을 약간 들어서 오른쪽으로 움직였습니다.

경기장 안의 모든 사람들의 시선은 노비에게 쏠려 있었기 때문에 노비만이 그것을 보았을 뿐입니다. 노비는 즉시 몸을 돌려 오른쪽으로 걷기 시작했습니다. 한 걸음, 한 걸음. 문에 다가서더니 망설임 없이 문을 열었습니다.

작가는 이것으로 이야기를 끝냈습니다. 과연 그 오른쪽 문에서는 여자가 나왔을까요 아니면 굶주린 호랑이가 나왔을까요. 작가는 그 답을 독자의 몫으로 돌렸습니다. 그런데 생각해 보면 답은 그리 간단하지 않습니다. 공주는 몇날 며칠을 밤낮으로 고민했다고 했습니다. 사랑하는 사람이 굶주린 호랑이에게 물려 죽는 끔찍한 모습. 또 사랑하는 사람이 다른 여자와 결혼해서 행복하게 사는 모습. 이런 모습이 교차되면서 복잡한 심정으로 번민의 시간을 보냈다고 했습니다. 공주 입장에서 한 번 생각해 보시지요. 내가 공주였다면 나는 어느 쪽 문을 알려 주었을까.

아마도 공주는 불같은 질투심 때문에 호랑이가 있는 문을 가리켜 주었을 가능성이 있습니다. 공주가 질투심이 생기는 이유는 이렇습니다. 인간 여자는 일 년에 한 번만 임신이 가능하지요. 때문에 일생 동안 낳을 수 있는 자손이 몇 명 되지 않습니다. 그래서 가급적 좋은 유전자를 가진 인간 남자를 선택하려 합니다. 그래야 우월한 유전자를 가진 자식을 얻을 수 있으니까요. 그런데 보세요. 체격이 좋은 유전자를 가진 노예를 놓치겠습니까. 그리고 만일 그렇다면 다른 여자에게서 우월한 유전자를 가진 아이가 태어날 텐데요. 그 우월한 유전자를 가진 아이가 자신의 아이와 경쟁하게 될 그런 상황을 만들겠습니까. 공주는 이 노예가 살아남는 것을 원치 않을 겁니다. 그러니까 그럴 가능성을 원천적으로 봉쇄하겠지요.

종족보존의 메커니즘

질투라는 것. 무섭습니다. 불같은 질투심은 사랑하는 사람을 내 손으로 제거하고도 남습니다. 그런데 사랑과 질투는 동전의 양면과 같은 것이라고 했잖아요. 사랑은 상대를 향한 마음이고 질투는 더 확실하게 하려고 집착하는 겁니다. 그런데 진화심리학자들은 이 두 감정이 모두 종족보존의 메커니즘에서 비롯된다고 설명합니다. 아름답고 숭고한 사랑을 확인하고 그 사랑을 지키는 것. 그것도 따지고 보면 결국 자기를 닮은 후손을 얻으려는 것에 지나지 않는다는 말이지요. 종족보존이라는 지상명령은 살아가는 것과 관련된 것보다도 우선합니다. 한 가지 예를 들어 볼까요. 이것 때문에 인간 남자들은 몸집에 비해 필요 이상으로 큰 고환을 갖고 있습니다. 걸을 때나 앉을 때나. 매우 거추장스럽습니다. 그런데 왜 이 부분은 작게 진화가 안 되었을까요. 그것에 관한 연구 결과를 보니 인간 남자의 고환 크기는 침팬지보다는 작고 고릴라보다는 크다고 합니다. 그렇게 된 이유는 이렇습니다. 고릴라는 비교적 일부일처를 충실히 지킵니다. 그에 반해 침팬지의 암컷은 여러 마리의 수컷과 관계를 갖습니다. 그러니 침팬지 수컷들은 암컷과 교미할 때 가급적 많은 정자를 내보내야 하겠지요. 다른 수컷들의 정자를 제치고 자신의 정자가 수정될 가능성을 높이기 위해서라도 말입니다. 필요는 결과를 낳습니다. 그 결과 오랜 진화 과정을 거치며 침팬지 수컷은 유인원 가운데 가장 큰 고환을 갖게 되었습니다.

그렇다면 인간은 일부일처인데요. 인간 남자의 고환이 고릴라보다 큰 이유는 뭘까요. 그것은 인간이 일부일처제라고는 하지만 아직도 인간 여자들이 다른 남자의 정자를 받아들일 가능성이 있다는 것이겠지요. 그러니 자신의 유전자를 번식시킬 확률을 조금이라도 높이기 위해서는 인간 남자들은 정자를 많이 만들어야 합니다. 그 결과 큰 고환이 필요했던 것이지요.

종족보존의 메커니즘은 여기서 끝나지 않습니다. 우여곡절 끝에 인간 여자의 자궁 속으로 들어온 정자들은 또다시 관문을 통과해야 합니다. 『정자전쟁』이라는 그의 저서에서 밝혔듯이 로빈 베이커 Robin Baker 교수에 따르면 정자들도 여자의 몸 안에 들어가면 전투를 치른다는 겁니다. 일단 정자는 두 부대로 편성이 됩니다. 한 부대는 난자로 돌진하는 부대이고, 또 다른 부대는 그야말로 적들과 싸우는 정자들의 부대입니다. 전투부대 정자들은 적들과 대항해서 적들이 난자에 접근하지 못하게 가로막습니다. 그렇게 하면서 우리 편 정자들이 난자에 먼저 가도록 호위한다는 겁니다. 그 마지막 전투에서 승리해야 비로소 자신의 유전자를 가진 후손이 생기는 것이지요.

종족 보존의 메커니즘. 이것은 오늘날의 우리를 있게 한 원동력입니다. 그리고 그것에서 비롯된 원초적인 본능이 사랑과 질투라고 했습니다. 누구나 그렇듯이 사랑에 빠지면 문득문득 사랑하는 사람이 나를 버리고 가버릴 것 같은 불안감에 빠져들 때가 있습니다. 사랑하는 사람과의 좋았던 기억. 그 기억을 간직하고 또 앞으로도 계속 더 만들어 가고 싶은 욕심. 그것 때문에 마음은 늘 불안합니다. 그때부터 사랑을 지키려는 집착의 메커니즘은 반복 작동을 시작하며 눈덩이처럼 커져만 갑니다. 집착과 질투는 독점과 집중이라는 특성 때문에 다른 것들에 신경 쓸 여유를 주지 않습니다. 그러다가 결국 파국으로 치닫게 되지요. 무서운 속도로 달려가는 브레이크 없는 기관차처럼 말입니다. 그러니 어쩌지요. 적당히 질투하지 않을 정도로만 사랑해야 하나요. 그런데 이 모든 것이 본능과 관련되는 것이니 생각한 대로 되지 않습니다. 그저 지독한 사랑이 아니라 은근한 사랑 정도로 지나가 주기를 바랄 뿐이지요. 여기 조지훈 시인의 『사모』를 읽으면서 사랑에 대한 생각을 다시 정리해 봅니다.

사랑을 다해 사랑하였노라고
정작 해야 할 말이 있음을 알았을 때
(……)
울어서 멍든 눈흘김으로
미워서 미워지도록 사랑하리라.

한 잔은 떠나버린 너를 위해
한 잔은 너와의 영원한 사랑을 위해
또 한 잔은 이미 초라해진 나 자신을 위해
그리고 마지막 한 잔은
이미 알고 정하신 하느님을 위해……

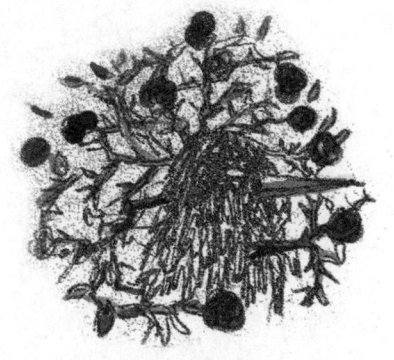

바람이 분다

...
다섯 번째 편지

다시 쓸쓸한
날에

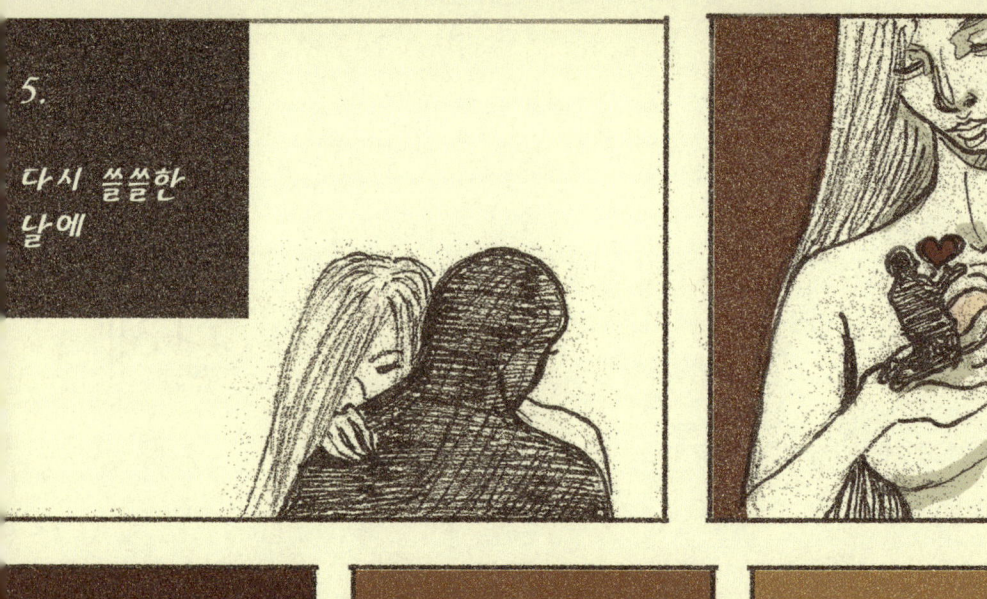

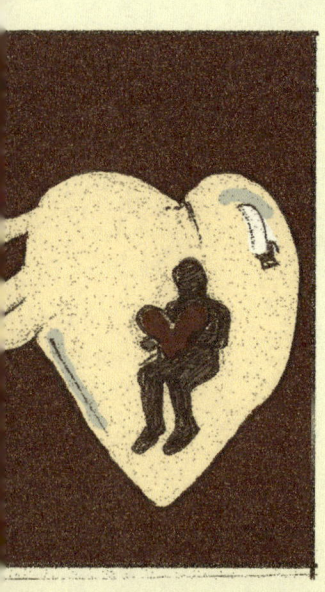

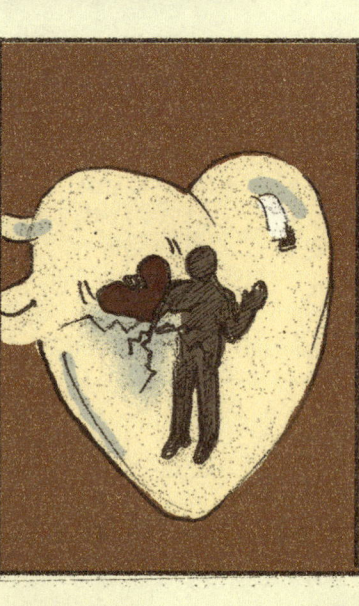

문이
뚫려있어서
다행이예요

그건 그렇고..

갑자기
바람이
많이 부네요

아저씨,
아까부터
무슨 음악
들으세요?

* 바람이 분다

바람이 분다 서러운 마음에 텅 빈 풍경이 불어온다
머리를 자르고 돌아오는 길에 내내 글썽이던 눈물을 쏟는다

하늘이 젖는다 어두운 거리에 찬 빗방울이 떨어진다
무리를 지으며 따라오는 비는 내게서 먼 것 같아
이미 그친 것 같아

세상은 어제와 같고 시간은 흐르고 있고
나만 혼자 이렇게 달라져 있다
바람에 흩어져 버린 허무한 내 소원들은 애타게 사라져간다

　　바람이 분다 시린 한기 속에 지난 시간을 되돌린다
　　여름 끝에 선 너의 뒷모습이 차가웠던 것 같아
　　다 알 것 같아

　　내게는 소중했던 잠 못 이루던 날들이
　　너에겐 지금과 다르지 않았다
　　사랑은 비극이어라 그대는 내가 아니다
　　추억은 다르게 적힌다

　　나의 이별은 잘 가라는 인사도 없이 치러진다

　　세상은 어제와 같고 시간은 흐르고 있고
　　나만 혼자 이렇게 달라져 있다
　　· · · · · · ·

목소리만으로
감동을 주는 가수 이소라
2011년 문인들이 뽑은
아름다운 노랫말
'바람이 분다'

세상은 어제와 같고
시간은 흐르고 있는데
비바람 속
나만 혼자 달라져 있다

다시 쓸쓸한
날에

영원한 연인, 베아트리체

　　흔히 사람들은 말합니다. 시간이 약이라고. 시간이 지나면 죽을 것 같은 지금의 고통도 사라진다고. 하지만 그것은 거짓말입니다. 창문을 때리는 빗소리에도 그가 그리워지고, 어둠이 찾아와도 나 그를 불렀습니다. 먼 산엔 잔설이 찾아들고, 길섶 지난 낙엽도 연기처럼 사라지는데, 가버린 아픈 사랑은 그대로 있고 가슴속 기억만 또렷이 되살아납니다. 그의 추억 가득한 그곳에는 차마 가지 못하고, 위안을 찾아 억지로 들른 그곳엔 그의 추억 떠올릴 수 없기에 그 사람 다시금 그리워집니다.

소설에서 만나게 되는 이별의 아픔을 되새기는 장면입니다. 누구나 공감하는 이루어지지 못한 사랑의 기억은 늘 우리를 과거 속으로 끌어들입니다. 그래서 그런지 우리 곁에는 늘 이별의 아픔을 담은 이야기가 맴도는 것 아닐까요. 그런데 이루어지지 못한 사랑의 아픔은 과거를 살다간 사람들에게도 똑같았나 봅니다. 그래서 지금까지도 전해지는 그들의 아픈 사랑이야기를 해볼까 합니다.

먼저 '중세 천 년의 침묵의 소리'라는 찬사를 받고 있는 명작이 있습니다. 바로 『신곡』인데요. 그것을 쓴 사람은 단테^{Alighieri Dante}(1265~1321)이지요. 그 단테의 이루어지지 못한 사랑 이야기부터 시작해 보겠습니다. 불멸의 명작 『신곡』은 단테의 연인인 베아트리체^{Beatrice}인 셈입니다. 바로 베아트리체에 대한 사무치는 그리움이 표출된 결과물이기 때문이지요. 단테는 베아트리체를 사모하게 되지만 그녀는 젊은 나이에 요절합니다. 하지만 단테는 그녀를 잊을 수 없었지요. 결국 작품 속에서나마 못 다한 사랑을 이루려고 했던 것입니다.

단테의 고향은 르네상스가 꽃을 피웠던 이탈리아의 피렌체입니다. 세상 모든 형태의 아름다움이 다 모여 있다는 피렌체. 단테는 『신곡』의 「지옥」 편에서 "내가 태어나 자란 곳은 아름다운 아르노 강변의 큰 도시"라고 밝히고 있습니다. 단테는 가난한 귀족 집안의 자제였습니다. 그런데 그가 아홉 살이 되던 어느 봄날이었지요. 피렌체의 아르노 강변을 거닐다가 베키오 다리 위에서 천사 같은 소녀를 만납니다. 그녀가 바로 베아트리체입니다. 피렌체의 명문 귀족인 폴코 포르티나리의 딸이었는데요. 첫 만남의 기억을 단테는 「새로운 인생」에서 이렇게 적었습니다.

> 고상한 빛깔의 옷을 차려입은 그녀.
> 그녀가 내 앞에 모습을 드러냈다.
> 그것은 피처럼 붉은 빛깔의 옷이었다.
> 겸손하고 예의 바른 모습
> 그녀는 자신의 어린 나이에 어울리는 차림새를 하고 있었다.
> 바로 이때부터 그녀에 대한 사랑이 내 영혼을 지배하기 시작했다.

이렇게 해서 베키오 다리 위에서 만남이 있었던 그 시간 이후, 단테는 이름도 모르는 그녀를 마음에 품고 사모하기 시작합니다. 사는 곳도 모르니 그저 하염없이 다리 근처만 배회했겠지요. 아무튼 피그말리온 효과인가요. 지성이면 감천인지, 마침내 단테는 너무나 간절히 원하던 소원을 이룹니다. 이름 모를 소녀를 만난 지 만 9년째 되던 어느 봄날이었습니다. 처음 만났던 바로 그 장소인 베키오 다리 위에서 그렇게 만나고 싶어 했던 그 소녀를 거짓말같이 우연히 만납니다. 그 기억도 「새로운 인생」에 적어 놓았습니다.

> 눈부시게 빛나는 흰색 옷을 차려입은 그녀
> 귀족 여인들과 때마침 반대편에서 걸어오고 있던 그녀
> 소심하고 수줍은 모습의 나를 응시하며
> 사랑스런 자태로 인사를 건넸습니다.
>
> 나는 제정신이 아니었습니다.
> 나는 너무나 황홀하여 정신을 잃었고
> 무엇에 취한 사람처럼
> (……)

단테는 이 시간 이후 제정신이 아
니었을 겁니다. 베아트리체를 다
시 만난 순간, 이것이 운명이라
는 것을 느꼈을 것이고요. 그리
고 인사를 건네고 그녀의 음성이
귀에 들리는 순간 온몸이 얼어붙
었을 겁니다. 단테의 이 운명적인 만남은 1883년에 헨리 홀리데이^{Henry}
^{Holiday}(1839~1904)를 위시한 다른 화가들의 그림 소재가 되었습니다.

그 후 베아트리체에 대한 단테의 사모의 정은 더욱 깊어졌지요. 그러
던 어느 날, 단테는 청천벽력 같은 소식을 듣습니다. 그렇게 사모하던
베아트리체가 결혼했다는 소식을 접하게 되지요. 그녀가 돈 많은 은행
업자의 부인이 되었다는 겁니다. 단테는 상실감으로 커다란 마음의 상
처를 받게 됩니다. 그런데 엎친 데 덮친 격으로 얼마 안 있어 단테는 베
아트리체의 사망 소식을 전해 듣습니다. 망연자실. 이후 단테는 베아트
리체를 잊지 못해 10여 년간 타락한 생활을 합니다. 그러다가 겨우 심신
을 추스르지요. 그러고는 첫사랑을 잃은 슬픔을 승화시켜 『신곡』이라는
작품을 내놓습니다. 13년 만이지요. 단테는 당시 너무나 힘들었던 고통과
심경을 『신곡』 곳곳에 담아 놓았습니다. 또한 베아트리체와 함께 천국을
여행하는 내용도 실어 놓았는데요. 이것은 현실에서 이루지 못한 단테의
애절한 소망이겠지요. 『신곡』을 완성한 뒤 곧바로 단테는 세상을 떠납니
다. 아마도 베아트리체를 만나러 급히 천국으로 달려간 것 아닐까요.
단테의 마음은 정말 일편단심 베아트리체였나 봅니다. 단테는 아내

젬마와 사이에 3남 2녀의 자식을 두었는데요. 그 딸에게도 베아트리체라는 이름을 지어 주었습니다. 하아, 이건 단테보다도 아내인 젬마가 보통사람이 아닌 것이지요. 그걸 허락하기가 쉽지 않았을 텐데요. 하여튼 스물넷의 나이로 요절한 베아트리체. 그녀는 단테에 의해 구원의 여인으로 되살아났습니다. 그리고 오늘날까지도 우리들 가슴속에 영원한 연인의 아이콘으로 살아 있습니다.

실연의 고통을 승화시킨 예이츠

역사에서는 단테뿐만 아니라 유별난 실연의 경험을 안고 살아간 사람들이 참 많습니다. 그런데 유독 시인들이 많지요. 글쎄요, 아무래도 시인들은 감성이 풍부하니 사랑에 빠지기 쉬울 거라는 것이 이유가 되겠네요. 그리고 그 사랑의 경험을 자신들의 풍부한 감성을 빌려서 시로 남겼기 때문이겠지요. 어쨌든 실연의 아픔을 노래한 시인의 사례가 많이 알려져 있는데요. 여기 무려 30년이나 한 여자를 사랑했던 시인이 있습니다. 바로 이 시의 주인공입니다. 먼저 그의 시를 볼까요.

나는 돌아가리라 이니스프리 섬으로
흙과 풀잎으로 작은 오두막 짓고
아홉 이랑 밭을 갈고
한 통 꿀벌을 쳐
벌떼 잉잉거리는 숲에 내 홀로 살리라
(……)

이 시는 20세기 전반, 가장 널리 낭송된 영시입니다. 바로 아일랜드의 예이츠^{William Butler Yeats}(1865~1939)가 지은 「이니스프리 섬」이라는 시입니다. 이 시는 교과서에 실렸었습니다. 또 시 제목이 화장품 이름에 사용되기도 했지요. 하여튼 「이니스프리 섬」이라는 시는 도시 문명의 번잡함 속에서 자연의 고요함과 평화로움을 희구하는 마음을 담은 것입니다. 이니스프리 섬은 실제로 예이츠의 고향인 아일랜드 슬라이고의 호수에 있는 작은 섬입니다. '이니스프리' 하면 참 멋진 모습을 상상할 텐데요. 그 뜻은 의외로 별 볼일 없습니다. 아일랜드어로 '이니스'는 '섬'이고 '프리'는 '히스라는 잡목'이니 '이니스프리'는 잡목으로 뒤덮인 섬이라는 뜻입니다. 전해지는 바에 의하면 소년 시절에 아버지가 읽어 주시는 『월든^{Walden}』을 듣고 예이츠 자신도 이니스프리에 들어가 살겠다는 생각을 했다는 겁니다. 아시다시피 『월든』은 소로^{Henry David Thoreau}(1817~1862)의 숲 속 생활이 그 내용이지 않습니까. 어쨌든 예이츠는 1923년 노벨 문학상까지 수상한 아일랜드가 자랑하는 시인입니다. 처음에는 주로 서정적인 시를 썼는데 나중에는 철학적 명상을 담은 시풍으로 전환합니다. 그러면서 그는 아일랜드 독립 운동에도 관여하고 또한 극작을 통하여 아일랜드 문예부흥 운동을 주도하기도 했습니다.

아일랜드 전통의 신성함과 아름다움을 잘 표현한 시들. 그래서 '지혜의 시인'이라는 칭송을 들었던 예이츠. '육체의 노쇠는 지혜'라든지 '술은 입으로 들고 사랑은 눈으로 든다' 등은 그가 우리에게 남긴 유명한 시 구절입니다. 그런데 노벨상을 받을 정도의 뛰어난 문인도 나약한 인간임을 입증하는 사례인가요. 그도 사랑이라는 원초적 본능을 비껴가지는 못했습니다. 그가 스물넷이 되던 1889년 가을, 당시 아일랜

드 독립운동을 하던 금발의 미녀를 만납니다. 그녀가 바로 모드 곤^{Maud}
^{Gonne}(1866~1953)인데요. 첫 만남, 예이츠는 그녀가 마차에서 내리는
그 순간, 이미 운명적인 사랑을 직감했다고 합니다. 「화살」이라는 시에
서 그 심경을 이렇게 적었지요.

> 당신의 아름다움을 생각하자
> 그 생각은 날카로운 상념의 화살이 되어
> 내 뼈 속 깊이 박혀 버렸습니다.

　그러나 그 두 사람의 사랑은 순탄치 못했습니다. 예이츠가 상대를 잘
못 만난 셈인가요. 그녀는 한 남자의 연인으로 있기에는 너무나 야심차
고 자유분방한 여인이었습니다. 그럴수록 예이츠는 그녀에게 집착했고
그것은 결과적으로 고통만을 안겨 줄 뿐이었지요. 그런 상황을 예이츠
는 이렇게 시로 남겼습니다.

> 살리 정원 아래서 내 사랑과 나는 만났습니다.
> 그녀는 눈처럼 희고 작은 발로 살리 정원을 지나갔습니다.
> 나뭇잎 자라듯 쉽게 사랑하라고 그녀는 나에게 말했지만
> 나는 젊고 어리석어 곧이듣지 않았습니다.
> (……)

「살리 정원^{Salley Garden} 아래서」라는 시입니다. 이 슬픈 사랑의 고백은 아
일랜드 민요풍의 애잔한 가락에 실려 지금도 많이 애창되고 있습니다.
1891년 예이츠는 그녀에게 청혼했지만 거절당합니다. 커다란 상처를 받
았지요. 그런데 곧이어 그녀가 당시 아일랜드 독립운동을 하던 존 맥브
라이드^{John MacBride}와 결혼했다는 소식을 듣습니다. 마른하늘에 날벼락 같

은 소식에 예이츠는 절망합니다. 그날의 심경을 그대로 보여주는 시 구절이 있습니다. "번개와 함께 당신이 내게서 떠나던 날, 내 눈은 멀고 내 귀가 안 들리게 된 바로 그날"이라는 시구인데요. 눈이 멀고 귀가 먹었다는 표현에서 그 충격이 얼마나 컸는지 짐작할 수 있습니다. 그 이후에도 그녀에 대한 예이츠의 병적인 집착은 계속되었지요. 그러나 그 집착은 역설적이게도 좋은 결과를 낳습니다. 마치 진주조개가 자신의 상처를 아물게 하는 과정에서 진주를 만들 듯, 예이츠는 사랑하는 사람을 잃은 지독한 상실감을 승화시켜 주옥같은 시를 써냈습니다. 전화위복이지요. 이루지 못한 사랑. 상처뿐인 사랑 때문에 30여 년간 고통스런 삶을 살았던 예이츠. "당신은 우리처럼 어리석었습니다. 그래도 당신의 재능은 살아 있었습니다." 시인 오든^{Wystan Hugh Auden}(1907~1973)은 그의 추도사를 쓰면서 이렇게 떠나간 시인을 위로하였습니다.

성적 습관화, 쿨리지 효과

        우리보다 먼저 유명을 달리한 유명인사의 아픈 사랑 이야기. 예전의 슬픈 사랑 이야기는 그 정도로 하고 시간을 현대로 옮겨 보겠습니다. 우선, 이 노래 아실 겁니다. 연인끼리 손잡고 많이 불렀던 노래지요. 또 결혼 축가로도 많이 부르는 노래인데요. '연가'라는 노래입니다.

> 비바람이 치던 바다 잔잔해져 오면
> 오늘 그대 오시려나 저 바다 건너서

밤하늘에 반짝이는 별들도 아름답지만
사랑스런 그대 모습 더욱 아름다워라
그대만을 기다리리 내 사랑 영원히 기다리리

그런데 이것은 원래 뉴질랜드 원주민인 마오리 족의 '포 카레카레 아나'라는 노래입니다. 이 노래는 원래 한 청년이 연인에게 프로포즈하는 내용이지요. 원곡의 가사는 이렇습니다.

폭풍이 휘몰아치는 거친 바다도
그대가 건너올 때면 잠잠해질 거예요
그대, 내게 다시 돌아와요
당신을 사랑해요
편지를 썼어요
반지와 함께 보냈지요
(……)

노래에 담긴 사연은 이렇습니다. 서른여덟 살이 된 청년 토모아나는 열여덟의 꽃다운 처녀 리페카를 보고 첫눈에 반해 버렸습니다. 그 토모아나가 1912년에 지은 노래가 바로 이 노래인데요. 생각해 보세요. 순수하고 멋진 청년이 불러 주는 애절하고 아름다운 노래를 듣고도 그 사랑을 거절할 수 있겠습니까. 결국 두 사람은 결혼했습니다. 질투 날 정도로 행복한 나날을 보내던 그들은 무엇 때문인지는 몰라도 얼마 후 이혼합니다. 아무리 알 수 없는 것이 남녀관계라고는 하지만 왜 이렇게 헤어질까요. 없으면 죽고 못 살 것처럼 유난 떨 땐 언제고 왜 갈라설까요.

셰익스피어^{William Shakespeare}(1564~1616)는 벌써 오래전에 남녀 간 사랑의 변화 과정을 날카롭게 간파하고 이렇게 말했습니다. 그의 희곡 작품 「뜻대로 하세요」의 4막 1장에 이런 말이 있습니다.

구애하는 남자는 4월이지만
결혼하면 12월이 됩니다
처녀 적엔 5월이던 여자들도
부인네가 되면 날씨를 바꾼답니다

나 역시 암컷을 시샘하는 수비둘기보다
더 그대를 질투할 테고
비 오는 날의 앵무새보다 더 시끄러울 겁니다
원숭이보다 더 새것을 좋아하고 욕심에 들뜨겠지요
(……)

　연인들이 처음 만나 사랑을 시작할 때, 4월의 날씨처럼 부드럽고 온화하던 남자들. 그들은 결혼하고 나면 본색을 드러내지요. 얼마 안 있어 12월의 날씨처럼 냉랭하고 차가워집니다. 결혼 전, 5월의 날씨처럼 화사하고 아름답던 여자들. 그녀들도 모습이 바뀐다는 겁니다. 더구나 남자들은 아내에게 시시콜콜 간섭하고 바깥의 다른 여자에게로 관심을 돌린다는 것이지요. 4백 년 전 사람임에도 불구하고 셰익스피어가 이렇게 정확하게 사랑을 꿰뚫어 보았다는 사실이 놀랍습니다.

　하여튼 그의 묘사대로 연인들은 사랑하게 되면서 그와 동시에 상대방에게 걸었던 기대들을 하나둘씩 접기 시작합니다. 만남이 거듭될수록 서로에 대한 환상이 깨어지기 때문이지요. 그 시점은 짧으면 6개월, 길어야 30개월을 넘지 못합니다. 이 시기를 지나면서 서서히 '쿨리지 효과'라고 하는 수컷의 바람기가 발동하기 시작합니다. 사회생물학자들에 따르면 수컷들은 암컷들과 달리 성적으로 습관화된다고 하지요. 그것 때문에 기존의 파트너에게는 식상하여 점점 반응이 시큰둥해집니다. 반면에 새 파트너를 만나면 얼굴에 화색이 돌면서 쌩쌩하게 반응이 살아난다는 것이지요. 암소와 황소를 축사 안에 같이 넣고 오래 키우다 보면

서로에게 덤덤해합니다. 암소가 새끼를 가질 때가 되어도 황소가 별 반응을 보이지 않습니다. 그런데 다른 집 암소에게는 관심을 보입니다. 어쨌든 수컷의 이 바람기를 쿨리지 효과라고 하는데요. 미국 제30대 대통령 쿨리지^{Calvin Coolidge}(1872~1933)의 일화에서 비롯된 것이라고 합니다.

어느 날 무미건조한 사이로 알려진 쿨리지 대통령 부부가 워싱턴 근교에 있는 농장을 방문했습니다. 농장에 도착한 부부는 헤어져서 각자 다른 코스로 시찰하기 시작했습니다. 양계장 앞에 먼저 온 영부인이 암탉과 교미하는 수탉을 보고 농장 안내원에게 물었습니다.

"저 수탉은 하루에 몇 번 교미를 하나요?"

"아! 예, 수십 번 합니다"라고 안내원이 대답했습니다.

그러자 영부인이 이렇게 말했습니다.

"그럼, 그 사실을 이따가 대통령 각하가 오면 그대로 꼭 말해 주세요."

얼마 후에 양계장 앞에 도착한 쿨리지 대통령. 그는 안내원에게 그 이야기를 듣고는 이렇게 물어보았습니다.

"그런데 그 수탉은 같은 암탉하고만 교미를 합니까?"

그러자 안내원이 대답했습니다.

"아닙니다. 매번 다른 암탉과 합니다."

그 대답에 씩 웃으면서 쿨리지는 이렇게 말했다지요.

"그 사실을 영부인에게 꼭 말해 주시오."

동반자적 사랑으로 승화시켜야

짧으면 6개월, 길어야 30개월을 넘지 못하는 열정적인 사랑. 그 뜨거운 사랑의 주인공들. 그들은 상대방에 대한 환상이 깨어지고 격정의 열기가 식어 가면서 결국에는 헤어지게 됩니다. 그래서 우리는 헤어지지 않으려는 방법을 모색하지요. 열정적인 사랑을 나누게 되는 기간 동안 서로가 서로에 대하여 친밀감을 쌓아 갑니다. 그리고 서로에 대한 책임을 더 많이 부여해 주는 것이지요. 그래서 이성 간의 감정적인 사랑에서 동반자적인 사랑으로 승화시켜 갑니다. 육체적인 사랑의 한계를 정신적인 사랑으로 극복해 보려는 것이지요. 이 업그레이드 과정이 실패하면 헤어지게 되는 것입니다. 이러한 과정을 잘 보여주는 시가 있습니다. 바로 도종환 시인이 쓴 「가구」라는 시인데요. 한번 보세요.

> 아내와 나는 가구처럼
> 자기 자리에 놓여 있다
> 장롱이 그렇듯이
> 오래 묵은 습관들을 담은 채
> (……)
> 본래 가구들끼리는
> 말을 많이 하지 않는다
> 그저 아내는 방에 놓여 있고
> 나는 내 자리에서
> 내 그림자와 함께
> 육중하게 어두워지고 있을 뿐이다

이 시는 동반자적인 사랑으로 삶을 공유하는 아내와 나의 관계를 잘 보여주고 있습니다. 흥분과 설렘, 열정과 격정, 번민과 질투와 같은 것은 없습니다. 그저 같은 시공간에서 정해진 위치를 점유한 채 공동체의 일원으로서 존재할 뿐입니다. 각자 맡은 역할을 말없이 행하고 있는 사람일 뿐이지요. 그래서 시인이 보기에는 한방에 자리 잡은 가구와 같은 존재라는 겁니다. 이 가구 같은 존재로나마 예전 격정적인 사랑을 나누었던 사람과 함께하려는 것이지요.

만남은 헤어짐을 잉태하고 있는 것

　　　　하지만 그런 차선책조차 마련하지 못하고 하루 또 하루가 지나갑니다. 사랑의 열기가 정점을 찍고 한 꺼풀씩 한 꺼풀씩 환상의 껍질이 벗겨집니다. 그것이 끝나 가던 어느 날, 두 사람은 결국 작별을 고하게 됩니다. 이별이 못내 아쉽습니다. 차마 다하지 못한 말들만 남았습니다.

> 그때를 생각하면 가슴이 에입니다.
> 그녀의 눈동자에 어린 눈물방울들
> 하기 힘든 마지막 말을 꺼낼 때조차
> 나는 아무런 말도 하지 못했습니다.
> 그녀는 길을 걸어 올라갔고
> 나는 돌아서 내려갔습니다.
> 그것이 마지막이었습니다.

　내 마음을 받아 주지 않았던 그대. 그 사람에 대한 미련 그리고 그리움. 질투와 시기. 한동안 복잡한 마음이 교차합니다. 프랑스의 철학자 바르트^{Roland Barthes}(1915~1980)는 『사랑의 단상』에서 사랑하는 사람이 떠나간 것이 슬프고 원망스럽다는 것. 그것은 지극히 일방적인 말이라고 했습니다. 다시 말하면 움직이지 않고 여기에 있는 내 입장에서 하는 말일 뿐, 날아가는 철새같이 늘 옮겨 가는 상대방은 떠나가는 것이 당연한 일이지요. 그러니 이별의 슬픔이라는 것도 나 자신의 입장에서 하는 부질없는 넋두리일 뿐, 떠나간 그 사람이 하는 말은 아니라는 겁니다. 둘이 같이 있지 않다는 사실. 그 사람이 떠나갔다는 사실. 그것은 어차피 내가 사랑한 것만큼 사랑받지 못한다는 사실을 일관되게 보여주는 것일 뿐, 특별한 무엇이 아니라는 말이지요.

어쩌면 사랑은 처음부터 헤어짐을 잉태하고 있는 것인지도 모릅니다. 회자정리會者定離라고 하지 않습니까. 만난다는 것은, 즉 헤어진다는 것. 그러니 어쩌면 멋진 사랑은 뜨겁게 사랑하다가 아쉬운 눈물 속에 헤어지는 것일 수도 있습니다. 마치 어느 봄날 활짝 만개했다가 낱낱이 바람에 실려 꽃보라로 흩어지는 벚꽃처럼. 격정적인 불빛에 빨려 들어가 산화하는 불나비처럼. 그렇게 사라지는 겁니다. 너는 떠나고 나는 남게 되고. 그리고 그 아름다웠던 사랑은 이별의 아픔으로 부서지는 것이겠지요. 서로를 바라보았던 일. 서로의 마음을 확인했던 시간들. 마치 온 세상을 다 얻은 양 환희에 벅차오르던 아름다운 순간들. 이런 것들은 차후에 두고 두고 상실의 아픔으로 살아 나오겠지요. 그것이 사랑 아닌가요.

금지된 사랑

이게 잘 날아가야 되는데 ......

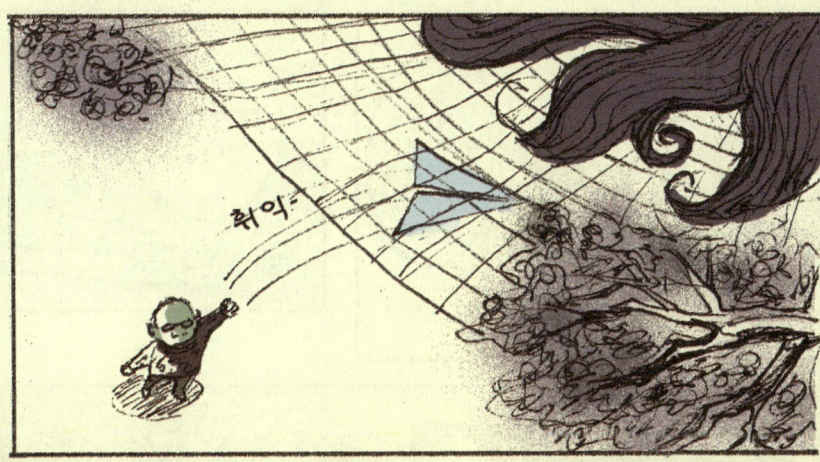

휘익~

엉? 그물에 딱 붙어있네?

그이한테 이따가 여기서 보자고 전해줘요.

내 생각엔 거기 가는 건 좀 위험해 보여요.

무슨 소리야! 애초에 이 정도는 각오했던 일이야.

떳떳한 관계는 아니지만 내 사랑은 아무도 막을 수 없어.

점점 불길한 예감이 드는데...

그려고보니,
막을 수
있는 방법이
하나 있긴하다

죽음만이
유일하게
막을 수 있을 거야.

늪

내가 그녀를 처음 본 순간에도
이미 그녀는 다른 남자의 아내였었지
하지만 그건 그리 중요하지 않았어
왜냐하면 진정한 사랑은 언제나 상상 속에서만 가능한 법이니까
난 떠돌 수가 없었어
이미 내 영혼은 그녀의 곁을 맴돌고 있었기 때문에

가려진 커튼 틈 사이로 처음 그댈 보았지
순간 모든 것이 멈춘 듯 했고 가슴엔 사랑이..
꿈이라도 좋겠어 느낄 수만 있다면

...

팔세토 창법의 가수 조관우
그의 독특한 음성에 실린
금지된 사랑 이야기

욕망의 먹이가 된 덧없는 쾌락
무너져 내린 모든 것
그건 더 이상 사랑이 아니다
금지된 사랑이 증언하는 것은 오직 그것뿐

금지된 사랑

어긋난 인연, 어긋난 사랑

      카페 앞으로 한 무리의 여자들이 몰려옵니다. 이리저리 기웃거리는 여자들은 기세등등합니다. 그때 누군가가 소리를 지릅니다.

"여기다!"

그 외마디 소리에 여자들은 모두 카페 안으로 우르르 몰려 들어갑니다. 잠시 후, 카페 안에서는 여자들의 고함과 욕설이 섞여 나옵니다.

갑작스런 소란에 카페 안은 엉망이 됩니다. 다들 얼굴이 붉으락푸르락하고 손과 몸이 엉키는 가운데 카페의 여주인이 머리끄덩이를 잡힌 채 안쪽에서 질질 끌려 나옵니다. 주위에 서서 엿보던 사람들은 한눈에 사태를 파악합니다. 몰려온 여자들은 목소리를 높여 악을 씁니다.

"아니, 어디 남자가 없어 남의 남자에게 꼬리를 쳐! 이 나쁜 년! 죽일 년! 이년아, ……너 같은 건……."

소동은 꽤 오랫동안 이어집니다. 그러는 동안 인근 동네 사람들은 그 광경을 흘끔흘끔 보면서 수군거립니다. 사람들이 모이면 모일수록 몰려온 여자들은 더욱 목청을 높여 큰 소리로 떠들어 댑니다. 어느새 카페 여주인은 머리카락이 뜯기고 옷은 찢어지고 입술이 터져서 피까지 흘립니다.

TV 드라마에서 가끔 보는 장면이지요. 예, 맞습니다. 바로 이 노래를 연상시키는 불륜 드라마의 한 장면입니다.

> 사랑해선 안 될 사람을 사랑하는 죄이라서
> 말 못 하는 이 가슴은 이 밤도 울어야 하나
> 아, 사랑 애달픈 내 사랑 어이 맺은 하룻밤의 꿈
> (……)

옛날 대학 시절 MT 갔을 때 복학생 선배들이 많이 불렀던 노래입니다. 따라 부르다 보니 어느새 배우게 되었는데요. 그때는 그냥 노랫말이 좀 묘한 느낌을 준다고만 생각했었습니다. 그런데 나중에 자꾸 부르다 보니까 이거 묘한 이유가 있더군요. 사랑하면 안 되는 사람을 사랑하는 그러니까 몰래한 사랑, 금지된 사랑, 불륜. 바로 금기에 관련되는 것이었습니다.

우리는 금기시된 것에 대해 오히려 강한 욕망을 갖는 경우가 있습니다. 금기시된 것은 대체로 내가 소유하고 있지 않은 것. 아니 소유하지 못한 것에 대한 것입니다. 나에게는 없어서 갖고 싶은 것. 또는 부족해서 그것을 채우려는 욕망. 이것이 금지된 것을 자꾸 넘보게 만듭니다. 남의 떡이 더 커 보이는 것처럼 학창 시절 같이 앉은 내 짝꿍보다는 다른 친구의 짝꿍과 짝이 되고 싶은 것 그것 아니겠습니까. 송수권 시인의 「여승」도 이런 경우네요.

> 어느 해 봄날이던가, 밖에서는
> 살구꽃 그림자에 뿌여니 흙바람이 끼고
> 나는 하루 종일 방 안에 누워서 고뿔을 앓았다.
> 문을 열면 도진다 하여 손가락에 침을 발라 가며
> 장짓문에 구멍을 뚫어
> 토방 아래 고깔 쓴 여승이 서서 염불 외는 것을 내다보았다.
> 그 고랑이 깊은 음색과 설음에 진 눈동자 창백한 얼굴
> 나는 처음 황홀했던 마음을 무어라 표현할 순 없지만
> 우리 집 처마 끝에 걸린 그 수그린 낮달의 포름한 향내를
> 아직도 잊을 수가 없다
> 나는 너무 애지고 막막하여져서 사립을 벗어나
> 먼발치로 바리때를 든 여승의 뒤를 따라 돌며
> 동구 밖까지 나섰다
> 여승은 네거리 큰 갈림길에 이르러서야 처음으로 뒤돌아보고
> 우는 듯 웃는 듯 얼굴상을 지었다
> (도련님, 소승에겐 너무 과분한 적선입니다. 이젠 바람이
> 찹사운데 그만 들어가 보서얍지요.)
> 나는 무엇을 잘못하여 들킨 사람처럼 마주 서서 합장을 하고
> 오던 길로 되돌아 뛰어오며 열에 흐들히 젖은 얼굴에 마구
> 흙바람이 일고 있음을 알았다.
> (……)

남성에게는 불가항력의 환경에 처한 가녀린 여성을 보면 무조건 도우려는 성향이 있다고 합니다. 좋게 말하면 의협심이고 일반적으로 말하

면 여성과 성적으로 접촉할 수 있는 기회를 만들어 보려는 것이지요. 그 기회를 잃게 되는 결과를 최소한 줄여 보려는 것입니다. 이것을 심리학에서는 '카메리아 콤플렉스'라고 하는데요. 아마 시 속의 주인공도 뭐라고 딱 꼬집어 말할 수 없는 힘에 이끌려 어영부영 동구 밖까지 여승을 따라간 것 아닐까요.

친구 약혼녀를 사랑한 괴테

하지만 어쩌겠어요. 금지된 사랑인데요. 우리네 같은 사람들이야 그저 가슴앓이로 끝낼 수밖에 없지요. 그런데 역사 속에는 이에 굴하지 않고 금기의 벽을 용감하게 넘어선 사람들이 있습니다. 소심한 사람들이 도덕이니 규범이니 운운할 때 이들은 진정한 사랑이라는 기치 아래 금지된 사랑을 과감하게 실천했습니다. '용감한 사람만이 미인을 얻는다'라고 했나요. 어쨌든 용감한 사람들이나 할 수 있는 금지된 사랑은 역사적으로 뭇사람들의 관심과 주목을 끌었습니다. 겉으로는 지탄의 대상이었지만 속으로는 부러움의 대상이 아니었을까요. 아무튼 세인들의 이중적인 관심을 끌었던 금지된 사랑 이야기를 해보겠습니다.

먼저, 다재다능한 천재였던 괴테^{Johann Wolfgang von Goethe}(1749~1832)의 이야기입니다. 이름만 봐도 미들네임을 두 개나 쓰는 유명한 사람입니다. 그를 단번에 유명하게 만든 것이 있습니다. 누구나 연애하던 시절에 한 번쯤 읽어 보거나 선물로 주거나, 아니면 연인과의 대화에서 화젯거리로 등장했던 것. 바로 『젊은 베르테르의 슬픔』이란 소설 말입니다. 이

격정적인 사랑 이야기는 괴테가 스물다섯 살 때 쓴 것입니다. 그런데 불과 4주일 만에, 그러니까 한 달 만에 휙휙 썼다는 겁니다. 뭐, 천재니까 그 정도는 아무것도 아니겠지만요. 어쨌든 이것은 친구 빌헬름에게 자기의 심정을 고백하는 편지 형식으로 쓴 것인데요. 1771년 5월 4일에서 1772년 12월 20일까지의 기록입니다. 그런데 『젊은 베르테르의 슬픔』을 보시고 이거 내 얘기라고 생각하지 않았나요. 실제로 괴테도 직접 이런 말을 했다고 합니다. "누구라도 살면서 '젊은 베르테르의 슬픔'이 자기를 위해서 쓴 소설이라는 생각을 한 번도 해 본 적이 없다면 그 사람은 불행한 사람이다."

사실 소설 속의 '베르테르'는 괴테 자신이었습니다. 괴테 자신이 그 소설을 '위대한 고백의 단편'이라고 말했으니까요. 괴테는 친구의 약혼녀를 사랑했던 자신의 경험과 또 다른 친구의 치정 자살 사건을 버무려 작품에 담았습니다. 대학을 졸업하고 변호사가 된 괴테는 스물셋이 되던 해인 1772년 5월, 라인 지방의 베츨라르에 있는 최고 재판소에 실습을 나갑니다. 그런데 그곳에서 친구 케스트너의 약혼녀이자 당시 19살의 샬로테 부프Charlotte Buff를 만나게 되지요. 괴테는 그녀를 보고 첫눈에 반합니다. 그녀를 보면 볼수록 그녀를 향한 열정은 더 뜨거워졌습니다. 하지만 이것이 소모적일 뿐이고 이루어질 수 없는 사랑임을 너무나 통절하게 깨닫습니다. 날이 갈수록 금지된 사랑의 골은 깊어만 갑니다. 괴테는 마음속에 번민을 거듭하다가 결국 홀연히 그곳을 떠납니다.

그로부터 한 달 뒤, 괴테는 친구 예루잘렘이 어떤 유부녀를 사랑하다 권총으로 자살했다는 소식을 듣습니다. 이 금지된 사랑의 파국이 괴테에게는 충격이었습니다. 불과 얼마 전 자신도 똑같은 처지였으니 동병상련이었겠지요. 자신의 아픈 사랑의 기억. 그리고 친구의 금지된 사랑이 남긴 비극적인 결말. 이런 것들을 소설로 구성한 것이 바로 『젊은 베르테르의 슬픔』입니다.

누구나 한 번쯤은 앓게 되는 사랑의 열병. 그래서 더욱 베르테르의 사랑 이야기에 빠져드는지도 모릅니다. 소설 곳곳에는 로테에게 대책 없이 빠져 버린 베르테르의 무능한 모습을 보여주는 대목이 많이 있습니다. 로테에게 넋이 나간 베르테르는 친구에게 이렇게 편지를 보냅니다.

> 그 모습, 그 목소리, 그 몸짓에 내 영혼은 완전히 빠져들고 말았어. 이야기를 하는 동안 난 그녀의 검은 눈동자를 얼마나 뚫어지게 바라보았던지…… 촉촉한 입술과 매끄럽고 윤기 넘치는 볼에 내가 얼마나 매료되었던지…….
>
> 자나 깨나 꿈속에서도 내 마음을 차지하고 있는 것은 그녀의 모습이야. 눈을 감으면 눈 속에, 마음속에, 머릿속에도 그녀의 검은 눈이 나타나게 돼. 눈을 감아도 로테의 모습이 비쳐. 마치 바다처럼, 호수처럼. 그 눈은 내 앞에, 내 마음속에 들어와 이미 내 몸의 모든 감각을 마비시켰어.

이쯤 되면 상사병이지요. 그것도 중증 상사병입니다. 눈을 감으면 감은 대로, 뜨면 뜬 대로 로테의 모습이 나타난다니 말이지요. 로테의 검은 눈을 통해 이미 열병에 걸려 버린 가엾은 베르테르. 그것은 사랑하는 것 외에 아무것도 할 수 없는 너무나도 가혹한 불치의 병입니다. 이 절망적인 사랑에 대한 숨 막히는 묘사를 통해 괴테는 많은 사람들의 공감을 이끌어 냈습니다. 절절하다 못해 처연하기까지 한 그의 고백을 들어볼까요.

신은 아시는지요.

너무나도 자주 나는 다시 깨어나지 않기를 바라면서 침대에 듭니다.

아니 때로는 그런 희망을 품고 잠자리에 듭니다.

그러다 아침이 되어 눈을 뜨고 다시 태양을 바라보면 너무 비참해집니다.

(……)

발걸음을 내디딜 때마다 천국이 내 뒤를 따라다녔지요.

세계를 사랑스럽게 감싸 안을 줄 아는 심장을 가지고 있었습니다.

그랬던 사람이 바로 내가 아니었던가요?

그러나 지금 그 심장은 죽어 버렸습니다.

그리고 더 이상은 거기에 그 어떤 기쁨도 없습니다.

나의 눈은 메말라 버렸지요.

그리고 원기를 북돋우는 눈물로도 재기불능인 나의 감각은

불안하게 나의 이마를 찌푸리게 합니다.

나는 크나큰 고통에 시달리고 있습니다.

내 삶의 유일한 기쁨이며 주변 세상을 이끌어 내던

활기 넘치는 힘을 잃어버렸기 때문입니다.

어느 날 베르테르는 로테를 찾아가 시를 읽어 주다가 격정적인 흥분을 이기지 못하고 그녀에게 미친 듯이 키스를 퍼붓습니다. 그러자 로테는 그에게 절교를 선언하지요. 다음 날, 베르테르는 권총으로 자살하고 맙니다. 그는 로테를 처음 만났을 때 입었던 파란 연미복과 노란 조끼 차림을 하고 있었고 주머니 속에는 로테가 생일날 준 리본이 들어 있었습니다.

『젊은 베르테르의 슬픔』은 출간되자마자 난리가 났습니다. 전 유럽에 베르테르의 모방 자살을 불러일으킨 '베르테르 효과' 때문이었지요. 괴테는 베르테르의 고백을 통해서 독자들의 눈물샘을 자극하면서 금지된 사랑을 동정하게 만들어 버린 것입니다. 그 때문에 가치 판단에 혼란을 불러일으켰고 그래서 파란 연미복에 노란 조끼를 입고 머리에 권총

을 쏘아 자살하는 이른바 '자살 도미노'가 이어졌습니다. 걷잡을 수 없을 정도로 유행이 번지자 당시 유럽에서는 이 책을 금지 도서의 목록에 올리기도 했습니다. 그럼에도 불구하고 철학자 키에르케고르^{Søren}Kierkegaard(1813~1855)는 이 소설 속에 나오는 구절인 '이것이냐 저것이냐'와 '죽음에 이르는 병'을 따와서 자신의 저서에 이름을 붙이기도 했습니다. 또한 나폴레옹도 이 책을 너무나 좋아해서 전쟁 중에도 이 책을 휴대품처럼 소지하고 다녔다고 합니다.

1774년 9월『젊은 베르테르의 슬픔』을 발표한 후, 괴테는 '베르테르 시인'으로 일약 스타 작가가 됩니다. 첫사랑에 실패한 것을 만회하려는 보상심리 때문일까요. 그 이후 괴테는 여러 명의 여인들과 금지된 사랑을 하면서 여러 차례 스캔들에 휩싸입니다. 너무나 뛰어난 재주와 넘치도록 풍부한 감성, 그리고 받쳐 주는 외모가 있으니 어찌 보면 당연한 일일 수도 있겠지요. 하지만 그 화려한 여성 편력을 자랑하던 괴테도 나이는 어쩔 수 없었나 봅니다. 73세가 되던 1822년 여름, 17세 소녀 울리케 폰 레베초와의 사랑을 마지막으로 화려한 스캔들에 종지부를 찍습니다.

스승의 부인을 사랑한 로렌스

괴테 말고도 금지된 사랑, 위험한 사랑을 망설임 없이 실천한 또 한 명의 사람이 있습니다. 성과 성 심리를 대담하고 직설적으로 묘사하여 늘 예술성과 음란성의 경계를 넘나드는 20세기 영국의 소설가 로렌스^{David Herbert Lawrence}(1885~1930). 로렌스는 영국 중부 노팅엄의 작은 광산촌인 이스트우드에서 태어났습니다. 광부였던 무식한 아버지와 교사 출신의 교양 있는 어머니 사이에 태어났지요. 그는 순탄치 못한 어린 시절을 보냈습니다. 하층민 출신의 아버지와 상류층 출신의 어머니 사이에서 생기는 갈등과 불화를 겪었고 또 아들에 대한 어머니의 과도한 집착과 편애에 시달리기도 했습니다. 이러한 것들은 이후 로렌스의 삶과 그의 작품에 지대한 영향을 끼치게 됩니다.

어쨌든 로렌스는 1906년 교사 자격증을 얻기 위해 노팅엄 대학에 입학합니다. 로렌스는 정말 마마보이였습니다. 대학 진학까지도 어머니의 꿈을 이루어 주기 위한 효도의 일환이었으니까요. 하긴 그의 회고록에서 자신은 어머니로부터 '생명과 따뜻함과 힘'을 얻었다고 말했습니다. 대학 시절 로렌스는 건강이 악화되어 요양을 위해 외국에 나갈 생각을 하고 있었습니다. 그러던 차에 대학 은사였던 위클리 교수를 만나고 우연히 그의 집에 가게 됩니다. 바로 이것이 로렌스의 운명을 바꾸어 놓게 되는데요. 그 이유는 이 일로 인하여 스물일곱 살의 로렌스가 금지된 사랑에 빠져들게 되기 때문이지요.

위클리 교수에게는 독일 귀족 출신의 프리다라는 부인이 있었습니다. 이미 아이가 셋이나 있었고 로렌스보다도 여섯 살 연상이었습니다. 프리다 부인은 남편을 찾아온 연하의 로렌스를 보고 가슴이 뛰었습니다. 남편의 이름이 위클리여서 약한 것인가 그런 생각도 했을 겁니다. 사실 신혼 때부터 몸이 약하고 자신에게 무관심했던 남편이 늘 불만스러웠었지요. 그러던 차에 젊고 세련된 남자가 눈앞에 나타났으니 일은 났습니다. 아니나 다를까 로렌스가 노팅엄에 온 지 얼마 안 되어 두 사람은 불륜 관계에 빠져들었습니다. 우리 사고방식으로 이해하기 힘든 경우이지요. 괴테의 경우처럼 남의 약혼녀도 아니고, 모르는 어떤 사람의 부인도 아니고 이건 자기 스승의 부인이지 않습니까. 하여튼 로렌스는 대형 사고를 쳤습니다. 아마도 어머니 그늘에서 오랫동안 있다 보니 억눌림에 대한 반항인지 아니면 연상의 여인이 편안해서 그랬는지는 모르겠습니다.

아무튼 격정에 휩싸여 며칠 밤을 보낸 프리다는 스물여섯의 애송이 로렌스에게 이 누나와 같이 새로운 인생을 시작하자고 꼬드겼습니다. 로렌스는 이미 출국 준비가 다 되어 있던 터라 마다할 것이 없었지요. 이에 정신이 나간 프리다는 남편 위클리와 아이들을 떼놓고 로렌스와 함께 친정아버지가 있는 독일의 메츠로 갔습니다. 리히트 호펜 가문 출신의 남작이었던 그녀의 아버지는 경악을 금치 못했지요. 온 가족이 나서서 돌아가라고 설득했지만 그녀는 막무가내였습니다. 가족들은 그저 그렇게 넘어갔습니다. 그러나 주변 사람들의 눈길은 곱지 않았습니다. 그 두 사람도 세간의 쏟아지는 비난을 견디기는 쉽지 않았습니다. 할 수 없이 로렌스와 프리다는 사람들의 따가운 눈총과 비난을 피해서 남부 독일, 오스트리아, 이탈리아 등 여러 곳으로 도피 생활을 시작했습니다. 도피 자금은 로렌스의 작품 인세와 지인들이 보태 주는 돈으로 충당했습니다.

그러나 세상은 로렌스에게 끝까지 호의적이지 않았습니다. 그의 소설과 그림은 줄곧 외설 시비에 휘말려 압수되기 일쑤였습니다. 또 영국의 콘월 지방에 머물 때, 때마침 1차 세계 대전이 터졌습니다. 그런데 프라다가 독일 출신이라는 이유 때문에 독일 간첩 부부로 몰려 조사를 받기도 했습니다. 결국 두 사람은 다시 영국을 떠나기로 결심합니다. 이후 그들은 시칠리아, 멕시코, 유럽, 미국, 이탈리아 등지로 떠돌아다니며 살게 됩니다. 그러다가 로렌스는 만성 폐결핵이 악화되어 이탈리아 베니스에서 숨을 거둡니다. 시와 소설에 관한 문학적인 재주, 게다가 그림 재주까지 남달랐던 로렌스. 그 역시도 금지된 사랑의 영역을 넘어간 대가를 톡톡히 치른 셈입니다.

금지된 것에 대한 욕망

그런데 왜 이렇게 남의 여자 또는 남의 남자를 탐하는 걸까요. 그러고 보니 기독교에는 십계명이라는 것이 있습니다. 그 가운데 '네 이웃의 여자를 탐하지 말라'라는 계명이 있지요. 일찍이 기독교 문화권에서 남의 여자를 탐하는 일이 없었다면 십계명이 아니라 구계명이었겠지요. 그러니까 이전부터 금지된 사랑이 있어 왔고 또 여전히 염려스러워서 십계명으로 존속하는 것 아닐까요.

그런데 이와 같은 금기를 철학적으로 설명한 사람이 있습니다. 조르주 바타이유^{Georges Bataille}(1897~1962)라는 사람인데요. 그는 『에로티즘의 역사』라는 저서에서 에로티즘을 이렇게 말하고 있습니다.

> 에로티즘에는 유혹과 공포, 긍정과 부정이 혼재하며, 바로 그런 것 때문에 인간의 에로티즘은 동물의 성행위와는 구분된다. (……) 금기의 대상은 금지되었다는 사실 하나만으로 강력한 탐욕의 대상이 되기도 한다. 성적인 것과 관련이 있는 금기는 대체로 대상의 에로틱한 가치를 강조하는 결과를 낳는다.

바타이유는 금지된 것은 금지되었기 때문에 오히려 인간에게 강렬한 욕망을 불러일으킨다는 설명을 하고 있습니다. 그럴듯하지요. 왜, 뭘 하지 말라고 하면 오기로 더 하고 싶어지지 않습니까. 건강 진단 받을 때 생각해 보세요. 전날 저녁 9시 이후부터 물 먹지 말라고 주의 사항을 전달받습니다. 그런데 평상시 저녁때 물 별로 안 마시다가도 이렇게 마시지 말라고 하면 괜히 목이 더 마른 것 같고 또 물이 더 마시고 싶다는 생각이 자꾸 듭니다. 이런 예는 많이 들 수 있습니다. 그런데 이런 금기와 금지의 대상이 성적인 대상일 경우 에로틱한 열망을 갖게 된다는 것이지요. 사랑하면 안 되는 다른 사람의 부인 또는 약혼자, 친구의 애인. 이런 사람들은 사회적으로 용납될 수 없는 금지된 대상이기 때문에 오히려 성적 욕망이 더 생긴다는 겁니다. 글쎄요, 일면 수긍이 가는 것 같기도 합니다.

해 보지 못한 것에 대한 동경. 가지 않은 길에 대한 호기심. 먹어 보지 못한 것에 대한 기대. 갖지 못한 것에 대한 미련. 이런 모든 것이 '못 먹는 감 찔러나 본다' 뭐 그런 심보로 오기가 발동하는 것인가요. 아니면 '훔친 사과가 더 맛있을 것이다'라는 기대감이 금기를 깨도록 부채질하는 것인가요. 그래서 그런지 금지된 사랑의 예가 생각보단 많습니다. 지금부터 천 년 전의 것으로 알려진 「처용가處容歌」 아시지요. 금지된 사랑을 적나라하게 고발한 내용이잖아요. 신라 헌강왕 때 처용이라는 사람이 집에 돌아와 보니 귀신이 자기 아내를 범하고 있었다는 것이지요. 그런데 귀신이 봐도 처용은 참 대범한 인물이었나 봐요. 자기 아내의 불륜 현장을 목격하고도 태연하게 독백체로 노래를 읊조리고 있으니 귀신이 처용의 인격에 감복하고 무릎을 꿇었다지요. 바로 이 노래입니다.

서울 밝은 달 아래 밤 깊도록 노닐다가
들어와 잠자리를 보니 다리가 넷이로구나.
둘은 내 것이었는데 둘은 누구 것인고.
본디 내 것이다마는 빼앗아 간 것을 어찌 하리오

아내의 두 다리 말고 또 두 개의 다리는 다른 사람, 외간 남자의 것이었지요. 영어의 간음, 간통이라는 단어가 'adultery'인데요. 어원적으로 'other'(다른)의 의미를 갖고 있습니다. 그러니까 다른 사람, 타인과 관련된 것이라는 겁니다.

별로 안 좋은 말인데 오입誤入이란 말도 그렇지 않습니까. 들어올 곳이 아닌 곳으로 잘못 들어온 것입니다. 운전하다가 잘못해서든, 아니면 미필적 고의든 간에 일행 통행 구간에 한번쯤 반대로 들어가 보셨나요. 반대편에서 오는 운전자들로부터 받는 비난 장난 아닙니다. 손가락질에다가 심지어 막말까지 아주 험악합니다. 그런데 유구무언이지 않습니까. 그저 들어가지 않아야 하는 겁니다.

하지 말아야 하는 것. 하면 안 되는 것. 그런데 금지된 것을 몰래 또는 억지로 하는 것이니 하다가 발각되면 뭐라고 항변할 수가 없습니다. 하지만 무모하게 금지된 역주행을 자꾸 하다가 보면 피하지 못하고 결국 사고를 냅니다. 그러면서 애꿎은 사람에게 엄청난 피해를 입힙니다. 가수 김건모의 히트곡 '잘못된 만남' 아시지요. 노랫말 중에 "있을 수 없는 일이라 난 울었어, 사랑과 우정을 모두 버려야 했기에" 이런 구절이 있듯이 피해자의 상처는 쉽게 치유되지 않습니다.

위험천만한 역주행. 아슬아슬한 살얼음판을 걷는 것 같은 금지된 사랑. 단순한 호기심에서 시도하든, 치기 어린 무분별에서 시작하든, 그것은 파멸로 끝나는 시한폭탄과 다를 바 없습니다. 자신이 가진 것을 몽땅 잃게 될 도박에 모든 것을 거는 무모함. 게다가 무고한 주변사람까지 파탄지경에 이르게 하는 불행의 근원입니다. 하지만 금지된 사랑은 그것이 지닌 부정이며 위험천만한 일임에도 불구하고 오히려 빈번하고 끈질기게 이어집니다. 금기에 대한 반발이 본능적 충동을 불러일으키는지도 모릅니다. 또 몰래한 사랑이기에 더욱 뜨겁고 자극적일 수 있습니다. 그래서 금지된 사랑의 두 당사자는 서로를 포기하기가 쉽지 않습니다. 이성복 시인의 「앞날」이라는 시에 이 복잡 미묘한 심정이 잘 표현되어 있습니다.

> 당신이 내 곁에 계시면 나는 늘 불안합니다. 나로 인해 당신 앞날이 어두워지는 까닭입니다. 내 곁에서 당신이 멀어져 가면 나의 앞날은 어두워집니다. 나는 당신을 잡을 수도 없습니다. 언제나 당신이 떠나갈까 안절부절못합니다. (……) 나는 당신이 떠나야 할 줄 알면서도 보내드릴 수가 없습니다.

그러니 어쩌지요. 나약한 우리로서는 이런 시험에 들지 않도록, 이러한 악연에 얽히지 않도록 바라고 기도할 뿐, 달리 할 수 있는 것이 아무것도 없는 것인가요.

고래사냥

젊은 꿈의
방황

7.
젊은 꿈의
방황
저기
뿌옇게
보이는 거
있죠?
저게
다음 장소로
가는 문
아닐까요?
하늘 위에
떠있는
구름 속이
문이라구?
여기가
하늘로
보이세요?
그럼,
제 눈에 보이는
저 물고기들은
뭘까요?

고래사냥

술 마시고 노래하고 춤을 춰 봐도
가슴에는 하나 가득 슬픔 뿐이네
무엇을 할 것인가 둘러보아도
보이는 건 모두가 돌아 앉았네

차 떠나자 동해바다로
삼등 완행열차 기차를 타고

간밤에 꾸었던 꿈의 세계는
아침에 일어나면 잊혀 지지만
그래도 생각나는 내 꿈 하나는
조그만 예쁜 고래 한 마리

....

청바지, 맥주, 통기타
청년 문화의 상징 가수 송창식
웅얼거리는 목소리에 실려
대학가를 강타한 불후의 명곡

암울했던 그 시절
무엇을 해야 할지 알 수 없었고
어디로 가야 할지 알지 못했다

젊은 꿈의
방황

일그러진 상아탑

　　찬란한 봄의 한가운데에 섰습니다. 캠퍼스 이곳저곳에서 벚꽃, 목련, 철쭉 등 형형색색 봄꽃들이 저마다 화려한 자태를 자랑합니다. 이에 뒤질세라 나뭇잎들도 푸르름을 더해 갑니다. 왁자지껄 그 사이를 오가는 풋풋한 젊은이들. 뜨거운 열정과 낭만. 대학의 캠퍼스는 예나 지금이나 활기가 넘칩니다.

　하지만 겉보기와는 달리 속사정은 많이 달라져 있습니다. 대학 인구의 증가와 취업난으로 인하여 오늘날의 대학생들은 예전 대학생들이 갖고 있었던 엘리트 의식이 없습니다. 그저 평범한 예비 생활인으로 전락한 것이지요. 단지 취업을 준비하고 걱정하는 보통 사람이 된 겁니다. 따라서 대학도 지성인의 전당, 지식의 상아탑이라기보다는 취업 준비를 하는 취업 준비 학교 같은 성격이 짙어졌습니다. 고용 없는 성장이라는 경제 현실이 대학생들을 참담한 현실로 몰아넣은 겁니다. 그들을 가리키는 말들을 보세요. 이십대의 90%가 백수라는 '이구백', 장기간 미취업자라는 '장미족', 취업하지 않고 부모에게 기대어 사는 젊은이라는 '캥거루족' 등 자조적인 단어들이 그들의 처지를 대변해 줍니다. 이와 같은 현실은 그들의 모습도 바꾸어 놓았습니다. 우리 시대 젊은이는 캠퍼스의 낭만 속에 상쾌하고 발랄한 모습이었습니다. 하지만 외환위기 이후, 청춘의 모습은 바뀌었습니다. 캠퍼스에서 벌어지는 낭만은 치열한 경쟁과 생존의 서바이벌 게임으로 대체되었습니다. 낭만적 사랑과 순수한 꿈이 있어야 할 자리에 생존을 위한 경쟁만이 자리 잡고 있습니다.

하지만 부정적인 변화 가운데 그래도 긍정적인 것 한 가지가 있습니다. 오늘날 대학생들은 휴대하고 있는 첨단 IT 장비 덕분에 정보 활용 면에서는 예전보다 훨씬 출중한 능력을 갖고 있습니다. 그런데 얻는 게 있으면 잃는 게 있는 법. 쉽고 편하게 소통하는 IT 기기 때문에 너무나 개인적이고 이기적인 모습으로 변해 버렸습니다. 예전 같으면 무슨 일이든 일단 모여야 했고 또 모여서 같이 해나가다 보니 학과 친구나 선후배 간 유대 관계가 형성되었지요. 대학시절 내내 만남이 이어지면서 인간관계가 더욱 돈독해지곤 했습니다. 그런데 오늘날 대학생들은 만남의 기회가 현저하게 줄어들었습니다. 카톡, 페이스북, 트위터 등으로 의견을 주고받고 웬만한 일은 온라인으로 해결하다 보니 직접 친구들을 만날 필요가 없습니다. 빠르고 편리한 것은 좋은데 서로의 마음을 주고받을 기회를 잃어버렸습니다. 서로를 이해해 주고 배려하는 친구를 사귀기는 힘들어졌다는 말입니다. 그만큼 친구와 함께한 시간도 없으니 먼 훗날 돌이켜 볼 추억도 줄어들겠지요.

시대의 산물, 데카메론

우리의 대학 시절에는 불행한 정치적 사건들이 연이어 터졌고 그것을 극복하려는 움직임이 우선하는 시기였습니다. 그래서 개인이 지향하는 삶의 목표나 취미 같은 것들은 후순위로 밀렸었지요. 그로 인해 개인의 발전을 위해 자신에게 시간과 열정을 투자하기보다는 오히려 사회 문제에 더 적극적이었습니다. 따라서 학교에서의 소모임들은 온통 사회참여적인 것이 많았고 그렇게 알게 된 현실은 너무나 팍팍하고 암울했습니다. 그래서 나름의 온갖 방법으로 그런 국면을 벗어나려 했는데요. 당시 그나마 안식처가 되어 준 곳이 바로 기숙사였습니다. 어두웠던 시대를 함께 살아간다는 동류의식 아래 미래에 대한 불안한 꿈을 토로했지요. 마치 중세 유럽에 흑사병의 공포가 휘몰아칠 때 피렌체의 교외로 피신한 젊은이들처럼 말이지요. 그 피렌체의 젊은이들 이야기가 『데카메론』을 탄생시켰듯이 기숙사에서도 매일 밤 개똥철학 논쟁과 음담패설이 난무했습니다.

말이 나왔으니 『데카메론』 이야기를 좀 하고 가지요. 흑사병을 피해 피렌체로 온 열 명의 젊은이들. 그들이 무료함을 달래기 위해 지어낸 이야기, 그것이 바로 보카치오$^{Giovanni\ Boccaccio}$(1313~1375)가 쓴『데카메론』입니다. '데카'는 10을 뜻하고 '헤메라'는 날이라는 의미인데 그것을 합성한 것이지요. 데카메론에는 귀족은 물론 수도사, 농민, 하인, 도둑 등 다양한 계층의 사람들이 등장하며 그 사람들의 특색 있는 모습들이 그려져 있습니다. 게다가 중세 유럽에서는 감히 생각하지도 못할 성직자를 우롱하는 이야기와 야한 이야기들이 들어 있습니다. 그 예를 하나만 들어 볼까요. 아홉 번째 날 두 번째 이야기를 해보겠습니다.

규율이 엄격하기로 소문난 롬바르디아의 수녀원. 그곳에는 절세미인인 이자베타라는 젊은 수녀가 있었습니다. 그런데 어느 날, 친척과 함께 면회를 왔었던 잘생긴 청년과 그만 눈이 맞았습니다. 그래서 두 사람은 사랑에 빠지게 되었지요. 이자베타 수녀는 점점 사랑의 수위를 높이다가 급기야 수도원의 규율을 어기고 청년을 수도원에 불러들여 밀회를 즐기기까지 했습니다. 그러나 세상에 비밀은 없는 법. 그들의 밀회는 발각이 되었고 그 소식은 입에서 입으로 번져 갔지요. 시기심과 질투심에 사로잡혀 있던 다른 수녀들은 이자베타를 혼내 주려고 잔뜩 벼르고 있었습니다. 그래서 이런저런 궁리를 하던 차에 덕망 높으신 수녀원장과 함께 밀회 현장을 덮치는 방법을 생각해 냈습니다. 이자베타가 변명의 여지없이 쫓겨나게 만들 심산이었지요. 이자베타를 감시하던 수녀들은 마침내 결정적인 기회를 잡았습니다. 자신을 노리는 줄도 모르고 이자베타는 그 준수한 청년을 또 수도원으로 불러들였습니다. 그러자 수녀들은 수녀 원장실로 달려가 문을 두드렸지요. 그리고는 수녀원장에게 빨리 이자베타의 밀회 현장을 급습하러 가야 한다고 종용했습니다.

그런데 사실 수녀원장도 당시 원장실에서 한 사제와 밀회를 즐기고 있었던 것입니다. 갑자기 수녀들이 예기치 않게 들이닥쳐서 놀라기는 했지만 연륜이 연륜이니만큼 침착하게 대처했습니다. 그런데 어둠 속에서 급히 옷을 챙겨 입고 머리에 두건을 쓴다는 것이 그만 사제의 팬티를 머리에 쓰게 되었습니다. 그리고는 밖으로 나와 수녀들과 이자베타의 거처로 급히 갔지요.

그들은 급히 서둘러 현장에 도착했습니다. 그리고는 수녀원장과 수녀들이 이자베타의 방문을 확 열어젖히니 예상대로 젊은 남녀가 침대 위에서 꼭 껴안고 있었습니다. 죄를 묻기 위해 수녀원장은 이자베타를 집회실로 끌고 가서 심문을 시작했지요. 먼저, 수녀원의 신성함을 더럽힌 죄를 묻기 시작했습니다. 수녀원장의 서릿발 같은 추궁에 아무 말도 못하고 떨고 있던 이자베타가 살짝 고개를 들어 보니 수녀원장이 머리에 남자 팬티를 두르고 있고 그 끈이 늘어져 있는 것이 보였습니다. '아, 그러면 되겠구나!' 좋은 생각이 뇌리를 스쳤습니다. 이자베타는 원장님의 말 도중에 말할 기회를 보다가 원장님에게 두건 끈을 매라고 말했지요. 수녀원장은 처음에 그게 무슨 말인지 몰라 계속해서 야단만 쳤으나 이자베타가 재차 또 말하자 그때서야 자기가 머리에 남자 팬티를 두르고 있다는 것을 알아차렸습니다. 뿐만 아니라 다른 수녀들도 그 정황을 알아차렸지요. 상황이 이에 이르자 수녀원장은 말투를 바꾸어 인간이 육체의 욕구로부터 몸을 지킨다는 것은 불가능하다는 아전인수식 설교를 했습니다. 그러면서 몰래 할 수만 있다면 각자 알아서 적당히 밀회를 즐겨도 괜찮다고 말했지요. 그러자 다른 수녀들도 몰래 할 사랑을 위해 상대를 구하러 나섰습니다.

이 이야기에서 보듯이 데카메론은 이미 중세의 사고가 무너지고 자유로운 르네상스식 기풍이 반영되어 있음을 잘 보여줍니다. 짓눌렸던 중세 시대의 사회분위기에 대한 반항이었겠지요. 정치적으로 또 사회적으로 어두웠던 시절. 우리도 그 세월을 탓했습니다. 그러고는 끓어오르는 울분을 어떤 식으로든 해소하려 했습니다. 좌절과 불안, 고뇌와 번민을 우회하여 패러디하곤 했었지요. 그러던 그 시절에 있었던 우리들의 이야기입니다.

깨어나면 물어봐

뭉크^{Edvard Munch}(1863~1944)라는 노르웨이의 화가가 있습니다. 얼마 전 그의 작품 〈절규〉가 경매에서 1,330억 원에 낙찰되었다는 보도가 있었습니다. 그런데 그의 작품 중에 〈그다음 날〉이라는 작품이 있습니다. 젊은 여자가 옷을 입은 채로 침대에 축 늘어져 있는 모습을 그림 작품이지요. 누가 봐도 이 여자 술 먹고 완전히 갔구나 하는 것을 알 수 있습니다. 그런데 이 그림은 재미있는 일화가 있습니다. 1909년 오슬로 국립박물관 관장이 이 그림을 박물관에 걸려고 구매를 했습니다. 그런데 한바탕 소동이 났습니다. 이때가 1900년 초기입니다. 그러니 그 이전 1800년대부터 만연된 시대정신, 즉 절제된 형식과 예의 그리고 체면을 중시하던 사회의 규범에 정면으로 배치되는 작품입니다.

그래서 박물관 후원자들과 당시 지도층 인사들이 집단성토에 들어간 것이지요. 아니, 술 먹고 널브러져 자는 그런 여자 그림을 어디에다 걸려는 거냐, 그런 그림 걸려고 돈 주는 것 아니다. 더 이상 후원금 안 낸다, 그리고 지금까지 낸 돈 모두 돌려 달라 등 항의가 빗발쳤습니다. 게다가 어떤 후원자는 한 술 더 떠서 "오슬로 국립박물관은 술 취한 여자가 쉴 곳이 아니다"라고 빈정거리기까지 했습니다. 그러자 참다못한 오슬로 국립박물관장은 그 다음 날 기자들을 모아 놓고 다음과 같이 반박회견을 했습니다.

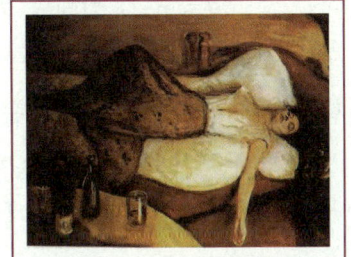

"이곳이 쉴 만한 곳이었는지 그녀가 깨어나면 물어보겠다. 그러나 지금은 자게 내버려 둬야 한다. 그녀가 있는 것이 미술관의 영예가 될지 아니면 치욕이 될지 아직 판단하기 이른 시각이다."

박물관장의 여유가 돋보이는 유머러스한 반박으로 일단 그 당시 어려운 고비를 잘 넘겼지요. 뭉크의 〈그다음 날〉 일화와 비슷한 사건이 우리에게도 있었습니다.

대학 기숙사에서 지내던 어느 날입니다. 밤이 깊어 가던 어느 여름날, 우리 친구들은 여느 때와 다름없이 우리 방에 모여 노닥거리고 있었지요. 12시 조금 전이었는데 군대까지 다녀온 고교 5년 선배가 우리 방에 들어섰습니다. 그 선배는 맏형처럼 점잖고 말수가 적어서 평소 좀 어려워하는 선배였거든요. 갑자기 무슨 일로 오셨을까 의아하게 생각했지요. 그 선배는 약간 멋쩍어하면서 이렇게 말했습니다.

"야! 니네들 나 좀 도와줘야겠다. 나중에 밥 살게. 한 번만 도와줘!"

"예? 근데 무슨 일인데요?"

우리는 부탁의 내용을 전혀 예측할 수 없어 서로의 얼굴만 쳐다보았지요. 그런데 거절할 수 없는 상황에서 그 선배는 무척 난감한 부탁을 하는 것이었습니다. 선배의 부탁은 바로 이런 것이었습니다. 시골에서 여자 친구가 상경했는데 놀다 보니 친척집에 갈 시간을 놓쳤다는 겁니다. 그렇다고 여관에 보내기는 좀 그렇고 해서 이럭저럭 걷다 보니 기숙사 앞까지 걸어오게 되었답니다. 그런데 노천에서 밤을 샐 수는 없으니 어떡하냐는 것이지요. 그래서 기숙사 안에서 밤을 새우고 내일 새벽에 날이 밝는 대로 나갈 수 있게 도와 달라는 것이었습니다. 당시 기숙사는 금녀의 집이었습니다. 일 년에 딱 한 번, 오픈하우스를 제외하면 여자는 출입 금지였지요. 이것을 어기면 퇴사해야 하는 것이 규칙이었습니다. 그래서 그 때문에 대선배의 부탁임에도 불구하고 선뜻 응하기는 어려웠습니다. 하지만 우리는 의리의 사나이들이었습니다. 같은 공간에서 많은 시간을 함께 지내다 보니 은연중에 하나라고 느끼는 그 무엇이 있었지요. 그래서 돕겠다고 대답을 해 버렸습니다.

선배의 부탁을 듣고 일단 작전을 짜 보았지요. 들어오는 것은 문제가 되지 않았습니다. 밤 12시 이후 우리들만이 이용하는 지하 1층 식당의 창문을 통하면 어렵지 않게 들어올 수 있으니까요. 그런데 나갈 때가 문제였습니다. 여름철이라 이른 아침 6시쯤이면 경비 아저씨가 벌써 기숙사 내부정리와 청소를 시작하십니다. 그러니 문제가 생기지 않게 하려면 6시 이전에 다시 지하 1층 창문을 통해 나가는 것입니다. 우리는 어쩔 수 없이 그렇게 하기로 하고 일단 그 선배와 여자 친구가 들어오는 것을 도와주었습니다. 그리고 그 선배와 여자 친구는 지하 1층 주방 옆에 있는 작은 방에 있기로 했지요. 그러면 우리가 오전 6시 전에 다시

와서 둘이 빠져나가는 것을 돕기로 했습니다.

　알람시계의 시끄러운 소리에 맞춰 우리 동기들은 6시가 되기 전에 눈을 부비며 일어났습니다. 졸리는 눈에 입이 찢어져라 하품을 하면서 아래층으로 내려오다 소스라치게 놀랐습니다. 아니, 1층 현관 사무실에 아저씨가 벌써 내부 정리를 하시고 계셨던 겁니다. 전혀 예기치 못했던 돌발사태가 발생한 겁니다. 후다닥 지하 1층으로 내려가서 다급하게 선배에게 말했습니다.

　"선배! 큰일 났어요. 아저씨가 벌써 사무실에……."

　"뭐? 벌써? 그럼, 어떡해?"

　순간 선배의 얼굴이 굳어졌습니다.

　"어, 무리하게 나가다가 들키기 쉬우니 일단 선배는 나와서 우리랑 같이 기회를 봐요. 그리고 여자 친구는 여기서 있다가 혹시 누가 오면 그냥 쓰러져 자는 척하라고 해요. 강제로 깨워서 물어보지는 않을 테니……."

　이렇게 말하고 우리는 다시 긴급 작전회의를 했지요. 일단 두 사람이 현관 사무실에 가서 아저씨를 붙들고 이야기를 걸면서 시간을 끄는 동안 선배의 여자 친구가 탈출하기로 했습니다.

　그런데 모든 것은 '진인사 대천명盡人事而待天命'이지요. 일의 성사는 하늘이 도와주어야 가능한 것인데 그 당시 우리는 억세게 운이 없었습니다. 다급해서 계단을 오르내리다 보니 웬 아저씨들 서넛이 갑자기 나타난 것이었습니다. 아, 알고 보니 그날이 재활용될 만한 것들을 수거해 가는 날이었습니다. 아저씨들을 보는 순간, 이제 틀렸구나 하고 직감했지요. 우린 그저 멍하게 서서 지켜보는 수밖에 없었습니다. 무리해서 창문으로 내보내 봤자 들킬 것은 뻔했으니까요.

생각해 볼 겨를도 없이 재활용품 수거하는 아저씨들과 경비아저씨는 곧바로 지하 1층 식당으로 내려가는 것이었습니다. 우리는 걱정이 되어 따라갔지요. 그 아저씨들의 목적지는 분명했습니다. 선배의 여자 친구가 있는 주방 옆의 작은 방. 거기에는 주방에서 쓰고 난 빈 병, 폐휴지, 양철통 등 이런 것들을 모아 두는 곳이었으니까요. 우리가 아저씨 뒤를 따라갔더니 벌써 아저씨들은 방문을 열고 의아한 표정으로 서 계셨습니다. 그 광경이 빤하지 않습니까. 웬 여자가 자고 있으니 다들 눈이 휘둥그레졌지요. 선배의 여자 친구는 미리 들은 미션을 훌륭하게 수행하고 있었습니다. 술 먹고 자는 척. 경비 아저씨는 우리를 쳐다보았습니다. 아저씨는 우리를 의심하기보다는 '이게 뭔 일이래? 이 사람 누구지?'라는 의문을 표하는 정도였던 것 같습니다. 그래서 순간적으로 시간이라도 벌 요량으로 경비아저씨에게 이렇게 말했지요.

"아저씨! 누구 아는 사람이 있겠지요. 곤하게 자니까 일어나면 물어봐요. 일단 그냥 자게 내버려 두시지요."

지금 생각하니 뭉크의 〈그다음 날〉의 일화와 똑같은 상황이었습니다. 이렇게 말하자 경비아저씨는 판단이 서지 않는지 잠시 머뭇거렸습니다. 그때 우리가 제일 우려하는 것. 바로 그것, 올 것이 오고야 말았습니다. 사감이 나타난 것입니다. 우리는 순간 얼어붙었습니다. 금녀의 집에 여자를 들인다는 것. 그것은 쫓겨나는 것을 각오한 규칙위반이었기 때문입니다. '아! 이젠 끝이구나!'라고 생각했지요. 경비아저씨와는 비교가 안 되는 눈치 9단의 사감은 우리가 이른 아침 몰려 있는 걸 보고 뭔가 낌새를 챈 것 같았습니다. 사감은 노련하게 아가씨는 그대로 둔 채 우리 모두를 사무실로 끌고 갔지요. 사감은 우리에게 이실직고하라고 윽박지르기 시작했습니다. 이것은 내부 공모자 없이는 절대로 여자가 들어올 수 없다는 것이었지요. 기숙사를 쫓겨나는 절체절명의 상황에서 그 선배는 끝까지 자신이 혼자 한 일이라고 버텨서 우리는 가까스로 퇴사를 면했습니다. 비록 사감은 우리를 끝까지 의심했지만요. 결국 그 선배만 퇴사하는 것으로 그 사건은 일단락되었습니다.

가장 소중한 것을 배웠던 시간

어느덧 가는 세월과 함께 그 시절의 이야기도 옛날이야기가 되었습니다. 이따금 그때의 모습이 떠오르면 저절로 빙그레 웃음이 나옵니다. 좀 무모하기도 했지만 그래도 인생에서 가장 순수했던 시절. 돌이켜 생각해 보니 그 시절이 있어서 좋은 인생친구가 생겼습니다. 우정을 나누며 사람과의 관계 맺기를 터득할 수 있었지요. 이익을 좇아가는 장사치의 사귐이 아닌, 권력에 붙어 가는 사귐이 아닌, 재물 때문에 다가서는 사귐이 아닌, 궁할 때 또는 필요할 때만 같이하는 사귐이 아닌, 그야말로 순수한 우정. 어떠한 어려움 속에서도 같이하는 우정. 그것이 무엇인지, 그리고 그것이 얼마나 소중한 것인지를 알게 해준 귀중한 시간이었습니다.

때로는 사는 것이 시시해질 때가 있습니다.
플라멩코를 추는 아름다운 여인의 자태도
웅장한 오케스트라의 훌륭한 화음도

블록버스터의 숨 막히는 한 장면도
그저 덤덤하게 느껴질 때가 있습니다.

그때 문득 그 시절을 돌아봅니다.
집 떠나 맞이한 어설프고 낯선 공간
겨울밤 손발을 비벼 가며 공부하던 차가운 공기
침대 매트리스에서 스멀스멀 기어 나오는 탁한 곰팡이 냄새
이층 침대를 오르내리던 사다리

젊은 날의 순수
알알이 배어 있는 빛바랜 추억
그것은 결코 잊을 수 없는 소중한 시간……

옛사랑

지워지지 않는
옛사랑의 그림자

8.
지워지지 않는
옛 사랑의
그림자

언니는 봉숭아 물을 들여주면서

이렇게 말하곤 했다.

'첫눈이 내릴 때까지
봉숭아 물이 손톱에 남아 있으면
사랑이 이루어진대.'

나는 이 말을 들은 후로는
첫눈을 기다리게 되었다.
그러나,

여름이 가고

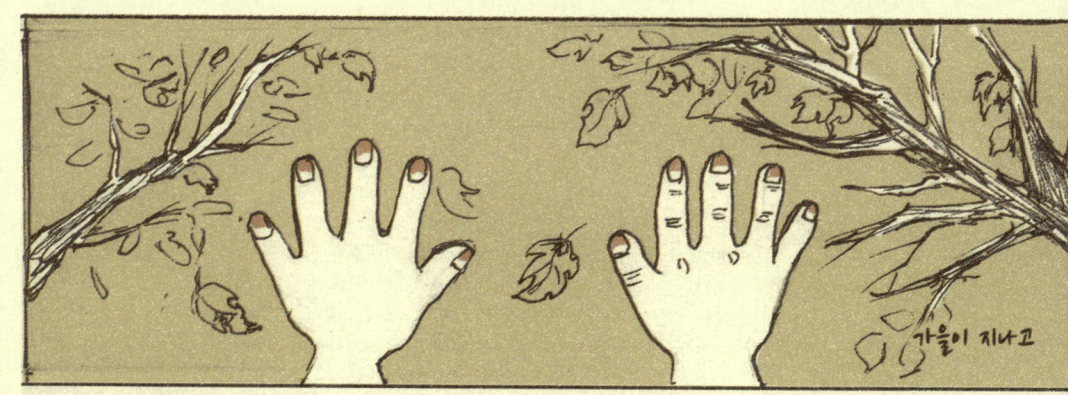

가을이 지나고

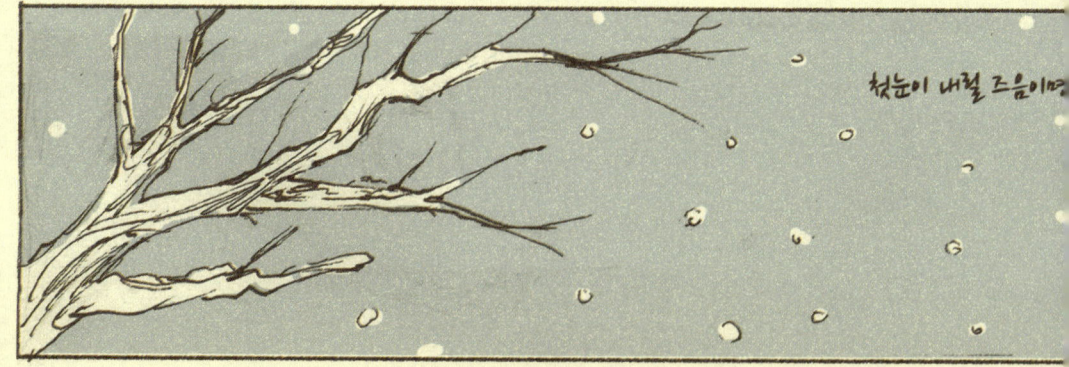

첫눈이 내릴 즈음이면

손톱에 봉숭아물이 남아있지
않는 경우가 대부분이었다.

십년이 지난 지금도 여름이 되면
봉숭아를 보며 그를 떠올리고,

겨울엔 흰 눈을 보며
그를 떠올린다.

생각해보면,

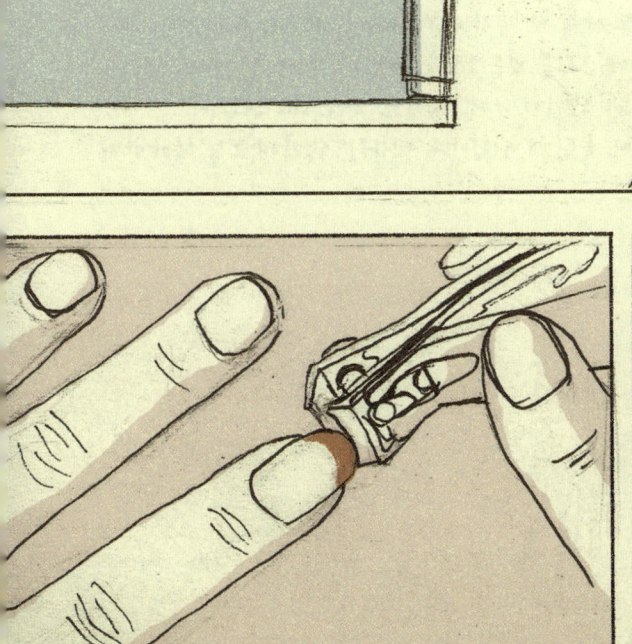

이루어지지 않는 사랑이어서

더 아름답게
기억되는 것 같다.

옛사랑

남들도 모르게 서성이다 울었지
지나온 일들이 가슴에 사무쳐
텅 빈 하늘밑 불빛들 켜져 가면 옛사랑 그 이름 아껴 불러보네
찬바람 불어와 옷깃을 여미우다 후회가 또 화가 난 눈물이 흐르네
누가 물어도 아틀 것 같지 않던 지나온 내 모습 모두 거짓이야
이제 그리운 것은 그리운 대로 내 맘에 둘 거야
그대 생각이 나면 생각난 대로 내버려두듯이
흰 눈 내리면 들판에 서성이다 옛사랑 생각에 그길 찾아가지

·······

주옥같은 명곡을 낳은 이영훈의 감성
그것을 전하는 이문세의 나직한 음성

길 위엔 어둠이 흘러내리고
갈 길 모르고 서 있는 그림자
쓸쓸히 거리를 떠도는 옛사랑의 기억

두 눈에 어리던 슬픔
지금은 행복할까
차마 지울 수도 잊을 수도 없는 그 모습……

지워지지 않는
옛사랑의 그림자

영원을 사는 기억

가수 바비킴의 '사랑, 그놈'이란 노래가 있습니다. "제멋대로 왔다가 자기 마음대로 떠나가고 왔을 때처럼 아무 말도 없이 떠나가도 사랑은 다시 또 온다"라는 가사가 들어 있는데요. 사랑의 속성을 잘 나타낸 노래이지요. 그런데 이 예고 없는 출몰 속성은 옛사랑의 기억도 마찬가지 아닐까요. 시도 때도 없이 불쑥불쑥 나타나서 가슴 아프게 했다가 떠난다는 말도 없이 슬그머니 사라지는 것이 옛사랑의 추억입니다. 그런데 옛사랑이 가슴 시린 아픔을 남기는 것은 그 자체가 이별이 전제된, 그래서 이루어지지 못한 사랑이어서 그 미련 때문에 그렇겠지요. 다만 시간이 많이 지났기 때문에 그 강도가 약해지고 가급적 자기 위안을 시도하면서 미화시켜 놓으니 아름답게 느껴지는 것뿐이지요.

정신의학자들의 주장에 따르면 기억에는 세 가지 종류가 있다고 합니다. 서술기억, 절차기억, 그리고 정서기억입니다. 서술기억이란 주변에서 벌어지는 여러 가지 일이나 학습된 것을 기억하는 것입니다. 그런데 이 서술기억은 장기보존이 되지 않습니다. 그래서 공부해서 좋은 성적 받는 것, 그거 쉬운 일이 아닙니다. 공부한 것 자꾸 잊어버리니까요.

두 번째가 절차기억인데요. 이것은 서술기억으로 시작된 것이 습관화되어 몸에 밴 기억입니다. 예를 들면 자전거 타기를 배운 사람은 오랫동안 타지 않았더라도 자전거에 올라앉으면 금방 옛날에 배운 것을 기억하고는 타게 됩니다. 그래서 뭐든 몸으로 해 봐야 한다고 하잖아요. 몸으로 배운 건 그나마 오래갑니다.

세 번째가 정서기억입니다. 기쁨, 노여움, 슬픔, 즐거움 등 감정과 관련된 것이 바로 정서기억입니다. 이 정서기억은 뇌의 안전한 곳에 깊숙이 저장되어 시간이 가도 없어지지 않는다고 합니다. 옛사랑의 기억이 아직도 남아 있는 것은 그것이 정서기억이기 때문이지요. 그러니 앞으로 또 오랜 시간이 흘러서 모든 것이 변하고 사라진다고 하더라도 슬프고 아름다운 옛사랑은 추억으로 영원히 남겠지요. 그러니 나이 먹은 후에 아름다운 추억을 많이 떠올릴 수 있게 지금부터라도 좋은 추억 거리를 만들어 보시는 것이 어떨는지요. 그건 그렇고요. 누구든지 가슴 깊이 묻어 둔 옛사랑의 아련한 추억 하나쯤은 있지 않나요. 가슴 깊이 간직한 그 옛사랑의 추억과 여기 들려 드리는 옛사랑 이야기를 나누어 볼까요.

우연한 재회

둥근 돔 지붕을 비끼며 금색 실타래 같은 가을 햇살이 눈부시게 쏟아지는 오후입니다. 멀리 보이던 서울역 광장이 이윽고 한눈에 들어옵니다. 거대한 수문에서 내뿜는 물줄기처럼 역에서 빠져나오는 수많은 사람들. 또 진공청소기에 빨려 들어가듯 역사 안으로 바삐 걸어 들어가는 사람들. 그리고 그들이 끊임없이 만들어 내는 거대한 인파의 소용돌이.

눈을 가늘게 뜨고 전광판의 시간을 보고 있었습니다. 2시 6분 전. 부산행 KTX 출발시간이 다가옴을 알리고 있습니다. 개찰구 쪽으로 서서히 움직이다가 발걸음을 멈췄습니다. 막 도착한 열차에서 쏟아져 나오는 사람들의 무리. 그 속에 낯익은 듯 낯선 여인과 눈이 마주쳤습니다. 그녀도 잠깐 동안 멍한 표정으로 나를 바라보고 있었지요. 그녀는 서너 살쯤 된 남자아이의 손을 잡고 있었습니다.

"어어! 선배……."

갑작스런 만남에 무슨 말을 해야 할지 몰라서 잠시 동안 머뭇거렸습니다. 어색한 분위기를 애써 피하려고 말을 먼저 꺼낸 것은 그녀였습니다.

"음…… 여기 내 아들, 서현이. 인사해라, 아저씨한테……."

"응, 안녕! 잘생겼네……."

얼떨결에 이렇게 말하며 그 아이의 머리를 쓰다듬어 주었지만 온 신경은 선배에게 가 있었습니다.

"어떻게 지냈어요? 지금 사시는 곳은……?"

물어보고 또 확인해 보고 싶은 것은 너무 많았습니다. 선배는 내 물음에 답하는 대신 미소를 띠며 이렇게 말하는 것이었습니다.

"어, ……좋아 보여! 아직 그대로네……."

"아니, 뭘요! 저보다는 선배가 더 젊어 보여요!"라고 얼른 말은 했지만 사실은 '왜 이렇게 됐어요? 어떡하다가……'라고 말하고 싶었습니다.

어색하게 이어지던 대화는 곧바로 끊기고 말았습니다. 바로 그때, 열차의 탑승을 재촉하는 방송이 흘러나왔기 때문입니다.

"어떡하죠? 가 봐야 될 시간이라서……."

얼른 지갑에서 명함 한 장을 꺼내 그녀에게 건네고 꼭 연락을 달라고 했습니다. 탑승을 재촉하는 방송이 또 흘러나왔습니다. 어떡할까 조금 망설이기는 했지만 이내 몸을 돌릴 수밖에 없었지요. 예기치 않은 그녀와의 갑작스런 만남. 긴 이별 짧은 만남의 아쉬움을 뒤로한 채 황급히 열차에 올랐습니다.

차창 밖으로 멀리 펼쳐진 부드러운 산야. 그 능선들이 다가오는 듯 멀어지고 다시 멀어졌다 다가옴을 반복합니다. 그저 한참을 멍하니 창밖만 바라보았습니다. 불현듯 지난 시간의 파편들이 주마등처럼 뇌리를 스쳐 갑니다.

첫 만남의 작은 사건

대학에서 처음 맞은 어느 봄날. 그날을 기억합니다. 이제 막 입학하여 아직도 촌스런 신입생 티를 벗지 못하고 있었습니다. 게다가 낯선 서울의 환경에 적응하느라 힘들어하고 있었지요. 다행히도 같은 과의 활달한 친구 손에 이끌려 동아리에 가입하고 친구들을 늘려 가고 있었습니다. 당시 동아리에서는 5월 축제 기간에 진행될 행사로 여러 가지 세부적인 준비를 하나씩 하나씩 해나가고 있었습니다. 그날은 교내에 행사 홍보용 포스터를 붙여야 했는데 동아리에서 지정한 당번은 바로 현숙 선배와 나였습니다.

오후 강의가 끝나서 동아리 방에 들렀더니 몇몇 동아리 친구들이 잡담을 하고 있었습니다. 그때까지 동아리에 마땅히 친한 사람을 만들어 놓지 못했기 때문에 나는 그들의 말에 끼어들지 못하고 한쪽에 앉아서 당번 파트너가 오기를 기다리고 있었습니다. 그냥 오늘 할 일이나 빨리 끝내고 집에나 일찍 가게 되었으면 좋겠다는 생각뿐이었습니다. 갓 상경한 시골뜨기 신입생이었던 내 처지에 당연히 기대할 것도 또 무엇을 기대할 수도 없었으니까요. 하지만 앞일은 알 수 없는 거라는 말이 맞는 것 같습니다. 마른하늘에 날벼락이라는 말도 있지만 뜻밖에 횡재하는 경우도 있으니까요.

동아리 방에서 덤덤하게 기다리다 보니 자그마한 체구의 여학생이 왔습니다. 같은 동아리 선배인 것은 알았지만 아직 말 한 번 건네 보지도 못한 선배였습니다. 원래 소심하고 수줍은 성격인데다가 상대가 여학생인지라 나는 어떻게 해야 할지 몰라 말없이 쳐다만 보았습니다. 그런데 이런 어색한 상황을 바꾸어 놓은 것은 바로 그녀였습니다.

"안녕하세요! 00학번 국문과 안현숙입니다. 일찍 오려고 했는데……."

갸름한 얼굴에 뽀얀 피부가 참 고왔습니다.

"아! 예에, 아닙니다. 괜찮습니다. 저는 영문과 신입생입니다."

"그럼, 내가 누나네! 한참 선배니까 말 놔도 되죠?"

나긋나긋한 말씨와 장난기 가득한 눈웃음. 그녀는 좀 늦은 것에 대해 약간 호들갑스럽지만 귀여운 변명으로 자신의 과오를 단번에 날려 보냈습니다. 짧은 시간 동안에 내 본연의 무덤덤함은 그녀의 앙증맞은 말투와 귀여운 몸짓에 봄눈 녹듯 스르르 녹아내렸지요. 그러고는 나도 모르게 그녀에게 빨려 들어갔습니다.

현숙 선배는 마치 터줏대감처럼 자신이 4년째 다니는 캠퍼스 이곳저곳으로 나를 이끌고 다녔습니다. 그러면서 대학생활에 대한 이것저것을 들추어내며 재미있고 유익한 이야기를 쉴 새 없이 재잘거렸지요. 그러는 동안 나는 거의 넋이 빠진 상태가 되었습니다. 당연하지 않습니까. 십대를 벗어나 생애 처음으로 여자와 단둘이서 그것도 아주 가까이서 이성의 체취를 느끼며 두어 시간을 보낸 것인데요. 포스터 붙이기를 끝낼 쯤에는 시간이 이대로 머물러 준다면 얼마나 좋을까라는 생각도 했습니다.

하지만 그럴 리가 있겠습니까. 원래 꿈결 같은 시간은 더 빨리 지나가는 법입니다. 어느새 교내를 다 돌아 포스터 붙이는 작업은 끝이 났습니다. 못내 아쉬움을 가지고 동아리 방으로 돌아왔지요. 동아리 방들이 모여 있는 학생회관 건물의 복도를 지나 왔습니다. 열쇠를 가지고 있었던 현숙 선배가 문을 열려고 동아리 방 앞에 섰지요. 바로 그때 그녀가 멈칫거렸습니다.

"아, 이걸 어쩌지!"

"왜 그러세요?"

나는 이렇게 말하면서 얼핏 선배의 표정을 살폈습니다. 포스터를 붙이면서 한 손에는 풀통, 한 손에는 풀솔을 들었던 현숙 선배의 손에는 풀이 많이 묻어 있었습니다. 그런데 바지 주머니에 열쇠를 꺼내려니 풀이 바지에 묻을까 봐 걱정이 되었던 것이지요. 멈칫멈칫하다가 선배는 나에게 도움의 눈길을 보내며 말했습니다.

"음, 내 오른쪽 바지 주머니에서 열쇠 좀 꺼내 봐!"

나보고 자기 바지 주머니에서 열쇠를 꺼내라는 것이었지요. 그 말을 듣는 순간, 나는 '내가 어떻게?'라고 생각했는데요. 정작 당사자인 현숙 선배는 아무것도 아니라는 듯이 태연한 표정을 짓고 있었습니다. 나는 이상한 생각을 하다가 들킨 사람처럼 굳은 목소리로 대답했습니다.

"예, 이쪽이죠?"

이 말과 동시에 그녀의 바지에 손을 넣었습니다. 하아, 그런데 예기치 못한 사고가 생겼습니다.

"아이! 아아아!"

그녀의 바지 주머니에 내 손이 들어간 바로 그 순간이었습니다. 간지럼을 참지 못해 그녀가 너무나 갑작스럽게 몸을 뒤틀며 주저앉았지요. 내 손이 그녀의 바지 주머니에 들어간 채 주저앉다 보니 내 손 때문에 바지의 옆단이 쫙 찢어진 것입니다. 바지 주머니에 닿아 있는 신체부위가 예민한 곳이라서 간지럼을 탈 것이란 생각을 미처 하지 못한 것이지요.

"어! 이거 어떡하지? 창피해서…… 집에 어떻게 가지?"

현숙 선배의 얼굴에는 생기발랄하던 표정 대신 근심이 가득했습니다. 나는 너무나 큰 잘못을 저지른 것 같아 석고대죄하는 심정으로 고개를 숙이고 가만히 앉아 있었습니다. 마음 같아선 내 바지라도 벗어 주고 싶었지요. 전전긍긍해하는 내가 안 돼 보였던지 현숙 선배는 오히려 나를 안심시켜 주는 것이었습니다.

"너무 걱정 하지 마! 학교 바로 앞이 우리 집이니 어떡하든 가겠지. 근데 어떻게 가는 것이 좋을까? 그거나 빨리 생각해 봐."

"글쎄요……."

처음에는 너무나 당황했지만 현숙 선배 말에 기운을 얻어 이런저런 궁리를 해 보았습니다. 그러다가 얻은 결론은 급한 대로 교내 문구점에서 스카치테이프를 사다가 바지의 터진 부분을 붙이는 것이었습니다. 그러고는 내가 옆에 바짝 붙어 가려 주면서 같이 걸어가면 될 것 같았습니다. 조금 있으면 날도 어둑어둑해질 터이니 그 틈을 타서 얼른 걸어가는 것이 좋겠다는 의견의 일치를 보았습니다.

준비는 끝났습니다. 어느덧 시간도 흘러서 땅거미가 지기 시작했지요. 우린 동아리 문을 나섰습니다. 나에게는 어색한 일이었지만 할 수 없이 현숙 선배의 옆에 바짝 붙어서 걸었습니다. 현숙 선배는 창피하니 최대한 바짝 붙으라고 자꾸 말했지요. 그래서 다가서서 걷다 보면 몸끼리 부딪치고 그래서 좀 떨어지려고 하면 다시 붙으라고 눈짓을 했습니다. 이윽고 캠퍼스를 벗어나 대학 정문을 나왔을 때 갑자기 현숙 선배가 내 팔에 팔짱을 끼는 것이었습니다. 나는 깜짝 놀라서 그녀를 쳐다보았지요. 그녀는 장난기 어린 눈웃음을 치면서 이렇게 해야 안전하게 감출 수 있다고 했습니다. 난생처음 여자와 팔짱을 껴본 나로서는 가슴이 쿵쾅거려 걷기가 힘들었습니다. 게다가 팔짱을 낀 내 팔이 그녀의 가슴에 살짝살짝 닿을 때마다 피가 쏠리면서 가슴은 터질 듯 요동쳤지요. 현숙 선배가 자취하는 집이 멀었다면 아마도 상승하는 혈압이 한계치를 넘어 저세상 사람이 되었을지도 모릅니다.

만남에서 인연으로

　　　그날 이후, 현숙 선배에게 자꾸 미안한 생각이 들었습니다. 멀쩡한 바지를 찢어서 못 쓰게 만들었다는 자책감이 들었습니다. 그래서 여러 날 이런저런 생각을 하다가, 어느 날 저녁 케이크를 사들고 현숙 선배의 집으로 찾아갔습니다. 포스터를 붙이던 날, 며칠 후가 자신의 생일이라는 말을 얼핏 듣기도 했고 그래서 케이크 선물로 조금이나마 미안함을 표시하려는 의도였지요. 현숙 선배는 학교 앞 건너편 거리에 있는 이층 양옥집의 옥상에 말하자면 옥탑 방에 세 들어 살고 있었습니다. 기억을 더듬어 지난번 선배를 바래다 준 집을 다시 찾았습니다. 그날 보았던 대문으로 들어가 바깥쪽으로 난 철제 계단을 통하여 옥상으로 올라갔지요. 선배가 있으면 직접 전하고, 없다면 문 앞에 놓고 나올 생각이었습니다.

"누나! 계셔요? 선배! 현숙 선배!"

두어 번 불렀더니 잠시 뒤에 문이 빼꼼히 열렸습니다.

"어! 이게 누구야? 웬일로?"

놀라움과 반가움이 섞인 표정으로 현숙 선배는 나를 맞아 주었습니다.

"지난번 너무 미안해서요. 이거……."

나는 수줍어하면서 겨우 말을 마치고 케이크를 내밀었습니다.

"이게 뭔데?"

"케이크인데요. 그냥……."

생일케이크라는 말을 하려다 그냥 인사만 하고 막 돌아 나오는 참이었습니다. 그런데 뒤에서 전혀 예상치 못한 말이 귓전에 울렸습니다.

"저녁 안 먹었지? 들어와서 밥 먹고 갈래?"

믿기지 않아 엉거주춤한 자세로 고개를 돌려 보았지요. 그랬더니 현숙 선배는 계면쩍은 표정으로 살짝 웃으며 다시 말했습니다.

"저녁 안 먹었을 텐데. 들어와 같이 먹자. 나도 아직 안 먹었거든……."

알 수 없는 그 무엇에 이끌리듯이 나는 현숙 선배의 방으로 들어갔습니다. 방 안에서 우리는 다정한 남매처럼 함께 저녁을 먹었습니다. 반찬은 몇 가지밖에 없었지만 그야말로 현숙 선배는 선녀였고 나는 선녀의 밥상을 받은 나무꾼이었습니다. 이렇게 느닷없이 다가오는 알 수 없는 묘한 기분의 정체가 내심 불안하기도 했지만 저녁밥을 먹는 내내 구름 위를 걸으며 꿈을 꾸는 것 같았습니다.

갑자기 현숙 선배가 방 안에 흐르는 적막을 깨트렸습니다.

"무슨 말 좀 해 봐! 왜 아무 말도 안 해? 억지로 먹는 거야?"

"아뇨! 아니에요. 맛있어요. 그냥……."

나는 미묘한 기운이 감도는 방에서 무슨 말이 적절할지 그 말을 찾아내기가 무척이나 힘들었습니다. 어떤 화젯거리를 꺼내서 이야기를 풀어 나가야 할까. 이런저런 궁리를 하고 있을 때 현숙 선배가 불쑥 말을 꺼냈습니다.

"우리 소주 한잔할까?"

내가 눈을 크게 뜨며 쳐다보자 현숙 선배는 마치 무슨 못 할 말을 한 사람처럼 억지로 변명이라도 하려는 듯 서둘러 말했습니다.

"나도 자주 먹지는 않는데 가끔 우울할 때는 혼자서도 한 잔씩 해. 조금 전까지는 우울했는데 이 케이크 때문에 기분이 좋아졌어. 자, 한 잔 받아!"

현숙 선배는 냉장고에서 소주 한 병을 꺼내 와서 술을 권했습니다. 한 잔, 두 잔, 적당히 기분 좋은 술기운이 돌기 시작했을 때 창문으로는 어둠이 몰려들고 있었습니다. 창밖으로 비치는 외로운 가로등이 어둠을 가르며 빛을 발하고 있었지요. 그리고 그 불빛 주위로 밤안개가 피어나고 있었습니다.

기분이 좋은 건지 아니면 속상한 일이 있는지 소주잔을 연신 비우던 현숙 선배가 갑자기 빈 소주병을 들고는 벌떡 일어나며 이렇게 외쳤습니다.

"야! 술이 떨어졌잖아! 술이…… 술 더 사오란 말이야! 수우울~"

말을 다 마치지도 못하고 자꾸 몸을 비틀거려서 나는 얼른 옆으로 다가가 부축해 주었습니다. 그런데 비틀비틀 몇 걸음 겨우 걷나 싶었는데 갑자기 몸을 숙이면서 먹은 것을 토하는 것이었습니다.

'아하, 이거 어쩌지? 큰일났네…….'

순간 어떻게 해야 할지 아무 생각이 나지 않았습니다. 일단 선배의 입을 틀어막으며 욕실로 데려갔습니다. 거기서 등을 두드려 주며 술을 토해 내도록 도와주었지요. 그러고는 방으로 데려와 눕혔습니다. 방에 토해 낸 것을 대충 닦고 나서 근처 약국으로 뛰어갔습니다. 술 깨는 약을 사다가 현숙 선배에게 먹였지요. 조금 지나자 현숙 선배는 끙끙 앓는 소리를 하기 시작했습니다. 조금씩 걱정이 되기 시작했습니다. 이제까지 자라면서 이런 일은 처음 겪었기 때문이지요. 과음한 사람을 어떻게 해주어야 하는지도 몰랐지만 이대로 두고 집으로 돌아가야 할지 아니면 어찌해야 할지 판단이 서지 않았습니다. 하지만 현숙 선배의 끙끙 앓는 소리를 들으면서 도저히 방을 나설 수가 없었습니다. 조금만 더 있다가, 조금만 더 있다가, 조금만 더, 조금만 더…… 그러다가 현숙 선배가 누워 있는 옆에서 벽에 기대어 날밤을 샜습니다.

다음 날 아침, 현숙 선배는 겨우 정신을 차렸습니다. 퀴퀴한 술 냄새. 그리고 뒹구는 빈 술병. 벽에 기대어 쪼그리고 앉아 있는 나. 방을 한 바퀴 휘둘러보더니 그때서야 현숙 선배는 간밤의 정황을 파악했나 봅니다. 몹시 창피한 듯 그 초췌한 모습 속에서도 낯을 붉혔습니다.

서로 한 번씩 사고를 친 후, 우리는 무척 가까워졌습니다. 현숙 선배가 더 애틋하게 나를 챙겨 주었다는 표현이 정확할 겁니다. 만나는 횟수도 잦았고 또 서로에 관한 이야기도 서슴없이 나누는 사이가 되었습니다. 그러면서 알게 된 사실 하나가 있었습니다. 현숙 선배는 여름학기에 졸업을 하고 나면 곧바로 가을에 결혼식을 올리게 되어 있었습니다. 부모님이 강권하는, 별로 내키지 않는 결혼을 서둘러 해야 한다는 것이었습니다. 이 사실이 바로 현숙 선배에게 엄청난 스트레스를 주면서 가끔 폭음을 하게 만드는 주범이었습니다.

이별여행

어느덧 기말고사가 끝나고 여름방학이 시작되었습니다. 현숙 선배와는 변함없이 만남을 이어 가고 있었습니다. 현숙 선배가 전보다는 주량과 마시는 횟수가 늘었다는 것 외에 달라진 것은 없었습니다. 학기 마무리와 여름방학 계획으로 설레던 어느 날, 현숙 선배가 갑자기 이런 제안을 하는 것이었습니다.

"기말리포트 제출했지? 그럼 우리 다음 주 여행 가자!"

뜬금없이 여행 가자는 말에 나는 눈치 없이 이렇게 받았습니다.

"여행요? 누구랑요?"

"응? 너랑 나랑 둘이지……."

현숙 선배는 당돌한 표정으로 아무렇지도 않은 듯 빤히 내 얼굴을 쳐다보며 말했습니다. 졸업하기 전에 학생으로서 마지막 여행을 하고 싶다는 것이었지요. 그래서 그다지 부담스럽지 않은 당일 코스를 생각했습니다. 생각 끝에 서울 근교인 청평으로 행선지를 잡았습니다.

유월 하순. 막 본격적인 여름이 시작되던 어느 날 오후, 우리는 경춘선 열차에 몸을 실었습니다. 북한강을 끼고 달리는 열차 위에서 우리는 젊음과 낭만을 마음껏 구가했지요. 이 순간만은 순전히 우리들만을 위한 시간이라고 생각했습니다. 불안, 걱정, 근심 이런 말들은 모두 날려버리고 손톱만큼의 거리낌도 없이 젊음을 만끽했습니다. 시끌벅적한 서울을 벗어난 지 한 시간 만에 열차는 한적한 청평역에 도착했습니다. 역에서 빠져나와 읍내를 거쳐 북한강 지천을 끼고 있는 청평 유원지로 걸음을 옮겼습니다. 둘만의 별유천지. 그 유원지의 작은 숲 속을 둘이서 마냥 걸었습니다.

어느덧 노을이 붉게 번지고 있었습니다. 수면 위로 반짝이는 햇살이 금빛 비늘 같은 물결을 만들어 냅니다. 이윽고 산등성이로 해가 지고 있었습니다. 그냥 그렇게 시간이 가고 있었습니다.

"나, 배고파!"

한참 동안 물끄러미 강물을 지켜보던 현숙 선배가 불쑥 말을 꺼냈습니다.

"밥 먹으로 갈래요? 뭘 드실래요?"

"삼겹살에 소주! 오랜만에 그게 먹고 싶어. 돈은 내가 낼게."

지금의 분위기에 별로 맞지 않는 음식임을 의식한 듯 그녀는 말이 길어졌습니다. 그 메뉴로 저녁을 먹기에는 읍내가 더 좋을 듯해서 다시 읍내로 나갔지요. 삼겹살에 잘 맞는 소주, 소주에 잘 어울리는 삼겹살처럼 그렇게 나란히 걸어서 밥 먹을 곳을 찾았습니다. 서로에게 상추쌈을 만들어 입에 넣어 주며 오랫동안 저녁을 먹었습니다. 어느덧 세상 근심을 다 잊고 오붓한 둘만의 시간을 즐기는 행복한 젊은 연인이 되어 있었습니다.

이럭저럭 소주 두 병을 비우고 자리에서 일어섰습니다. 안에서는 몰랐는데 밖으로 나오니 이슬비가 부슬부슬 내리고 있었습니다. 길바닥은 이미 젖어 있었습니다.

"어? 이제 어디로 가지?"

취기가 올라 장난기가 더해진 눈으로 현숙 선배가 이렇게 물었습니다. 그 질문은 답할 필요가 없는 질문임을 우리 둘은 너무나 잘 알고 있었지요. 기차든 버스든 이미 막차가 다 끊긴 시간이었고 읍내 거리는 이미 적막감이 돌고 있었습니다. 빗물이 모든 것을 다 적시면서 잠재우고 있었습니다.

우산도 없었지만 그냥 맞고 걸을 만한 비였기에 그냥 문을 나섰습니다. 우왕좌왕. 가랑비에 옷 젖는다더니 잠깐 동안에 벌써 옷이 다 젖어 버렸습니다. 현숙 선배는 따뜻한 온기를 찾아서 본능적으로 내 옆에 붙어 팔짱을 꼈습니다. 젖은 옷감을 통해서 전해지는 보드라운 살의 촉감. 나는 피가 솟구치는 것을 느끼면서 걸음이 부자연스러워졌습니다. 그 변화를 들키지 않으려고 아주 천천히 발걸음을 옮겼지요.

현숙 선배는 취기가 오르자 결혼 이야기를 잠깐잠깐 꺼내기도 하였습니다. 그러면서 아기가 생기면 자기 이름에서 한 글자, 그리고 사랑하는 사람의 이름에서 한 글자를 따서 아이의 이름을 지을 거라고 했습니다. 종알종알 넋두리를 늘어놓던 현숙 선배가 갑자기 휘청거렸습니다. 보도블록을 잘못 밟았나 봅니다. 얼떨결에 얼른 잡아 주려고 하다가 얼굴이 맞닿았습니다. 순간 얼굴에서 뜨거운 입김을 느꼈습니다. 멈칫 하던 현숙 선배가 내 손을 잡아끌더니 전광석화보다 빠르게 입을 맞추었습니다. 곧이어 미꾸라지를 잡았을 때 느꼈던 바로 그 감촉. 그 매끄러운 혀가 내 입속으로 쏘옥 들어왔습니다. 다리에 힘이 풀리면서 까닥하면 주저앉을 뻔했습니다. 하지만 이내 성난 야수처럼 엉켜서 오랫동안 서로의 입술을 탐했습니다.

그 다음 어떻게 되었는지 생각이 나지 않습니다. 단지 밤새 유리 창문을 때리던 빗소리 그리고 가쁜 숨소리. 그것만을 기억할 뿐입니다. 이미 젖어 있던 우리는 그대로 한 몸이 되었습니다. 3년 연상의 현숙 선배는 농익은 과일이었습니다. 그것을 탐하느라 밤새도록 힘든 과수원 언덕을 몇 번이나 오르내렸는지 모릅니다. 밤새도록…… 작은 창문으로 날이 밝는 것을 보고서 비로소 언덕을 내려왔습니다.

목이 타들어 갈 듯한 갈증이 깊은 잠을 깨웠습니다. 눈은 떴지만 서로를 똑바로 볼 수 없었습니다. 어색한 몸짓으로 자리를 털고 일어나 만신창이가 된 몸을 추슬렀습니다. 흔들리는 서울행 버스에 오르니 온 뼈

마디가 아려오면서 정신이 몽롱해집니다. 다리를 움직일 때마다 무릎에 살짝살짝 따가움이 느껴졌습니다. 바지를 살짝 걷어 보니 양 무릎 안쪽으로 벌겋게 피부가 벗겨지고 작은 물집이 생겼습니다.

현숙 선배는 내 어깨에 머리를 드리우고 벌써 잠들었습니다. 어젯밤에 무얼 한 것일까. 이런저런 생각을 하다가 현숙 선배가 했던 '여행 가자!'라는 말이 떠올랐습니다. '아! 그러니까 천사 베아트리체의 안내를 받아 단테처럼 천국여행을 다녀온 것인가'라는 생각이 퍼뜩 들어 잠자는 현숙 선배의 얼굴을 가만히 들여다보았습니다.

어느새 버스는 서울에 도착했습니다. 버스에서 내려 터미널을 빠져나왔습니다. 그리고 건너편 버스 정류장으로 가려는 현숙 선배를 배웅하려고 횡단보도 앞에 섰습니다. 현숙 선배는 학교 앞 자취방에 들렀다가 짐을 정리하고 지방에 있는 부모님 댁으로 내려간다는 것이었습니다. 짧은 인사를 나누고 횡단보도를 건너는 현숙 선배를 그냥 물끄러미 지켜보았습니다. 길 건너편 버스정류장에서 그녀가 손을 흔들었습니다. 그것이 우리 만남의 마지막이었습니다.

떠나간 그 자리엔 아직도 그 모습이

종착역을 알리는 차내 방송이 나오고 있습니다. "종착역을 앞두고 승객 여러분께 안내 말씀 드리겠습니다……." 이내 정신이 퍼뜩 났습니다. 서울역에서 잠깐 보았던 선배의 모습. 그리고 사내아이. 가만있자 아까 그 아이의 이름이 '서현…… 아! 이건!…… 그렇구나! 내 이름에서 서, 현숙의 현. 사랑하는 사람의 이름에서 한 글자씩…….'

둔기로 머리를 맞은 듯, 강한 전류에 온몸이 감전된 것처럼 나는 자리에서 막 일어서다가 다시 그 자리에 털썩 주저앉고 말았습니다.

> 시간이 흐르고 흘러 세월이 되어 버린 지금
> 남몰래 서성이다 옛사랑을 찾습니다.
> 날은 저물어 어둠은 밀려오고
> 하나씩 둘씩 가로등이 켜집니다.
> 오래된 거리를 따라 찬바람 불어오고
> 지나온 일들이 뇌리를 스칩니다.
>
> 바람에 휩쓸리며 뒹구는 낙엽
> 그 속에 떠나간 당신의 모습이 있습니다.
> 들판에 내리는 흰 눈
> 거기에 그대의 몸짓이 있습니다.
>
> 이제는 그 모습 그냥 그리워하겠습니다.
> 이제는 그 이름 그냥 불러 보겠습니다.
> 내 마음 속에 영원을 사는 옛사랑이니까요.

부모

인간 최고의
헌신자

더 이상
참는 건 무리야...
여기서
나가야겠다...

푸핫!!!!

공기가
없으니
어때?

숨막혀
죽는 줄
알았어요!

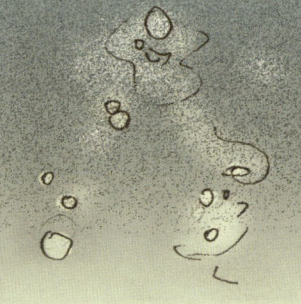

맞아.우리는 항상 공기 속에
살아가기 때문에
공기가 항상 곁에 있는 걸
너무도 당연히 여겨.

그런데 사람들은 너무나 당연한 것이 사라지면
그 때서야 그 것의 소중함을 깨닫더라구.

부모

......
어머님하고 둘이 앉아
옛이야기 들어라
나는 어쩌다 생겨나와
옛이야기를 듣는가
묻지도 말아라
내일 날을
내가 부모 되어서 알아보리라

소월 시에 실린
정겨운 옛 노래
어머니의 사랑을 담은
겨울밤 이야기

나의 시원 어머니
돌아가 안기고 싶은
영원한 고향 어머니

인간 최고의
헌신자

나의 시원, 부모

생명을 잉태하고 내리사랑으로 그 자식을 키워 내어 다음 세대를 이어 가는 어머니, 엄마. 그것은 우리가 세상에 태어난 이후 입으로 내게 되는 가장 첫 번째 말소리입니다. 엄, 암 그리고 옴. 이 모든 소리는 엄마를 부르는 아기들의 말소리이지요. 암은 암컷, 엄은 엄마, 옴 및 움은 새싹. 이런 낱말들의 관계로 보면 엄마 또는 어머니는 두말할 것도 없이 생명의 근원을 의미하는 것입니다.

어릴 적 혹시 아버지와 어머니가 새 생명을 얻으려는 노력의 현장을 목격하지는 않았나요. 하긴 이런 진귀한 현장의 목격자가 되기란 쉽지 않습니다. 정일근 시인은 어떠어떠하여 그 현장을 목격했나 봅니다. 「어머니 날 낳으시고」라는 시에 그런 장면이 그려져 있습니다.

오줌 마려워 잠 깼는데 아버지 어머니 열심히 사랑 나누고 계신다.
나는 큰 죄 지은 것처럼 가슴이 뛰고 쿵쾅쿵쾅 피가 끓어 벽으로
돌아누워 쿨쿨 잠든 척한다.
태어나 나의 첫 거짓말은 깊이 잠든 것처럼 들숨 날숨 고른
숨소리 유지하는 것.
하지만 오줌 마려워 빳빳해진 일곱 살 미운 내 고추 감출 수가
없다.

어머니 내가 잠 깬 것 처음부터 알고 계신다.
사랑이 끝나고 밤꽃내음 나는 어머니 내 고추 꺼내 요강에
오줌 누인다.
나는 귀찮은 듯 잠투정을 부린다.
(……)

저절로 씨익 웃음이 나오지요. 어머니 몸에서 나온 물건인데 어머니가 자식에 대하여 뭐인들 모르겠습니까. 다 알고도 모른 척. 들어도 모른 척. 봐도 못 본 척해 주시는 것이지요. 어머니의 넓은 이해심과 개구쟁이 아들의 익살이 재미있습니다. 어쩌면 동생이 태어나 부모의 사랑을 빼앗기는 것을 방어하려는 본능일 수도 있습니다. 왜, 그런 거 있지 않습니까. 어린아이가 엄마 젖을 오래 빨려는 행동. 이것은 동생이 태어나는 것을 막으려는 본능적인 자기보호입니다. 엄마 젖을 빠는 동안 엄마는 임신이 되지 않으니까요. 아무튼 이런 개구쟁이 이야기를 또 해보겠습니다.

옛날 단칸방에 아들 하나를 데리고 자야 하는 가난한 부부가 있었습니다. 부부는 매일 밤 사랑을 나눌 정도로 금슬이 매우 좋았습니다. 밤이 되면 부부는 아들과 나란히 누워 있다가 아들이 잠이 든 것 같으면 촛불을 켜 들고 아들의 얼굴 위로 가져가 진짜 잠이 들었는지를 확인하곤 했습니다.

어느 날 밤이었습니다. 아들의 얼굴 위로 조심조심 촛불을 가져가다가 잠깐의 부주의로 얼굴 위에 촛농을 떨어뜨렸습니다. 그랬더니 아들 녀석이 자기 얼굴을 막 비비며 이렇게 말하는 것이었습니다.

"앗 뜨거! 내 언젠가 이럴 줄 알았어! 늘 불안불안하더라니……."

얼마 후, 그 녀석에게 동생이 생겼습니다. 아이가 둘씩이나 되어도 부부의 금슬은 변함이 없었습니다. 자식이 하나 더 생기자 부부는 더욱 조심스러워졌습니다. 그래서 다른 전략을 세웠습니다. 큰아들을 불러 놓고 잘 구슬렸습니다. 저녁밥을 먹고 나면 동생을 데리고 친구 집에 놀러 갔다가 밤늦게 오든지 아니면 친구 집에서 자고 오라고 말입니다. 큰아들은 당연히 싫다고 했지요. 하지만 그 부부의 금슬은 아들의 좋고 싫음을 고려해 줄 처지가 아니었습니다. 저녁밥을 먹고 나자 아버지는 큰아들을 압박하기 시작했습니다. 그러자 큰아들은 동생을 데리고 마지못해 문을 나서면서 아버지에게 소리를 꽥 질렀습니다.

"아, 뭐! 그 집은 안 한답디까?"

흔들리는 아버지

하아, 그런데 어릴 적에는 부모님이 사랑을 나눈다는 사실을 생각조차 하지 못했습니다. 그리고 어른이 된 후에는 근엄하신 아버지가 어머니와 사랑을 나누었다는 사실에 내가 괜히 쑥스러웠지요. 하기야 근엄하고 가부장적인 아버지의 모습은 비정상적인 것일 수도 있습니다. 인류의 진화 과정에서 볼 때, 애초에는 모계사회였고 이제 다시 신모계사회로 회귀한다고 하니까요. 그것의 당위성을 입증하듯 자연계에는 힘없는 슬픈 수컷들이 의외로 많습니다. 예를 들면, 사마귀나 거미 수컷은 교미가 끝날 즈음 암컷에게 잡아먹힙니다. 기꺼이 자신의 머리를 통째로 제공하지요. 이것은 암컷에게 영양분을 제공하여 건강한 자손을 얻으려는 이른바 '살신 공양'이랍니다. 또 베짱이와 귀뚜라미는 두툼한 날갯살을 암컷에게 뜯어먹게 합니다. 뭐니뭐니 해도 압권은 가시고기와 뚝지라는 바닷고기입니다. 암컷이 알을 낳고 떠나면 수컷이 40일간 아무것도 먹지 않고 알을 지킵니다. 그러면서 알에 골고루 산소가 공급되도록 알 옆에서 쉬지 않고 지느러미를 흔들어 부채질을 하지요. 새끼들이 부화하면 기력이 소진된 수컷은 몸이 너덜너덜해진 채 죽습니다. 이것이 자연의 섭리인가요. 어떡해서든 수컷은 자신의 유전자를 남기려다 보니 암컷보다 수컷은 훨씬 더 치열하게 또 위험을 감수하며 살 수밖에 없습니다. 어쩌면 이제 인간 남자도 그 전철을 밟고 있는지도 모르겠습니다.

현대 사회에서 남성이 가장의 권위를 상실하게 된 것은 산업화로 인한 사회구조의 변화 때문이지요. 무용지물이 된 남성의 체력, 여성의 사회 참여 확대, 그리고 가치관의 변화. 이런 요인들은 가장의 절대적인 위상을 단숨에 무너뜨렸습니다. 소외되고 좌절한 가장의 모습. 그리고 가정의 붕괴와 사회의 비정함을 너무도 적나라하게 잘 나타낸 사람이 있습니다. 미국을 대표하는 극작가 아서 밀러^{Arthur Miller}(1915~2005)입니다. 그는 1949년 「세일즈맨의 죽음」이라는 희곡을 써서 뉴욕드라마비평가협회상과 퓰리처상을 받았는데요. 이 작품은 화려한 산업사회에서 철저히 소외받고 좌절하는 한 가장의 모습을 잘 보여주고 있습니다. 그 내용은 이렇습니다.

주인공 윌리 로먼은 60세가 넘은 세일즈맨입니다. 그는 30년 넘게 물건을 팔러 곳곳을 누비며 돌아다녔습니다. 그러면서 언젠가는 성공한 세일즈맨이 될 것이라는 꿈을 가지고 있었습니다. 그러나 윌리 로먼의 이런 꿈은 나이가 들면서 점점 무너져 내립니다.

어느 날 퇴근해서 돌아온 윌리 로먼은 자신의 집이 감옥 같다는 생각이 듭니다. 그래서 아내에게 답답함을 호소합니다. 그러고는 라일락 꽃향기를 맡을 수 있었던 옛날을 그리워합니다.

한평생 가족을 위해 열심히 일했건만 윌리 로먼의 두 아들은 자신들의 기대에 미치지 못하는 아버지를 늘 불만스러워합니다. 보다 못한 아내 린다는 아들에게 이렇게 말하지요.

"아버지는 그렇게 대단한 분이 아니다. 그렇다고 아버지가 늙은 개처럼 그렇게 취급받아서는 안 된다. 아버지는 이제 지칠 때가 되었어."

하지만 두 아들은 아버지를 이해하기는커녕 자신들의 욕망을 좇기에 바쁩니다. 그러던 어느 날 윌리 로먼은 느닷없이 회사로부터 해고를 당합니다. 기대가 한순간에 무너지는 슬픔. 나이 듦에서 오는 절망감. 잃어버린 인생에서 오는 회한. 그의 머릿속에는 좋았던 과거의 환영과 현재의 힘든 상황이 왔다 갔다 교차합니다. 그러다가 그는 자식들에게 보험금을 남겨 줄 생각으로 한밤중에 자동차를 몰고 나가 죽음을 선택합니다. 그러나 그의 죽음으로 나온 보험금은 겨우 집값의 마지막 대출금을 갚을 만큼밖에 되지 않습니다. 그의 장례식은 너무나 초라하고 쓸쓸했습니다.

"그 많은 사람들은 다 어디 있지요? 오늘 우리 집의 마지막 할부금을 물었는데…… 빚도 다 갚았는데…… 이제 해방되었는데…… 그런데 이제 집에는 아무도 없어요."

아내 린다는 남편의 죽음 앞에 이렇게 울부짖습니다.

극 중에서 윌리 로먼은 세일즈맨의 상징 같은 가방을 늘 가지고 다닙니다. 하지만 그 가방 속에는 무엇이 들어 있는지 극 내내 밝혀지지 않습니다. 이는 작가가 전하려는 메시지와 관련이 있지요. 그러니까 윌리 로먼이 팔러 다닌 것은 전자제품 아니면 액세서리 이런 것이 아니라 자기 자신이었다는 것을 의미합니다. 결국 윌리 로먼은 자기 자신을, 그러니까 자신의 피와 살을 조금씩 떼어 팔다가 사라진 세일즈맨이지요. 자기 자신을 파는 사람이 비단 세일즈맨 윌리 로먼뿐일까요. 자식들의 학비를 대고, 자동차를 사고, 집을 장만하고, 자식의 결혼 비용을 대고…… 그 비용을 조금씩 갚아 나가는 우리네 인생. 그 할부금을 다 갚았을 쯤 나이를 먹게 되고 얼마 안 있어 쓸쓸히 집을 떠나게 되는 것. 그것이 바로 인생 아닐까요. 오늘날을 살아가는 현대인 모두가 피할 수 없는 숙명이겠지요. 아서 밀러는 인생이라는 미명하에 어쩔 수 없이 되풀이되고 있는 현대인의 비극을 넌지시 암시하고 있습니다.

이것은 이제 남의 나라 가장의 이야기가 아닙니다. 그저 버티고 서서 자식의 학비나 벌고 가족의 생활비나 대는 물주로서 그 존재감을 간신히 유지하고 있는 가장들. 퇴근길 쇼윈도에 비치는 쓸쓸하고 왜소해 보이는 가장들의 모습. 하지만 그들도 아버지는 아버지. 아무리 알아주지 않는다 해도 버틸 수 있는 그날까지 아버지를 포기할 수도 없는 가장들의 슬픈 현실. 그 모습을 김현승 시인은 이렇게 옮겨 놓았습니다.

바쁜 사람들도
굳센 사람들도
바람과 같던 사람들도
집에 돌아오면 아버지가 된다.
(……)
아버지의 눈에는 눈물이 보이지 않으나
아버지가 마시는 술에는 항상
보이지 않는 눈물이 절반이다.
아버지는 가장 외로운 사람이다.
아버지는 비록 영웅이 될 수도 있지만……

모성애를 범하는 자기애

바뀐 것은 아버지의 모습뿐만 아닙니다. 물질 만능주의와 그 속에서 팽배한 이기주의는 전통적인 어머니 모습도 바꾸어 놓았습니다. 예전 우리들의 엄마, 어머니를 생각해 보세요. 어머니는 자식에게 자기를 다 던지는 무조건적인 사람, 자식을 위해 기꺼이 자기를 희생하던 그런 분이었습니다. 자식을 위해서라면 죽어도 좋다는 어머니의 숭고한 모성을 감동적으로 그려 내어 엄청난 찬사를 받은 소설이 있습니다. 바로 후카자와 시치로^{深澤七郎}(1914~1987)가 쓴 『나라야마 부시코^{楢山節考}』라는 소설인데요. 제목 '나라야마 부시코'는 산의 노래라는 뜻입니다. 이 소설에는 오린이라는 69세의 어머니가 등장하는데요. 이 작품은 그 오린의 지극한 모성애를 아주 감동적으로 그려 냈습니다. 줄거리는 대략 이렇습니다.

오린이 사는 마을은 아주 가난한 마을이라 식량이 절대 부족합니다. 하여 노인이 70세가 되면 산에 갖다 버리는 풍습이 있었습니다. 오린도 내년이면 70세가 되는지라 올겨울에는 산으로 들어가려고 마음을 먹고 있습니다. 이윽고 겨울이 되자 오린은 일부러 돌절구 모서리에 튼튼한 치아를 부딪쳐 이를 다 빼 버립니다. 이제 늙었다는 것을 보여서 산으로 데려가는 아들의 마음을 덜 아프게 하려는 것이지요. 마침내 눈이 올 것 같은 날 아들을 채근하여 등에 업혀 집을 나섭니다.

굽이굽이 산을 돌아 큰 바위 앞에 이르자 오린은 아들의 등을 두드리며 발을 구릅니다. 아들은 내키지는 않지만 할 수 없이 어머니를 내려놓지요. 어머니 오린은 꽁꽁 싸온 주먹밥을 아들에게 쥐여 주고는 오던 길을 돌아가라고 아들을 돌려 세웁니다. 아들은 절대 뒤를 보면 안 된다는 풍습에 따라 눈물을 흘리며 걷습니다. 그러다가 슬픔에 복받쳐 막 뛰어가지요. 얼마쯤 달려갔을까 그때 눈이 내리기 시작합니다. 아들은 풍습의 규칙을 깨고 미친 듯이 다시 어머니에게로 달려갑니다. 달려가 보니 어머니는 눈 속에 앉아 있었지요. 앞머리에도 가슴에도 무릎에도 온통 눈이 쌓여 있었습니다.

"어머니, 꽤 춥지요."

오린은 몇 번이나 머리를 좌우로 흔듭니다. 그러면서 아들에게 손짓합니다. 돌아가거라, 돌아가거라…….

어머니는 추운 산자락 바위에 앉아 죽음을 기다리는 그 순간에도 아들이 돌아갈 일만을 걱정합니다. 눈이 많이 쌓이면 산을 내려가는 아들이 힘들까 봐, 또 발이 시릴까 봐 그것을 걱정합니다. 자식을 위해 기꺼이 목숨을 바치는 순간에도 자식 걱정을 하고 있는 겁니다. 우리가 생각하는 전통적인 어머니의 모습. 어머니는 누구라도 틀림없이 이랬을 것이라고 확신합니다. 이 소설을 읽으면 눈물이 나고 가슴이 먹먹해지는 이유도 이것이 어머니의 보편적인 모습임을 공감하기 때문이지요.

자식의 모든 것을 감싸 안는 어머니. 어릴 적 따뜻한 밥은 우리에게 주고 찬밥을 물 말아 드시면서 "나는 찬밥이 좋단다"라고 하시던 어머니. 따뜻한 아랫목에 나를 누이고 윗목에 누우시면서 "나는 차가운 게 좋다" 하시던 어머니. 그래서 그때는 엄마가 진짜 그런 줄 착각했습니다. 그러시던 어머니. 그러나 그런 어머니 모습도 세월 따라 바뀌기 시작했습니다.

혹시 파리를 여행해 보셨는지요. 특히나 도시의 공원에 가 보면 좀 낯선 풍경과 마주칩니다. 서너 살쯤 되어 보이는 아이들이 혼자 뛰어 놀고 엄마는 엄마대로 책을 본다든지 음악을 듣는다든지 혼자 앉아 자신만의 시간을 보내고 있는 장면입니다. 레스토랑에서도 좀 낯선 풍경이 벌어집니다. 프랑스 아이들은 포크 사용이 가능한 연령만 되면 얌전히 앉아서 스스로 음식을 먹습니다. 아이의 엄마는 아이의 입에 음식을 떠 넣어주지 않습니다. 그러고는 따로 앉아서 자신의 식사를 즐깁니다. 프랑스의 엄마들은 아이로부터 떨어져 자신의 자유와 여유를 최대한 확보하려는 것이지요. 이것은 모성애가 전부였던 우리네 전통적인 엄마의 모습과는 많이 다릅니다. 모성애 대신 자기애를 내세우는 신세대 엄마들의 모습이지요.

선천적으로 인간 여성의 본성에는 '자기애'와 '모성애'라는 상반되는 욕구가 존재합니다. 물론 형제애, 부성애보다 강한 것이 모성애이지만 본능적으로 자기애보다는 약합니다. 그래서 극한 상황에 처해지면 모성애를 누르고 자기 자신을 위하는 자기애가 우선합니다. 이것은 2차 세계대전 당시 독일의 나치와 일본 군부의 잔혹한 실험에서 밝혀졌습니다.

당시 독일의 나치들은 아우슈비츠 수용소에서 실험을 했습니다. 우선, 바닥의 온도를 높일 수 있는 실험실을 만들었습니다. 그러고는 엄마와 아기를 그 실험실에 가두고 천천히 바닥온도를 높였지요. 처음에는 모든 엄마들이 아기를 껴안고 고통을 참았습니다. 하지만 더 이상 견딜 수 없는 극한 상황에 다다르자 결국 아기를 밟고 올라섰다는 겁니다.

일본 군국주의자들도 2차 세계대전 당시 731부대에서 비슷한 실험을 했습니다. 수영장 같은 풀을 만들었습니다. 그리고 마찬가지로 엄마와 아기를 그 안에 가두었지요. 그러고는 천천히 물을 채웠지요. 배와 가슴 그리고 머리까지 물이 차오릅니다. 그러나 그때까지는 엄마들이 아기를 두 손으로 높이 들어 올리고 아기를 살리려고 했습니다. 하지만 물이 더 채워져 수면이 머리 위로 올라가자 아우성을 치면서 허우적거리기 시작했습니다. 물을 먹고 숨이 차면서 정신이 혼미해지기 시작했습니다. 그리고 그나마 더 이상 버틸 수 없게 되자 엄마들은 아기를 발밑에 밟고 서서 물 밖으로 머리를 쳐들더라는 겁니다.

이러한 사실을 뒷받침하듯 진화심리학자들도 여성이 아기만 낳으면 저절로 모성애가 강해지는 것이 아니라고 주장합니다. 자신의 분신인 자식을 키우면서 모성애가 강해져 진정한 어머니가 되고 그 결과 자식에 대한 헌신적인 사랑을 베풀게 된다는 것입니다.

무한한 내리사랑

1964년 출판된 셸 실버스타인Shel Silverstein(1930~1999)의 그림동화 『아낌없이 주는 나무』는 기꺼이 자신의 모든 것을 다 내주는 부모의 헌신적인 자식 사랑을 잘 보여줍니다. 이런 내용이지요.

옛날에 한 소년을 사랑하는 나무가 있었습니다. 그 소년은 매일매일 나무에 매달려 놀기도 하고 열매도 따 먹고 숨바꼭질도 하고 지치면 나무 그늘에서 잠도 잤습니다. 소년도 나무를 사랑했고 그래서 나무는 행복했습니다.

그러다가 소년이 나이를 먹었습니다. 소년은 점점 나무를 찾는 일이 뜸해졌습니다. 어느 날 오랜만에 찾아온 소년에게 나무가 말했습니다.

"예전처럼 줄기에 매달려 그네도 타고 열매도 따 먹고 놀렴."

하지만 나무와 노는 것은 관심이 없고 돈이 필요하다고 했습니다. 그러자 나무는 열매를 따다가 읍내에 가서 팔라고 합니다. 소년은 나무에 올라가 열매를 모두 따 가져갔습니다. 소년을 도울 수 있어서 나무는 행복했습니다.

한동안 오지 않던 소년이 다시 돌아왔습니다.

"이젠 내가 들어가 살 수 있는 집이 필요해."

그러자 나무가 말했습니다.

"내 가지를 잘라서 집을 지으렴."

소년은 집을 짓기 위해 나뭇가지를 베어내어 갖고 갔습니다. 소년을 도울 수 있어서 나무는 행복했습니다.

다시 한참 만에 소년이 돌아왔습니다. 이번에는 소년이 배 한 척이 필요하다고 했습니다. 그러자 나무는 이렇게 말했습니다.

"나 몸통 줄기를 베어서 배를 만들렴."

소년은 나무를 베어서 배를 만들고 그것을 타고 가 버렸습니다.

아주 오랜 세월이 흘러 소년은 다시 돌아왔습니다. 나무는 반가워서 이렇게 말했습니다.

"너에게 이젠 줄 게 없어 미안해. 늙은 나무 밑동만 남아서……."

그러자 소년이 말했습니다.

"좀 피곤해. 앉아서 쉬었으면 좋겠어."

소년의 말을 들은 나무는 힘을 들여 조금 남은 밑동을 펴면서 말했습니다.

"앉아서 쉬기에는 밑동이 제일이야. 여기 앉아서 쉬렴."

소년은 밑동에 앉아 편히 쉬었습니다. 그나마 소년을 도울 수 있어서 나무는 행복했습니다.

내줄 만한 것은 다 내주고 나서 더 줄 것이 없어 미안해하는 나무. 이 나무가 바로 부모님 아닌가요. 아무것도 바라지 않는 일방적인 사랑. 자신은 어떤 굴욕을 당하더라도 또 어떠한 희생을 치르더라도 오로지 자식을 위하는 마음. 자신은 힘들더라도 자식은 고생시키지 않겠다는 마음. 그것이 바로 부모의 마음

입니다. 부모는 자식이 저지른 모든 일, 자식의 모든 허물도 결국 용서합니다. 또한 부모는 자식에 대하여 끝까지 희망을 걸어 놓고 그 희망을 절대로 포기하지 않습니다. 빛의 화가로 유명한 네덜란드의 렘브란트 Rembrandt Harmensz van Rijn(1606~1669)는 시간을 관통하는 부모의 숭고한 자식사랑을 화폭에 담아 놓았습니다.

〈돌아온 탕아〉라는 이 그림은 신약성서 누가복음에 나오는 이야기를 그린 것입니다. 집을 나갔던 작은 아들이 방탕한 생활을 하다가 거지 행색을 하고 집으로 돌아옵니다. 아버지는 멀리서 아들을 알아보고 단숨에 달려 나가 그를 끌어안으며 반갑게 맞아 줍니다. 아들이 무슨 잘못을 저질렀든 간에 아버지는 죽은 줄 알았던 아들이 살아 돌아온 것에 그저 기쁠 뿐입니다. 누더기 옷과 다 헤진 신발, 부르튼 발바닥, 그 초라한 행색의 아들을 걱정하며 흘리는 눈물, 그 눈물로 짓물러진 아버지의 눈매, 자식을 안심시키려 토닥거리는 아버지의 주름진 손. 자식을 감싸는 부모의 사랑을 이보다 잘 표현할 수 있을까요.

슬하의 자식

　　그림 속 아버지는 현대 정신의학의 애착이론을 배웠을 리 없습니다. 하지만 애착이론을 모범적으로 실천하고 있는 좋은 부모임이 틀림없습니다. 애착이론은 영국의 정신과 의사이자 정신분석가인 존 볼비^John Bowlby^(1909~1990)가 주장한 이론인데요. 애착은 자기를 돌봐 주고 보살펴 주는 사람과 정서적으로 또 행동적인 면에 있어서 지속적으로 연결 관계를 형성하는 현상을 말합니다. 어린아이에게 애착이 잘 형성되려면 아이가 원할 때 엄마 또는 보호자가 옆에서 즉각적으로 도움을 주어야 합니다. 물을 원하면 물을 주고, 배가 고프면 먹을 것을 주어야 합니다. 그렇게 되면 어린아이는 자기를 도와주는 사람이 늘 옆에 있다는 믿음을 갖게 되고 그럼으로써 아이는 외부 세계로 나아갈 자신감을 갖게 됩니다. 애착이 잘 형성되면 원만한 대인관계를 형성하면서 다른 사람들과도 잘 지내는 성숙된 어른으로 성장하게 되지요.

　하지만 애착관계가 불안정한 아이는 성장하면서 부모에게 과도하게 집착하고 또 지나친 관심과 사랑을 요구합니다. 그러므로 정서가 불안정하고 반항적이 되며 과민한 반응을 보이는 경우가 많습니다. 그 결과 어른이 되어도 매사 불안해하며 사람들과도 원만하게 어울리지 못하게 됩니다.

　이제와 생각해 보니 우리 시대의 어머니들은 심리학을 배우지 않았어도 몸소 애착이론을 실천하신 분들입니다. 여름에는 약간 넓은 헝겊 띠로, 겨울에는 포대기로 어린 우리들을 등에 업고 다니면서 일을 하셨습니다. 엄마 등에 붙어서 늘 따뜻한 엄마의 체온을 느낄 수 있었지요. 배가 고프면 엄마는 어떻게 알았는지 바로 따뜻하게 준비된 모유를 먹게 해 주셨습니다. 그런데 7살이 된 이후, 엄마의 온기를 느낄 기회는 자꾸 줄어갔습니다. 그나마 하나 남은 것이 있었는데요. 그것은 바로 귀지를 핑계 삼아 엄마 무릎을 베는 것이었습니다. 따뜻한 엄마 무릎. 그것만이 직접적으로 엄마를 느낄 수 있었던 유일한 것이었지요. 임길택 시인도 엄마가 귀지를 파 줄 때 베던 무릎의 온기를 잊지 못하나 봅니다. 그의 「엄마 무릎」이란 시를 볼까요.

귀이개를 가지고 엄마한테 가면
엄마는 귀찮다 하면서도
햇볕 잘 드는 쪽을 가려 앉아
무릎에 나를 뉘여 줍니다.
그리고선 내 귓바퀴를 잡아 늘이며
갈그락갈그락 귓밥을 파냅니다.
(……)
고개를 돌려 누울 때에
나는 다시 엄마 무릎내를 맡습니다.
스르르 잠결에 빠져듭니다.

'슬하膝下의 자식'이란 말. 그 말 들어 보셨지요. 그 슬자가 무릎이란 뜻입니다. 부모의 무릎 아래 있을 때, 그러니까 기어 다닐 때가 자식이지 이미 서서 부모의 무릎 위로 커 버리면 자식이 아니라는 겁니다. '다 커서 이제는 말을 안 듣는다' 또는 '내 뜻을 안 따른다'라고 해석할 수도 있지요. 하지만 또 이런 뜻으로 볼 수 있지 않을까요. '다 컸으니 이젠 내 품 안을 벗어나 독립할 때다' 또는 '너는 이제 나에게 의존하는 어린 자식이 아니니 어른으로 살아가라' 그런 의미이겠지요. 부모로서 자식에게 베푸는 내리사랑을 그만하겠다는 것은 절대로 아닐 겁니다.

하지만 어린 자식으로서 부모의 보호를 받을 때가 좋지 않았습니까. 그래서 그런지 억지로 정체성을 확인하려고 자꾸 엄마의 무릎에 미련을 갖습니다. 하지만 이제는 연로해서 눈이 침침한 어머니에게 귀를 맡기기는 불가능해졌습니다. 하는 수 없이 '꿩 대신 닭'이라고 대체할 무릎을 찾았습니다. 그게 바로 아내의 무릎입니다. 한동안 좋았었지요. 그런데 요즈음 아내도 눈이 침침하다고 하면서 다른 대체 무릎을 권하고 있습니다. 바로 딸의 무릎인데요. 아내는 아무래도 내가 무릎을 찾는 의도를 잘 모르고 있는 것 같습니다. 아무리 그래도 그렇지 딸의 무릎? 딸의 슬하? 이건 좀 그런데요. 그래서 아내가 막 떠밀어 할 수 없이 딸에게 귀를 맡길 때는 편법을 씁니다. 딸의 무릎을 베고 누울 수는 없어서 대신에 베개를 이용하는 것이지요. 딸에게 귀를 맡기면 귀는 시원합니다. 하지만 엄마의 슬하에서 느끼는 편안함. 그 고향의 편안함을 만날 수는 없습니다. 딸에게는 또 아내에게는 미안하지만 그것은 어쩔 수 없는 것이지요.

부모와 자식의 정체성을 확인할 수 있는 그곳. 엄마와 아내와 딸의 무릎. 그런데 이제 진짜 슬하로 돌아가기는 틀렸지요. 안 그런가요.

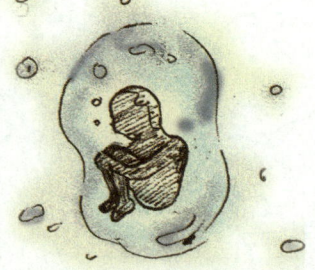

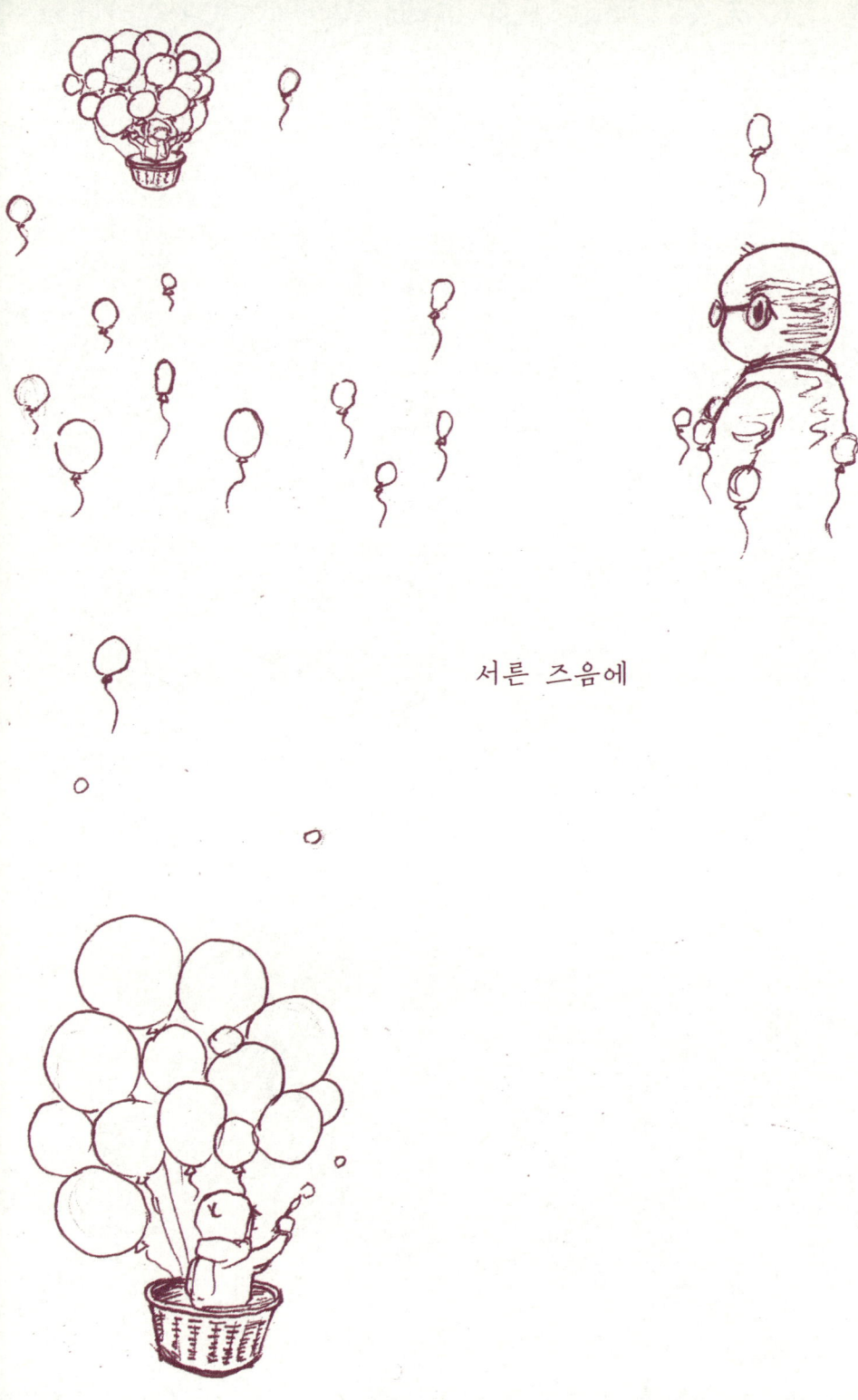

서른 즈음에

젊음에 대한
향수

10.
가버린
청춘에 대한
향수

푸숙

푸
쉬
쉬

추웅ー

그래, 높이 날을 수 있을 때
높이 높이 날으렴.

서른 즈음에

또 하루 멀어져 간다
내 뿜은 담배 연기처럼
작기 만한 내 기억 속에
무얼 채워 살고 있는지

점점 더 멀어져 간다
머물러 있는 청춘인줄 알았는데
비어가는 내 가슴 속에
더 아무것도 찾을 수 없네

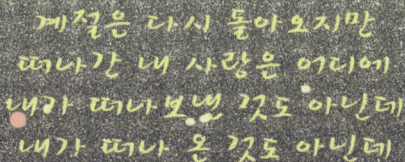

계절은 다시 돌아오지만
떠나간 내 사랑은 어디에
내가 떠나보낸 것도 아닌데
내가 떠나 온 것도 아닌데

조금씩 잊혀져 간다
머물러 있는 사랑인줄 알았는데
......

김광석의 짧은 여정
그의 노래 서른 즈음에

사라지는 젊음
식어가는 열정
산산이 부서진 꿈
밀려오는 불안함
그 서른 즈음의 흔적들

젊음에 대한
향수

나이 듦에 대하여

흐르는 시간 앞에 영원한 것은 없습니다. 모든 것은 변하지요. 우리도 변하기는 마찬가지입니다. 태어나 성장을 거듭하면서 젊음을 얻습니다. 그리고 그 젊음을 불사르며 아름다운 시절을 보냅니다. 그러나 그 젊음이 영원히 지속되지는 않습니다. 곧 젊음은 시들기 시작합니다. 그러고는 점점 사라져 가지요. 아무리 붙잡으려고 발버둥 쳐도 젊음은 우리 곁을 떠나갑니다. 그것이 자연의 섭리이니 어쩔 수 없습니다.

아주 오랜만에 그러니까 몇십 년 만에 여자 동창생을 만나게 되는 경우가 있습니다. 그 친구는 멀리서 나를 알아보고 반가운 표정으로 다가옵니다. 하지만 반가운 마음은 잠깐이고 이내 서글퍼집니다. 그 여자 동창생의 얼굴에서 예뻤던 옛 모습을 떠올리며 동시에 그 얼굴에서 세월을 느끼게 되기 때문이지요.

아리따운 그 얼굴 꽃처럼 곱더니
미친 듯 부는 바람에 저리 시들어 버렸네.
바라보면 서러워라 숙여진 그 얼굴
멋을 아는 사내들 눈에 한이 서려오네.

작자미상의 한시인데요. 젊은 시절 꽃 같았던 여인. 그 여인도 나이가 들어가니 눈부시던 미모는 온데간데없습니다. 그리고 그 모습을 바라보는 남정네들. 안쓰러운 마음뿐이지요. 그렇다고 뭐, 어떻게 해 줄 수는 없고 말입니다. '왜 저렇게 늙었지. 어떡하다 저렇게 되었어. 고생을 많이 하며 살았나?' 세월에는 장사가 없다지요. 그런데 그 친구만 변했겠습니까. 나이 듦은 누구도 비껴갈 수 없는 자연적인 현상이니까요. 지금으로부터 600여 년 전, 고려시대 우탁禹倬(1263~1342)은 「탄로가歎老歌」에서 그 심경을 잘 보여주고 있습니다.

한 손에 막대잡고 또 한 손에 가시 쥐고
늙는 길 가시로 막고 오는 백발 막대로 치려 했더니
백발이 제 먼저 알고 지름길로 오더라.

춘산에 눈 녹인 바람 잠깐 불고 간 데 없다
잠시 동안 빌려다가 머리 위에 불게 하여
귀밑의 해 묵은 서리 녹여 볼까 하노라.

그 옛날 우탁 선생도 나이 드는 것이 싫었나 봅니다. 그래서 가시와 막대기로 다가오는 노화를 막아 보려 합니다. 하지만 어떻게 막겠습니까. 이미 내 몸에 들어와 있는 걸요. 일단 하얀 것이 생기기 시작하면 머리든, 눈썹이든 들불 번지듯 번져 갑니다. 그래서 이번에는 흰 눈을 녹여서 없애는 봄바람을 빌려다 흰 머리를 없애 보려고 하지요. 물론 불가능합니다. 나이 듦에 대한 한탄. 하지만 어쩌겠습니까. 한탄으로 끝낼 수밖에요.

시간의 영속성과 인생의 유한성

시간의 속성과 그에 따른 인생의 필연적 유한성은 그리스 신화에서도 볼 수 있습니다. 프랑스 고전주의 화가 니콜라 푸생^{Nicolas} ^{Poussin}(1594~1665)은 〈시간의 춤〉이라는 작품을 그렸습니다.

푸생의 작품을 자세히 보면, 하늘에서는 새벽의 신 오로라를 앞세워 태양신 아폴로가 자신의 황금마차를 몰고 하늘을 가로질러 가고 있습니다. 아폴로의 황금마차는 낮에 빛을 비추는 태양입니다. 새벽이 지나고 한낮의 태양이 동쪽에서 서쪽으로 하늘을 가로질러 이동하는 것을 말하지요. 그러니까 새벽, 오

전 그리고 오후. 하루의 시간이 가고 있음을 알리는 것입니다.

땅 위에서는 날개를 단 노인이 리라를 연주하고 있는데요. 이 노인이 바로 사투르누스라는 시간의 신입니다. 그가 연주하는 시간의 음악에 맞춰 네 사람이 빙글빙글 돌며 춤을 추고 있습니다. 그 네 명의 무희는 쾌락, 부, 가난, 근면을 나타냅니다. 이것은 시간의 음악, 그러니까 흐르는 시간 속에 인생의 쾌락, 부, 가난, 근면이 뒤섞여 있다는 것이지요. 시간과 더불어 즐거움, 부, 가난, 근면이라는 인생지사가 교대로 반복되는 인생의 수레바퀴를 상징하는 것입니다. 이 그림은 신학은 물론 문학과 예술에 조예가 깊었던 줄리오 로스필리오시^{Giulio Rospigliosi} 추기경이 푸생에게 주문한 것으로 알려져 있습니다. 이 추기경은 후에 교황 클레멘스 9세가 되었지요.

그림을 좀 더 자세히 볼까요. 그림 왼쪽 푸른 옷에 장미꽃 관을 쓴 여인이 쾌락입니다. 욕망과 유희의 세계로 들어오라는 유혹의 시선을 보냅니다. 흰색 옷을 입고 머리에 진주관을 쓴 여인은 부^富를 상징합니다. 쾌락은 부와 손을 잡은 필연적 관계임을 보여주고 있지요. 부의 여인 왼편에 가난을 상징하는 여인이 있습니다. 그런데 부의 여인은 소박하고 수수한 차림의 가난과는 손잡기를 망설이지요. 그런 반면에 가난의 여인은 부의 손을 잡기 위해 애쓰는 모습을 볼 수 있습니다. 부와 가난. 그 둘의 상대적인 관계를 잘 보여주는 장면입니다. 나머지 한 사람, 녹색 옷을 입고 월계관을 쓴 남자는 근면을 나타냅니다. 근면은 부를 지향하는 것을 보여주려는 듯 부의 여인을 쳐다보고 있습니다. 그리고 화면 하단에서 모래시계를 가지고 노는 아이와 비눗방울을 불고 있는 아이가 보입니다. 모래 장난과 비눗방울 불기 놀이. 이것을 포함한 모든 것은 부서지고 사라지는 부질없는 행위임을 상징적으로 보여줍니다. 왜냐하면 음악을 연주하는 시간의 신은 곧 연주를 중단하고 날개를 펼쳐 하늘로 올라갈 것이기 때문입니다. 그러면 음악도 중단되고 따라서 춤도 곧 중단될 것이기 때문이지요.

그림의 맨 왼쪽의 돌기둥에는 과거와 미래를 동시에 바라보는 두 얼굴의 신, 야누스^{Janus}가 있습니다. 두 얼굴, 이쪽과 저쪽에 양다리 걸치는 사람, 기회주의자들을 보고 야누스적이라고 하잖아요. 그 야누스입니다. 어쨌든 늙은 얼굴은 과거를 바라보고 있으며 젊은 얼굴은 미래를 바라보고 있습니다. 다시 말하면, 과거를 보내며 동시에 미래를 맞이하는 것을 상징하는 겁니다. 그래서 가는 해를 보내고 오는 해의 새로운 시작인 1월을 January라고 합니다. 묵은 시간은 지나가고 새로운 시간이 받쳐지면서 시간은 계속하여 이어지기는 하지만 인간 개개인에게 주어진 시간은 한정적이며 일시적인 것임을 보여줍니다.

이와 같이 시간은 영속적인 것이지만 인간에게 부여된 시간만큼은 한정적이고 일시적입니다. 푸생은 이 사실을 그림으로 잘 보여주었지요. 그런데 이러한 사실을 시로 잘 표현한 사람이 있습니다. 당나라 시인 유정지는 「대비백두옹^{代悲白頭翁}」, 즉 흰머리를 슬퍼하는 늙은이를 대신한다는 제목의 시에서 이렇게 표현하였습니다.

> 올해 꽃 지면 얼굴빛 변할 테지만,
> 내년에 꽃 피면 뉘 얼굴 그대로일까.
> 소나무 잣나무 베어져 땔감으로 쓰이고,
> 뽕밭이 변하여 바다 된다는 말 들었네.
> 낙양성 동편에서는 옛사람을 볼 수 없건만,
> 지금 사람은 다시 꽃바람 속에 서 있다네.

> 해마다 피는 꽃은 비슷하건만(年年歲歲花相似),
> 해마다 사람 얼굴은 같지 않다네(歲歲年年人不同).

해는 바뀌고 계절은 다시 돌아옵니다. 그리고 철철이 피는 꽃도 그 꽃이지만 사람은 그 사람이 아닙니다. 사람은 세월이 지난 만큼 늙습니다. 산천은 의구하지만 인걸은 간 데 없지요. 시인 유정지는 평범한 자연 현상과 인생의 한시성을 포착하여 기가 막히게 연관시켰습니다. 그런 기발한 착상 덕택에 인생의 무상함을 나타내는 '연년세세화상사^{年年歲歲花相似} 세세연년인부동^{歲歲年年人不同}'이라는 유명한 시구가 생겼지요.

젊음에의 미련, 그리고 집착

주어진 시간은 유한하다는 시간의 속성을 이야기하고 있는 동안에도 시간은 그저 말없이 흐릅니다. 유한한 것이 시간인데 나이가 많다는 것은 시간을 이미 많이 흘려보내서 남은 시간이 적다는 것이지요. 이제 와서 되돌릴 수는 없고 그렇다고 그대로 인정하기는 싫고. 그래서 사람들은 억지를 부리면서 젊은 척을 하는 겁니다. 그래서 호기도 부리고 무리를 하기도 합니다. 여기 정희성 시인도 그랬나 봅니다. 그의 시를 볼까요.

> 눈이 내린다 기차 타고
> 태백에 가야겠다
> 배낭 둘러메고 나서는데
> 등 뒤에서 아내가 구시렁댄다

지가 열일곱 살이야 열아홉 살이야

구시렁구시렁 눈이 내리는
산등성 숨차게 올라가는데
칠십 고개 넘어선 노인네들이
여보 젊은이 함께 가지
앞지르는 나를 불러세워
올해 몇이냐고
쉰일곱이라고
그중 한 사람이 말하기를
코오흘 때나
(……)

그의 「태백산행」이라는 시입니다. 젊은 시절에는 눈이 오면 뭔가 했겠지요. 연인을 만나든지 아니면 친구들과 술이라도 한잔했겠지요. 그런데 나이가 들다 보면 같이 놀자고 불러 주는 사람이 줄어듭니다. 눈이 오는데 가만히 있자니 좀 그렇고요. 그래서 젊은이 행세하려고 할 수 없이 나섰습니다. 막상 불러 주는 사람이 없으니 시인은 혼자서 산에 갔나 봅니다. 등 뒤에서 '지가 무슨 십대 애들이냐'라는 아내의 비아냥거리는 말을 들으면서도 무작정 갔습니다. 그러고는 괜히 산에서 만난 칠십 노인네를 앞지르며 호기를 부리지요. '조오흘 때다'라는 칭찬 소리에 젊음을 확인하며 우쭐해합니다.

어떡해서든 아직 젊다는 것을 보여주려는 것. 하지만 우리 모두는 다 알고 있습니다. 진짜 젊음은 이미 서른 즈음에 가버렸다는 것을. 그래서 아쉬움과 미련으로 서른 즈음을 자꾸 되돌아보는 것 아닙니까.

예전 어르신네들이 "아이구! 작년 다르고 올해 달라." 이렇게 말씀하시는 것을 들을 때마다 그냥 피식 웃었습니다. 그런데 이젠 그 말이 남

얘기 같지가 않습니다. 특히나 정보의 홍수 시대에 살고 있는 우리는 순간순간 처리해야 할 일이 너무나 많습니다. 그런데 한 세대 전 출시된 메모리와 나날이 줄어드는 기억 용량을 가진 머리로는 이제 한계를 느낍니다. 불분명한 기억력과 판단력. 이런 것들이 복합적으로 작용하여 이상한 상황을 만들어 내기도 합니다.

을지로 지하철역을 빠져나왔습니다. 몇 걸음 걷는데 맞은편에서 다가오는 중년 남자의 얼굴에서 반가움을 읽었습니다.

"어! 오랜만이야! 여기서 만나다니…… 요즘 어떻게 지내?"

"응, 그저 그렇지 뭐."

상대방이 반가워하며 내미는 손에 할 수 없이 악수는 했지만 누구인지 통 기억이 나지 않았습니다. 머릿속에 저장된 인명 파일을 빠르게 훑었지만 검색이 안 됩니다. 어정쩡한 태도를 느꼈는지 중년의 그 남성은 다시 말합니다.

"왜, 어디 좀 안 좋아? 안색이 왜 그래?"

반말을 하는 걸로 봐서 꽤 친한 친구였던 것 같은데 누구지? 솔직히 '모르겠는데……'라고 말하면 머리 나쁜 것을 내 스스로 인정하고 상대방에게도 알리는 것 같아서 그러기는 싫었습니다. 또 상대가 좀 무안해할 것 같아서 그럴 수는 없을 것 같고…… 그래서 깊은 배려를 한답시고 이렇게 말했습니다.

"아니! 난 괜찮아. 그런데, 하는 일은 잘되고?"

나도 친한 척하면서 엉겁결에 한마디를 더 했습니다. 그런데 그것이 돌이킬 수 없는 한 걸음이 되고 말았지요. 왜냐하면 솔직하게 모르겠다 말하고 빠져나올 수 있는 시기를 놓쳤습니다. 고속도로에서 갈팡질팡하다가 분기점을 지난 격이지요. 이젠 할 수 없이 갈 데까지 가야 했습니다.

"그럼! 나야 잘되고 있지. 날 못 알아볼 줄 알았는데…… 야! 우리 진짜 오랜만이다!"

한 술 더 떠서 그 중년 남성은 말이 많아지기 시작했습니다.

그러는 동안 머릿속의 인명 파일을 아주 빠르게 다시 뒤져 봅니다. 누굴까? 대학 동창? 군대 동기? 고교 동기? 시골 친구인데 너무 변해서? 아무리 생각해도 누군지 떠오르지 않습니다. 할 수 없이 보편적이면서 단서를 잡기 위한 미끼 질문을 던져 봅니다.

"다른 친구들은 자주 만나?"

이렇게 말하면서 그의 입에서 아는 친구 이름이 나오기를 기대했습니다.

"동식이, 철우 걔네들하고는 자주 만나지."

상대방 입에서 '동식이'라는 소리에 귀가 번쩍 띄었습니다. '됐다! 고등학교 때 옆 교실. 이과 반 친구구나.' 소경이 문고리를 잡은 기분으로 자신 있게 다음 말을 내뱉었습니다.

"동식이는 아직 학교 후문 근처 거기에 사나?"

그러자 상대방이 의외라는 표정으로 이렇게 말하는 것이었습니다.

"동식이가 언제 후문께 살았어? 걔네는 시청 앞에서 오래 살았는데……."

내 기억력이 더 우월함을 입증하려고 다른 증거를 강력하게 들이댔습니다.

"그 왜, 준호라는 애 있잖아? 걔네 집도 후문께 있어서 늘 둘이 붙어 다녔잖아."

이 말에 상대방은 꼬리를 좀 내렸습니다.

"준호? 누군지 기억이 잘 안 나는데…… 걔가 누구지?"

"누군지 모르겠어? 하긴 너무 오래되어 기억이 잘 안 날 수도 있지. 꽤 오래전이니……."

이렇게 상대의 기억력 퇴화를 배려해 주는 말을 했지만 속으로는 가슴이 철렁 내려앉았습니다. '아차! 다른 동식이구나! 흔한 이름이어서 동명이인일 수 있겠지. 이틈에 빨리 빠져나가는 것이 상책이야!'

직감적으로 상황을 종료할 때가 되었음을 느꼈습니다. 너무나도 신속하고 정확한 상황 대처에 자신도 놀라면서 드디어 쐐기를 박았습니다. 시계를 들여다보면서 짐짓 놀라는 표정을 지었습니다.

"아니! 벌써 시간이…… 이만 가 봐야겠어. 다음에 만나지 뭐! 다음에는 식사라도 하자구……."

이렇게 말하자, 중년 남성도 군말 없이,

"그래! 그럼, 또 연락하자구!"라고 말하면서 악수를 청했습니다.

그러고는 각자 가던 방향으로 걸어갔습니다. 글쎄요. 그 중년 남성도 대화 도중 어느 시점에서는 나와 똑같이 생각했을지도 모릅니다. '이거! 내가 미쳤군! 사람을 잘못 보고 아는 척했는데…… 아! 참, 이거 어떡하지?'라는 생각을 했었겠지요. 그러고는 '휴우! 끝까지 들키지 않고 헤어지게 되어서 참 다행이다!'라고 생각하면서 걸음아 나 살려라 하고 내뺐을 겁니다.

이건 정말 황당한 일입니다. 젊은 시절에 이런 일은 없었습니다. 이것도 머피의 법칙이지요. 나이 들어 기억력이 점점 떨어지는데 아는 사람은 자꾸 늘어납니다. 젊었을 때는 아는 사람도 적고 기억력마저 좋으니 문제 될 것이 없었는데요. 하지만 젊은 시절을 자꾸 아쉬워하면 뭐 하겠습니까 이미 가 버린 걸요. 그건 부질없는 집착이지요.

생의 분기점, 서른 즈음

젊음과 나이 듦. 이 상반되는 두 가지를 의식하는 시기. 그 시기가 바로 서른 즈음인 것 같습니다. 무언가 분명치는 않지만 경계선 같고 그래서 불안해지고 그래서 자꾸 생각하게 되고 또 돌아보게 되는 서른 즈음. 젊음이 점점 사라지는 것을 의식하면서 무언가 경험하지 못한 미지의 세계로 진입해야 하는 그런 시기인 겁니다. 이제는 더 이상 어린아이는 아니고, 또 그렇다고 젊은이도 아닌 시기. 어쩔 수 없이 어른이 되어 간다는 사실을 받아들여야 하는 시기인 것이지요.

'어른'이란 말은 중세어의 '얼운' 또는 '어룬'에서 나온 말인데요. 그래서 어른은 어르는 사람, 즉 결혼하는 사람이란 뜻입니다. 결혼해서 가정을 꾸리고 독립하는 것이 어른이라는 것이지요. 그래서 공자님도 서른 살에 어른이 되었음을 알렸습니다. 『논어』의 「위정편爲政篇」에 이렇게 실려 있습니다.

> 공자가 말씀하시기를, 나는 15세에 학문에 뜻을 두었고志學, 30세에 홀로서기를 했으며而立, 40세에는 판단에 흔들림이 없었고不惑, 50세에는 천명을 알았으며知命, 60세에는 귀로 들으면 그 뜻을 알았고耳順, 70세에는 마음 가는대로 하여도 법도에 어긋나지 않았다從心.

공자님 말씀을 보니까 서른 살에 스스로 자립했다는 것이지요. 그래서 결혼하고, 어른이 되면서 사회적 현실에 맞서 스스로 살아갈 수 있게 되었다는 말씀입니다. 아이에서 성장하여 결혼하고, 그래서 가정을 이루고 가족을 부양할 책임이 있는 삼십대. 더 이상 어리광을 피우는 아이가 아니며 젊음의 자유분방함을 뒤로하고 책임과 의무가 지워지는 서른 즈음. 이러한 변화를 온몸으로 맞닥뜨려야 하기 때문에 막연한 불안감에 빠져드는 것 아닐까요. 그래서 사라져 가는 젊음을 붙들어 잠시라도 그 안에 머무르고 싶어 합니다. 마치 끝나 가는 벚꽃축제의 화려함을 억지로 잡아두려는 것처럼. 마치 황지우 시인의 '여기서 더 머물다 가고 싶다'라는 그런 마음처럼 말이지요. '에라! 모르겠다. 이런 거 이게 마지막이야. 이제 또 못 만나. 한 번이라도 더 보자!' 뭐, 이런 겁니다.

> 펑! 튀밥 튀기듯 벚나무들,
> 공중 가득 흰 꽃밥 튀겨 놓은 날
> 잠시 세상 그만두고
> 그 아래로 휴가 갈 일이다
> (……)
> 눈 뜨면, 만발한 벚꽃 아래로
> 유모차를 몰고 들어오는 젊은 일가족
> 흰 블라우스에 그 꽃그늘 밟으며 지나갈 때
> 팝콘 같은, 이 세상 한때의 웃음
>
> 그들은 더 이상 이 세상 사람이 아니다
> 내장사 가는 벚꽃길 어쩌다 한순간
> 나타나는, 딴 세상 보이는 날은
> 우리, 여기서 쬐금만 더 머물다 가자

가버린 젊음에 대한 아쉬움. 그 미련과 회한으로 번민하던 서른 즈음. 젊음이 가 버린 것도 한스러운데 시간까지 우리를 압박합니다. 하루, 또 하루가 갑니다. 한 달, 또 한 달이 지나갑니다. 그리고 한 해, 또 한 해가 저뭅니다. 어느새 서른 즈음도 지나고 미처 깨닫지 못한 사이에 슬금 슬금 다가서는 중년. 젊음이 사라졌으니 뜨거워질 수도 없는, 그래서 열정에 휘둘릴 리 없는 그런 나이가 되었습니다. 돌이켜보니 젊음은 아름다웠습니다. 그 풋풋한 기운과 순수한 꿈이, 그 격정적인 정열이, 게다가 가슴 저린 사랑마저 아름다웠습니다.

그러나 젊음은 가 버렸습니다. 뜨거운 열정은 식어 버렸습니다. 그래서 시들해진 삶은 덤이라고 생각했었지요. 모든 것이 끝난 줄 알았습니다. 하지만 그건 아니었습니다. 젊음을 대신하는 그 무엇이 있었습니다. 그 때문에 다시 걷기 시작했습니다. 이제 중년을 지나고 또 다른 시공간을 지나게 되겠지요. 지천명, 이순, 종심……. 이젠 서른 즈음처럼 집착하며 헤매지는 않겠지요. 앞에서 기다리는 미지의 세계로 두려움 없이 나갈 겁니다.

붉은 해가 산허리에 걸렸습니다. 곧 밤이 찾아오겠지요. 붉은빛이 만들어 준 긴 그림자들이 또 하루가 끝났음을 알려줍니다. 점점 사그라지는 붉은 놀. 소리 없이 밀려드는 저녁어스름. 주위는 점점 적막감에 빠져듭니다. 분주했던 하루 일과는 소리 없이 스러지고 화려했던 여름날의 꿈들도 저녁놀처럼 흩어집니다. 땅거미가 밀려오는 창가에 서서 잠시 시간에 떠밀리는 풍경들을 바라봅니다.

그대와 영원히

가족, 함께하는 우리의 이름

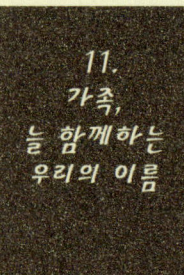

11.
가족,
늘 함께하는
우리의 이름

저기요,
나가는 길이
어느 쪽인지
아세요?

위이잉

샥
샥

앞으로 쭉
직진하시면
됩니다.

위
잉
잉

네,
고맙습니다

우와
로봇이다

아저씨는
왜 여기서
청소하고
있어요?

저는
청소담당을
하고있는
로봇입니다

쏭쏭

주인님은
누구든지
제 기능을
다하지 못하는건

사람이던
기계던
쓸모없다
생각하세요.

쓸모없는 건 항상 그 때 그 때 버리시고요

위잉

훙

주인님께 버림받지 않으려면 제 할일을 열심히 해야되요.

주인님이 버리신 쓰레기를 처리하는 것도 제가 하는 일입니다

오늘 나온 쓰레기는 많이 큰 편이네요.

그대와 영원히

그대와 영원히
헝클어진 머릿결
이젠 빗어 봐도 말을 듣지 않고
초점 없는 눈동자
이젠 보려 해도 볼 수가 없지만

감은 두 눈 나만을 바라보며
마음과 마음을 열고
따스한 손길 쓸쓸한 내 어깨 위에
포근한 안식을 주네

무뎌진 내 머리에
이제 어느 하나 느껴지지 않고
메마른 내 입술에
이젠 아무 말도 할 수가 없지만

맑은 음성 가만히 귀 기울여
행복에 소리를 듣고
고운 미소 소장한 내 가슴 속에
영원토록 남으리

......

이문세가 전하는 애절한 메시지
언제까지나 그대와 함께하리

그대 나의 사랑
나의 운명
그래서 더욱 애틋한 사람
세상이 변한다 해도
나의 사랑
그대와 영원히

가족, 함께하는
우리의 이름

가정, 존재를 인정받는 곳

학창 시절 음악 시간에 배웠던 '즐거운 나의 집'을 기억하시지요. "즐거운 곳에서는 날 오라 하여도 내 쉴 곳은 작은 집 내 집뿐이리······" 이런 가사가 들어 있는 노래 말입니다. 원래 이 노래는 미국의 극작가 존 하워드 페인^{John Howard Payne}(1791~1852)의 「The Maid of Milan」이란 극 중에 나오는 노래입니다. 이 사람은 배우 겸 극작가로 성공한 이후에도 40여 년을 떠돌며 타향살이를 하였지요. 그러는 동안에 나그네의 애달픈 향수를 노래로 표현하여 많은 사람들의 공감을 얻었습니다. '즐거운 나의 집'도 그런 노래 중 하나인데요. 그 노래의 한 구절인 '집만 한 곳은 없다^{There is no place like home}'는 가족의 사랑, 단란한 가정의 중요함을 말할 때 너무나도 많이 인용되는 말이지요.

집. 가정은 우리에게 어떤 의미일까요. 고달픈 하루의 일과를 마치면 피곤한 몸을 이끌고 사람들은 저마다 집으로 돌아갑니다. 그곳은 따뜻한 마음으로 반겨 주는 사람들이 있는 곳. 정다운 사람들이 식탁에 둘러앉아 따뜻한 밥을 함께 먹는 곳. 도란도란 정겨운 이야기를 나눌 수 있는 곳. 어떤 경우에도 내 편이 되어 줄 수 있는 사람들이 있는 곳. 세상 시름 잠시 잊고 편히 누워 쉴 수 있는 곳…….

가족은 가정을 이루어 한 집에 사는 사람이라는 뜻이지요. 또 식구는 한 집에 살면서 끼니를 함께하는 사람입니다. 즉 밥을 같이 먹는 사람이라는 의미이지요. 이렇게 보면 가정이란 살아가는 데 있어서 가장 기본이 되는 의식주를 함께하는 사람들이 모여 있는 곳입니다. 생존에 필요한 기본적인 요소를 공유하게 되니까 당연히 끈끈한 유대 관계가 형성되겠지요. 그 탄탄한 관계를 바탕으로 연결된 구성원. 그것이 가족입니다. 그래서 가족은 한배를 타고 있는 운명 공동체라고 하지 않습니까. 그 때문에 가족 어느 한 사람의 기쁨은 가족 전체의 기쁨이 되고, 또 어느 한 사람의 불행은 가족 전체의 불행이 됩니다. 이것이 보통 사람들이 생각하는 가족의 의미입니다.

그런데 가정의 의미를 철학적으로 생각해 본 사람이 있습니다. 다름 아닌 바로 프랑스 철학자 가브리엘 마르셀^{Gabriel-Honoré Marcel}(1889~1973)인데요. 그는 가정을 '존재가 드러나는 장소'라고 정의하였습니다. 즉 가정이란 후천적인 어떤 것, 예를 들면 외모, 재능, 재산 등 이런 것 때문에 인정받는 것이 아니라 일차적으로 태어나서 그곳에 있다는 그 자체로 인정받는 곳이라는 겁니다. 이런 얘기겠지요. 어떤 남자가 있습니다. 얼굴이 못생기고, 머리도 크고, 머리숱도 적습니다. 여기에 결정적으로 키도 작습니다. 게다가 학벌도 내세울 만큼은 안 되고 부모님이 물려준 재산도 없습니다. 이 남자, 요즘 세태로 말하자면 끝났습니다. 어느 누구로부터도 인정받기는 틀린 것이지요. 어디를 가나 존재감이 없을 겁니다. 그러나 밖에서는 그렇더라도 자기네 집에서는 그렇지 않습니다. 가정에서는 그가 어떻게 생겼든, 가지고 있는 것이 얼마이든, 그래서 아무리 보잘것없이 보이더라도 그건 상관없습니다. 그저 그의 존재, 그가 거기에 있다는 그것으로 된 겁니다. 고슴도치도 제 자식은 예쁘다고 하듯이 부모에게 있어서 그 남자는 잘난 아들이며 더없이 소중한 아들인 것이지요. 이렇게 있는 그대로 인정해 주고 사랑해 주는 사람들. 그들이 있는 곳. 그래서 나의 존재를 확인하는 곳. 그곳이 바로 가정입니다.

변질된 가족 관계

　　　그러니 내가 어떤 사람이든, 어떤 처지에 놓여 있든, 또 세상 사람들이 나를 어떻게 보든 간에 나는 가족에게 기쁨이고 환영받는 존재여야 합니다. 가정은 그런 곳이고 가족은 그런 사람들이니까요. 그런데 점점 상황이 달라지고 있습니다. 자본주의 사회는 전통적인 가족의 모습을 바꾸어 놓았습니다. 말하자면 가족 구성원의 영원한 쉼터이고 안식처라는 가정에서조차 자신들이 소외당하는 불행한 일이 생겨나고 있습니다.

가족에게서조차 소외받는 현대인. 그 고독과 허무를 무서울 정도로 날카롭게 파헤친 사람이 있습니다. 바로 체코의 수도 프라하에서 출생한 독일계 유태인 프란츠 카프카^{Franz Kafka}(1883~1924)입니다. 카프카의 부친은 부유한 상인이었는데 카프카는 부친으로부터 상당한 학대를 받았던 것 같습니다. 1918년 그가 36세에 쓴 수기 「아버지에게 보내는 편지」에서 그 실상을 짐작할 수 있습니다. 그 일면을 보면 그것은 부모와 자식 간의 관계라기보다는 포악한 주인과 노예에 가깝습니다. 또 소설 『사형판결』도 마찬가지인데요. 거기서는 강압적인 아버지와 아들이 결혼 문제를 둘러싸고 충돌합니다. 부자간의 의견이 대립되면서 아들은 결국 아버지로부터 익사하라는 말을 듣고 자살합니다. 여기서 익사 사건은 카프카가 작품 구성을 위해 허구로 만들어 낸 것일 수도 있지만 어쩌면 카프카 자신의 경우일 가능성을 배제할 수 없습니다. 아버지로부터 받는 경멸과 모욕은 그를 심한 오이디푸스 콤플렉스 환자로 만들었고 이것이 은연중에 그의 작품에 상당한 영향을 주었다고 볼 수 있습니다.

아무튼 카프카는 지옥 같은 아버지 그늘에서 빨리 벗어나 자신만의 가정을 꾸리고 싶어 했습니다. 그래서 적절한 상대를 찾고 있었지요. 그런데 그 노력은 여러 차례 시도에도 불구하고 결국 실패로 끝납니다. 그는 세 번이나 약혼을 했지만 결혼에는 이르지 못했습니다. 그러다가 마흔의 나이에 고독한 인생을 마감합니다. 카프카는 자신이 실패한 인생을 살았다고 생각했고 그래서 세상에 다녀간 흔적조차 지우고 싶어 했지요. 그래서 친구 브로트에게 자기가 쓴 글을 모두 불태워 달라고 부탁합니다. 하지만 그 친구조차도 카프카를 배신했지요. 부탁을 어기고 출판을 했으니까요. 물론 세계 문학계는 그 친구로부터 은혜를 입은 셈입니다. 어쨌든 그 친구는 카프카의 뜻을 거스르고 『심판』과 장편소설 『성』을 출간합니다. 그런데 그 작품들이 뜻밖에 엄청난 반향을 불러일으키고 너무나 큰 관심을 끌게 되었지요. 그 결과 카프카는 다양한 각도에서 새롭게 조명받는 위대한 작가가 되었습니다.

가족과 관련지어 말하고 싶은 카프카의 작품은 『변신』입니다. 가족에 관한 냉혹한 진실을 파헤친 그 작품은 1919년 출간되었지요. 이 작품의 주인공 이름은 '잠자^{Samsa}'인데요. 아하, 이름 때문은 아니지만 잠자는 잠자다가 사단이 벌어지고 결국 아주 잠자게 됩니다. 주인공 이름에서 s를 k로, m을 f로 바꾸면 카프카가 되는데 이는 주인공이 곧 카프카 자신이라는 것을 암시하는 것이지요. 원래 체코어로 '잠자'는 '나는 고독하다'라는 뜻입니다. 이것은 카프카가 가족으로부터 차단되고 소외되어 있는 현실을 나타내고자 하는 것이겠지요. 또 '벌레'로 번역되는 'Ungerziefer'라는 단어에는 '기생충'이라는 의미가 있습니다. 이것은 카프카 자신이 아버지로부터 경제적으로 독립하지 못한 기생충 같은 신세라는 것을 의미하지요.

"어느 날 아침에 그레고르 잠자가 이상한 기분으로 잠에서 깨어났을 때 침대 속에서 자신이 한 마리의 기괴한 벌레로 변신해 있는 것을 발견했다. 그는 갑옷처럼 딱딱한 등을 대고 누워 있었는데 몸뚱이에 비해 너무도 가느다란 수많은 다리가 눈앞에서 힘없이 흔들거리고 있었다." 이 소설은 이렇게 시작됩니다. 기분이 나빠지고 좀 섬뜩하지요. 커다란 바퀴벌레가 연상되기도 합니다. 하여튼 소설의 줄거리는 이렇습니다.

5년 전 아버지가 파산한 이후, 주인공 그레고르는 세일즈맨이 되어 가족을 부양하는 실질적인 가장이 되었습니다. 몸이 이상하게 변한 그날도 출장이 예정되어 있었지요. 7시가 지나자 직장에서 매니저가 찾아왔습니다. 벌레로 변한 모습을 보고 매니저는 기겁을 하고 줄행랑을 칩니다. 그리고 가족들은 실의에 빠지게 되지요. 아버지는 막대기를 들고 그레고르를 위협하여 그를 방 안으로 몰아넣고 가두어 버립니다.

그레고르는 이제 자기가 사랑하던 가족들로부터 철저히 외면당하고 소외되었음을 느낍니다. 누이동생이 방문 앞에 신문지를 깔고 우유, 빵, 치즈를 갖다 놓아 주면 그레고르는 혼자서 그것을 먹습니다. 가족들은 밖으로 문을 걸어 잠그고 그의 출입을 통제합니다. 그레고르가 일을 하지 못하게 되자 가족들은 생계가 막막해졌지요. 할 수 없이 아버지, 어머니, 여동생이 일하러 나갑니다. 그레고르는 가족들에게 미안하다고 말하고 싶지만 그 기분을 전달할 방법이 없습니다.

처음에는 가족들이 그나마 가족애를 발휘하여 벌레가 된 그레고르를 돌보아 줍니다. 그러나 날이 갈수록 그레고르를 성가신 존재로 취급하기 시작하지요. 이전에 그레고르가 자신들을 부양하고 돌보았다는 사실은 까맣게 잊어버립니다. 게다가 생활비에 보태려고 그레고르 가족은 하숙을 치기 시작하는데 하숙인의 물건과 주방에서 나온 쓰레기들을 그레고르 방에 치워 둡니다. 그의 방은 이제 쓰레기 창고가 되었습니다. 방이 얼마나 더러운지 조금만 움직여도 실과 머리털, 음식 찌꺼기 같은 것이 그의 옆구리와 잔등이에 달라붙습니다. 이제 그레고르는 가족들의 냉대와 모멸을 받으며 살아가는 천덕꾸러기가 되었습니다.

어느 날 그레고르의 귀에 여동생이 켜는 바이올린 소리가 들립니다. 그레고르는 돈을 많이 벌어 누이동생을 음악학교에 보내려는 꿈을 꾸기도 했었지요.

'이토록 음악에 감동받는 내가 벌레일 수 있을까?'

그는 그 소리에 이끌려 자기도 모르게 가족들과 하숙인들 앞에 모습을 드러냅니다. 하숙인은 그 추한 모습에 기겁을 하고 즉시 이 집을 나가겠다고 말합니다. 누이동생도 울면서 이렇게 말합니다.

"더 이상 이런 괴물 같은 벌레를 오빠라고 부르지 않겠어요! 우리는 저것을 돌보기 위해 할 만큼 다했어요."

아버지는 큰 소리로 이런 말을 반복합니다.

"저게 우리들이 하는 말을 알아듣는다면!"

"저게 우리들이 하는 말을 알아듣는다면!"

그러자 누이동생은 이렇게 말합니다.

"만약 저게 오빠라면, 제 발로 나갔을 거예요!"

이 말에 그레고르는 사랑하는 누이동생의 속마음을 알아차리게 되었습니다. 그는 가족의 냉대 속에 죽음을 택할 수밖에 없었지요. 흉한 외모에 경제적 능력도 없이 가족에게 부담만 지우는 그가 발붙일 곳은 어디에도 없었습니다. 이제 가정은 그가 머물 수 있는 안식처가 아니었습니다. 그리하여 그레고르는 새벽 3시를 알리는 교회 종소리가 울릴 때 집안 식구들을 생각하며 숨을 거둡니다.

다음 날 아침, 그레고르가 죽었다는 사실을 알게 된 가족들은 안도의 숨을 쉬면서 "자, 이제는 하나님께 감사할 수 있겠군"이라고 말합니다. 그러고는 지난 몇 달 동안의 고통을 씻어내러 교외로 소풍을 나갑니다.

카프카는 『변신』이라는 작품을 통해 두 가지를 보여줍니다. 먼저, 거대한 현대 문명의 틀 속에서 존엄성을 상실한 인간의 모습을 돌아보게 합니다. 그는 현대 자본주의가 낳은 물질만능시대 속에서 하찮은 존재로 변해 버린 우리를 벌레에 비유하였습니다. 그리고 자기 스스로가 아닌 다른 개체에 의존하여 살아가는 기생충의 의미를 빌려서 가정의 의미와 가족 간의 관계를 보여주고 있습니다. 주인공 그레고르는 가족을 먹여 살리던 부양자에서 가족의 보살핌을 받아야 하는 피부양자, 즉 기생자로 바뀝니다. 그러자 가족들은 그레고르를 없애 버려야 할 애물단지로 취급하지요. 기생자가 된 그레고르는 보호받기는커녕 냉대와 모멸로 죽음을 선택할 수밖에 없습니다. 그러니까 카프카가 보여주려는 냉혹한 진실은 가장 원초적이고 끈끈한 가족애조차도 경제적인 이해관계에 토대를 두게 되었다는 것이지요. 가족애조차도 개인의 이기심과 이윤의 극대화를 추구하는 자본주의의 논리를 벗어날 수 없게 되었음을 보여줍니다. 그로 인해 인간은 인간다움을 상실하고 비인간적인 상태로 변질되어 인간 소외의 현상이 생긴다는 것이지요. 무한한 가족애로 넘쳐야 할 가정에서조차 서로 외면하는 소외 현상이 생긴다는 무서운 진실. 이것이 『변신』을 통해 카프카가 전하고자 하는 메시지입니다.

함께해야 할 '우리'

경제적 능력이 있어서 가족을 부양할 때에는 존경하는 아버지, 사랑하는 아들 또는 오빠였으나 돌봄을 받아야 하는 짐이 되자 징그러운 벌레 취급을 받는 현실. 물질만능주의를 표방하며 자신의 욕망을 거침없이 내세우기 시작한 20세기 이후, '우리'라는 집단성은 이제 사라져 버린 걸까요. 예전에는 사람들이 자신의 욕망을 대놓고 거리낌 없이 표출하지는 않았습니다. 자신의 욕망을 절제하며 타인과의 조화를 최고의 미덕으로 삼았었지요. 자신을 죽이면서 타인과 함께 공동보조를 맞추어 우리를 만들었던 겁니다. 리투아니아 출신의 프랑스 철학자 레비나스^{Emmanuel Levinas}(1906~1995)는 『시간과 타자』에서 '우리'라는 집단성을 이렇게 말했습니다.

> 플라톤 이후부터 사람들은 사회적인 것의 이상을 하나가 되는 것에서 찾았습니다. 그래서 사람들은 나와 상대방과의 관계에서 상대방을 곧 나 자신이라고 동일시하는 경향을 갖게 되었습니다. 그래서 집단이 다 같이 내세우는 개념이나 공동의 이상을 갖게 된다는 것입니다. 이것이 바로 '우리'라고 말하는 집단성이지요. 그리고 그 집단성은 상대방을 나 자신과 얼굴을 맞대고 선 존재로 보는 것이 아니라 단지 자신과 나란히 서 있는 사람으로 인식하는 것입니다.

그러니까 '우리' 또는 '우리 가족'이란 부모와 자식, 남편과 아내, 형제자매와 같은 사람들입니다. 그러니까 너와 내가 일심동체로 동일시되는 존재들이지요. 그리고 또 맞서고 대치하는 것이 아니라 함께 같은 입장에 나란히 서 있는 사람들입니다. 만일 이들이 서로 맞서서 각자의 욕망이나 이익을 추구한다면 그것은 결코 '우리' 또는 '우리 가족'

이라고 할 수 없겠지요. 영국의 신학자이자 시인인 헨리 앨포드^{Henry} ^{Alford}(1810~1871)는 「그대와 나」라는 시에서 이렇게 말합니다.

> 우리는 함께여야 합니다.
> 그대와 나 우리는
> 꿈과 희망을 위해
> 서로를 너무나 원합니다.
> 반려자이며, 위안자이며 친구이자 삶의 안내자
> (……)
> 그대와 나, 우리는 함께여야 합니다.

함께해야 할 그대와 나. 이것이 가족입니다. 그중에서도 가정을 이루는 핵심 구성원인 부부는 더욱 그래야 하겠지요. 부부에서 자식이 나오고 그럼으로써 부모와 형제지간의 관계가 형성되니까요. 부부는 서로가 삶의 반려자이며 위안자이며 친구이며 삶의 안내자인 것입니다. 그래서 서로를 의지하고 또 원합니다. 언제 어디서나 말이지요.

'우리'에 앞서는 '나'

길지 않은 인생. 이렇게 서로를 원하며 늘 손잡고 함께 나아가야 할 텐데요. 살다 보면 그게 말처럼 쉽지는 않습니다. 함께 서서 나란히 한곳을 바라보는 줄 알았는데 가끔 각자 다른 곳을 볼 때가 있습니다. 그러다가 아주 가끔씩 자리를 이탈하여 맞설 때가 생기기도 하지요. 그러면서 티격태격 싸우기도 합니다. 물론 이 충돌의 강도와 빈도수가 적당하기만 하다면야 비 온 뒤에 땅이 굳어지듯이 유대관계는 더 탄탄해지겠지요. 그러나 그렇게 되기가 참 어려운가 봅니다. 탄탄해 보이는 콘크리트 담도 시간이 지나면 금이 가고 틈이 생깁니다. 콘크리트라는 이름으로 단단하게 붙어 있던 자갈과 모래도 완전히 하나가 되기는 어렵나 봅니다. 부부관계도 그렇겠지요. 서로 다른 개인이 만나 가정이라는 틀 속에 함께 있는 것이니까요. 서로 바라보는 것이 달라지면서 틈이 생기고 이것이 커지면 파국을 초래하게 됩니다. 이런 것을 우화적으로 보여주는 이야기가 있습니다.

서역 지방의 전설에 등장하는 '공명조'라는 새가 있습니다. 머리가 둘이고 몸은 하나인 새이지요. 머리가 둘이다 보니 머리가 하나인 새들보다 더 빨리 먹을 수 있었습니다.

가끔 각자가 가고 싶은 쪽으로 가려다가 의견 충돌을 빚기도 했지만 그럭저럭 잘 지냈습니다.

그런데 어느 날인가 먹는 것을 놓고 사소한 언쟁을 벌이게 되었습니다. 그 일로 서로의 감정이 상하게 되고 그러면서 서로를 불신하게 되었지요. 그런데 불신의 골이 점점 깊게 파이면서 그들은 서로를 미워하기 시작했습니다.

그러던 어느 날, 한쪽 머리가 독이 든 열매를 발견하고 이렇게 말했습니다.

"난 더 이상 너하고 살 수 없어. 어차피 사는 게 지옥일 텐데, 그럴 바에는 이 열매를 먹고 죽는 게 낫겠어!"

그 말에 다른 머리가 깜짝 놀라며 말했습니다.

"안 돼! 먹으면 안 돼! 그걸 먹으면 우린 둘 다 죽어!"

하지만 상대에 대한 분을 삭이지 못한 다른 쪽 머리는 독 있는 열매를 먹고야 말았습니다. 그렇게 해서 머리가 둘 달린 공명조는 죽고 말았습니다.

비단 이 이야기가 오랜 옛날의 전설에 불과할까요. 그렇지 않은 것 같습니다. 통계를 보면 결혼한 지 20년이 넘은 황혼부부의 이혼이 빠르게 증가하고 있습니다. 20년 이상을 함께한 부부. 그동안 서로를 너무나 잘 알기에 웬만하면 양보하고 타협해서 끝까지 잘 갈 것도 같은데요. 변화하는 사회구조는 개인의 의식구조도 바꾸어 놓았나 봅니다. 이제 여성들은 부부 사이에 평등한 관계를 요구합니다. 거기에 반하여 남자들은 아직도 남존여비와 여필종부 같은 가부장적 사고를 그대로 유지하고 있습니다. 이와 같은 사고의 차이에 사소한 갈등의 불씨가 생기면 그것은 주체할 수 없는 들불로 번집니다. 어쨌든 20년 이상 희로애락을 함께한 '우리'라도 돌아서면 더 이상 '우리'가 아니라는 사실. 오랜 세월 함께 쌓아 온 부부간의 정이 개인의 이기심 앞에 힘없이 무너지는 현실이 서글프고 허탈할 뿐입니다.

'우리'라는 집단성을 위해 개인의 희생을 감수하기보다는 나 자신의 욕망을 떳떳이 주장하는 것이 미덕이 되어 버린 오늘. 불편함을 감내하고 '우리'를 유지할 사람은 많이 줄어들었습니다. 바야흐로 나 혼자인 싱글족의 시대가 온 듯한 착각에 빠집니다. '우리'를 깨고 싱글이 되든, 아니면 애초부터 싱글이든, 최근 통계자료는 싱글족이 놀랄 정도로 늘어났음을 보여줍니다.

과거에는 비사교적인 성격 때문에 독신을 고집하는 경우가 많았지요. 하지만 지금은 꼭 그런 것 같지는 않습니다. 개인의 자유 의지를 바탕에 두고 자유와 안락함을 최고의 가치로 여기게 되면서 결혼은 이제 필수가 아닌 선택이 되었습니다. 값비싼 선택을 하는 것이니만큼 따질 것을 모두 따져서 그것을 할 것인지를 생각해 보는 거래 및 계약의 성격이 짙어졌습니다. 결혼이 요조조모 따지는 거래로 변하다 보니 성사될 확률은 떨어집니다. 따라서 싱글족은 점점 늘어갑니다.

싱글족의 증가는 사회 풍속도를 바꾸어 놓고 있습니다. 혼자 먹고, 혼자 자고, 혼자서 생활하는 나 홀로 가구가 빠르게 증가하고 있습니다. 얼마 전 서울 신촌에 등장한 일식 라면집을 아십니까. 자판기에 돈을 넣으면 식권이 나옵니다. 메뉴에서 맛과 반찬을 선택하고 벨을 누르면 라면을 갖다 줍니다. 독서실 칸막이 책상처럼 생긴 식탁이기 때문에 다른 사람의 시선을 의식하지 않고 혼자 먹을 수 있습니다. 식사를 하면서 아무 말도 하지 않고 혼자 묵묵히 밥만 먹는 1인 식사 문화가 어색하지 않은 그런 날이 곧 도래할 겁니다.

글쎄요. 왜, 이렇게 되었을까요. 어쩌다가 이렇게까지 되었을까요. 혹시 우리가 변종 연가시에 감염되기라도 한 것일까요. 〈연가시〉라는 영화 보셨지요. 연가시는 숙주의 뇌에 들어가 살면서 숙주를 조정하는 기생충입니다. 연가시는 성충으로 성장한 뒤 물속에서만 짝짓기를 하는데요. 그러기 위해서는 곤충을 조정하여 물에 뛰어들어 죽게 만들어야 합니다. 이 목적을 달성하기 위하여 연가시는 곤충의 신경전달 물질과 비슷한 단백질을 만들어 곤충의 뇌에 분비한답니다. 이렇게 연가시처럼 기생충들 가운데에는 숙주를 조정하는 것이 있는데요. 새에게 가기 위하여 물고기 속에 들어가 물고기를 수면 가까이 떠오르게 하는 녀석. 소에게 가기 위해 개미 몸속에 들어가 개미를 소가 잘 먹는 풀 위에 올라가게 하는 녀석. 고양이한테 가기 위해 쥐가 고양이를 덜 무서워하게 만들어 잡혀 먹히게 만드는 녀석들과 같이 숙주를 조정하는 능력을 갖춘 기생충들이 있습니다. 이런 것처럼 혹시 자기네끼리 서로 마주치는 것을 싫어하는 변종 연가시가 있어서 우리 뇌로 들어와 우리를 서로 멀어지게 조정하고 있는 것은 아닌지요. 그래서 점점 우리는 '우리'가 아닌 나 홀로 살게 되는 것은 아닌지요.

최고의 축복, '우리'

그런데 이러한 상황을 놓고 이제는 사회가 변했으니 혼자 살 수도 있는 것이라고 간단하게 치부할 것은 아니라고 봅니다. 미국의 9·11 참사가 일어났을 때라든지, 또 지진이나 쓰나미가 덮친 피해 현장, 아니면 또 생각하기조차 싫은 대형 참사의 현장에서 공통적으로 보게 되는 광경이 있습니다. 울부짖으며 정신이 나간 듯 사고의 현장을 하루 종일 헤매고 다니는 사람들. 희생된 사람들이 마지막까지 살아 있기를 간절히 희구하고 끝까지 포기하지 않는 사람들. 그 사람들은 다름 아닌 가족들입니다. 가족 외에 누가 그렇게 할 수 있겠습니까. 함께하는 가족의 소중함은 더 말할 나위도 없습니다. 돌이킬 수 없는 시간을 되돌려 소중한 것을 알려 주려는 희곡 작품이 있습니다. 뮤지컬로 많이 공연되었지요. 미국 작가 손튼 와일더 Thornton Wilder (1897~1975)의 「우리 마을」이라는 작품입니다. 이 작품은 미국 뉴햄프셔 주의 어느 시골 마을의 평범한 일상을 그리고 있습니다. 그런데 3막에서 죽은 에밀리가 미련 때문에 다시 현세로 돌아와 딱 하루를 보내는 장면이 있습니다. 잠깐 볼까요.

현세로 돌아오자 그날이 바로 에밀리 자신의 생일날입니다. 밥을 꼭꼭 씹어 먹으라는 엄마의 잔소리, 출장에서 돌아오는 아버지, 이모와 조지가 보내온 선물들…… 하지만 다시는 돌아오지 못할 이승에서의 하루를 살게 된 에밀리. 그녀는 회한에 젖어 다급하게 이렇게 말합니다.

"엄마! 잠깐, 저 좀 보세요. 옛날처럼 말이에요. 벌써 14년 흐른 거예요. 전 죽었어요. 엄만 손자를 보셨고요. 윌리도 죽었어요. 캠핑 갔다 맹장이 터졌어요. 그때 얼마나 놀랐어요? 하지만 잠시 이렇게 다시 모였어요. 엄마, 잠시 동안 행복한 거예요. 그러니 서로 좀 쳐다보고 있자고요."

그러나 에밀리의 말이 들릴 리 없는 엄마는 그저 이런저런 선물을 설명하기에 바쁩니다. 그러자 에밀리는 더 이상 견딜 수 없어서 무대 매니저에게 말합니다.

"도저히! 도저히 더는 못 있겠어요. 시간은 너무 빨라요. 서로 쳐다볼 시간도 없어요. 몰랐어요. 모든 게 그렇게 지나가는데, 그것이 중요하다는 걸 몰랐던 거예요. 데려다 주세요. 산마루 제 무덤으로요. 아, 잠깐만요. 한 번만 더 보고요. 안녕! 이승이여. 안녕! 엄마, 아빠도 안녕! 째깍거리는 시계도, 해바라기도 잘 있어. 맛있는 음식도, 커피도, 새 옷도, 깨끗한 욕실도, 잠자리에 드는 것도, 아침에 눈을 뜨는 것도. 아! 너무나 아름다워 그 진가를 몰랐던 이승이여, 안녕……!"

에밀리는 소중한 것들을 너무 늦게 깨닫습니다.

살면서 순간순간마다 소중한 것의 가치를 깨닫는 사람이 있을까요. 누구나 몇백 년 살 것처럼 시간을 의식하지 못하지요. 그래서 그냥 무심히 보내는 겁니다. 뿐만 아니라 이기심에 사로잡혀 옆 사람들의 감정을 상하게 하지요. 아니면 너무 무심한 채 살아가기 때문에 늘 곁에 있는 사람들의 소중함을 깨닫지 못합니다. 너무 늦기 전에 지금 바로 내 곁에 있는 가족들을 바라보세요. 그리고 그들과 진심 어린 대화를 나누는 시간을 가져야 합니다.

나는 축복받은 사람입니다.
내게 주어진 최고의 축복은
바로 '우리'라는 사람들이 있다는 것입니다.

삶에 지쳐 주저앉을 때
그들은 어느새
내 옆에 있었습니다.

인생 여정에 올라 보니
가장 든든한 일 한 가지.
바로 우리 속에 내가 있고
내 안에 우리가 있다는 것입니다.

일 탈

무료한 일상의
탈출

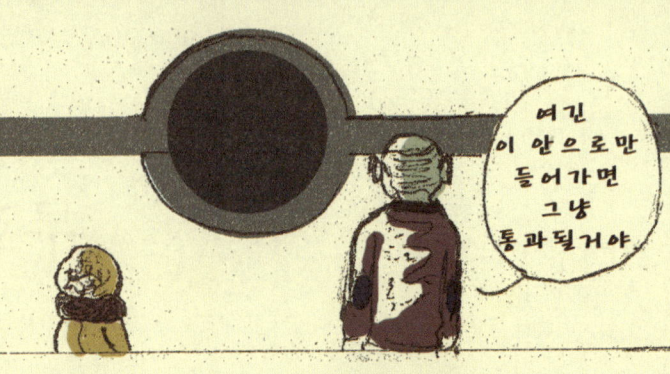

12.
무의미한
일상

여긴
이 안으로만
들어가면
그냥
통과될거야

그냥
통과된다고요?
아무일도
일어나지
않고요?

누구나
한번쯤은
일탈이
필요하단다

끼익

지금 우리를
그리고 있는 작가도
일탈이
필요한 때가
오지않겠니?
그래서...

일탈

매일 똑같이 굴러가는 하루 지루해 난 하품이나 해

뭐 화끈한 일 뭐 신나는 일 없을까
할 일이 쌓였을 때 훌쩍 여행을
아파트 옥상에서 번지점프를
신도림역 안에서 스트립 쇼를

하는 일없이 피곤한 일상 나른해 난 기지개나 켜
뭐 화끈한 일 뭐 신나는 일 없을까
머리에 꽃을 달고 머리 혁 춤을
선보기 하루 전에 훌땅 삭발을
비 오는 겨울밤에 벗고 조깅을
......

모두 원해 어딘가 도망칠 곳을 모두 원해
무언가 색다른 것을 모두 원해 모두 원해 나도 원해
매일 똑같이 굴러가는 하루

자우림의 자유분방한 외침
매일 똑같이 굴러가는 하루
그 안에는 내가 없다

나는 정말 나의 하루를 살고 있는가
혹여 남의 하루를 살아주고 있지는 않은가
삶 속에서 나를 찾아야 한다

무료한 일상의
탈출

삶, 그것은 막연한 기다림

      일 년 열두 달, 삼백예순다섯 날, 하루 스물넷 시간. 우리는 이렇게 정해진 시간의 틀 속에서 살아갑니다. 게다가 시간대별로 정해진 일과표에 따라 행동을 맞춰야 합니다. 정해진 시간까지 직장에 출근하고 정해진 시간에 밥을 먹고 다시 정해진 시간까지 업무를 보다가 정해진 저녁 퇴근 시간이 되면 집으로 돌아옵니다. 늘 다람쥐 쳇바퀴 돌듯 일상은 그날이 그날입니다. 돌아보면 어떤 날에는 전혀 예상치 못했던 좋은 일로 작은 기쁨을 누렸던 적도 가끔은 있습니다. 또 어떤 날은 뜻밖에 좋지 않은 일이 생겨 슬픔에 잠겼던 경험도 있습니다. 하지만 그저 그렇게 지나간 많은 날들에 견주어 보면 그런 기쁨과 슬픔은 미미한 것에 불과합니다. 앞으로도 또 그렇겠지요. 이러한 상태가 계속되리라고 생각합니다. 크게 기뻐할 일도 없고 죽을 정도로 슬퍼할 일도 없을 테고요. 또 기절할 정도로 놀랄 일이 생길 가능성도 많지 않을 겁니다. 다만 혹시 뜻밖의 좋은 일이 생기지 않을까 하는 막연한 기다림만 안고 살아가겠지요. 주위의 사람들도 대부분 그런 것 같습니다. 이 막연한 기다림 속에서 그냥 하루하루를 살아가는 우리들. 이런 모습. 외롭고 소외된 삶을 살아가는 현대인의 이런 모습을 너무나 적나라하게 보여주는 작품이 있습니다. 바로 「고도를 기다리며」라는 희곡인데요. 아일랜드 태생의 베케트^{Samuel Beckett}(1906~1989)가 1952년에 발표한 작품입니다. 그는 이 작품으로 1969년 노벨문학상을 수상하였지요. 여기서 고도^{Godot}가 누구인지는 작가도 밝히지 않고 있습니다. 독자들이 각자가 알아서 생각하라는 것이지요. 신^{God}일 수도 있고 아니면 개인적으로 바라는 그 무엇일 수도 있겠지요. 이렇게 오지도 않을 무엇인가를 하염없이 기다리는 인생의 부조리를 연극무대를 통해서 너무나 잘 보여주고 있습니다.

베케트는 아일랜드 출생이기는 하지만 주로 프랑스에서 활동하였습니다. 그래서 프랑스 극작가로 불리기도 하지요. 그는 1906년 아일랜드 더블린에서 출생하였습니다. 신교도인 중산층 부모 밑에서 비교적 순탄하게 성장하였습니다. 1923년 트리니티 칼리지에 입학하였고 곧이어 의식의 흐름 기법과 내적 고백으로 유명한 소설가, 제임스 조이스^{James Joyce}(1882~1941)의 문하생이 됩니다. 그 후 1930년 모교에 영어 교사로 얼마간 재직하다가 파리로 건너가 레지스탕스 운동에 가담하게 되지요. 그 후 그는 1951년부터 여러 편의 자작 소설을 불어로 번역하여 소극장 무대에 올리기 시작합니다. 「고도를 기다리며」도 이 시기에 발표된 것인데요. 이 작품의 성공은 베케트의 이름을 세상에 널리 알리게 된 계기가 되었습니다. 작품의 내용을 잠시 볼까요.

「고도를 기다리며」의 1막이 열리면 고목 한 그루가 서 있는 시골집에서 블라디미르와 에스트라공이 신발 끈과 씨름을 하며 누군가를 기다립니다. 어제도, 오늘도, 내일도 이 자리에서 고도를 기다립니다. 고도가 누구인지 어떻게 생겼는지는 그들도 모릅니다. 그저 기다려야 한다는 것만 알고 있을 뿐입니다.

> 에스트라공: 자, 이제 가자.
> 블라디미르: 안 돼.
> 에스트라공: 왜?
> 블라디미르: 고도를 기다려야지.
> 에스트라공: 아, 그렇군.

이 대화는 작품 속에서 여러 번 반복되면서 그저 고도를 기다리는 것이 작품의 주제임을 알려주고 있습니다. 무의한 짧은 대사. 그저 왔다 갔다 서성이거나 신발 끈을 풀었다 당겼다 하는 부조리한 행동. 줄거리는 없고 그저 기다린다는 상황을 블랙유머로 표현하고 있을 뿐입니다.
　무대 위의 두 사람은 극이 진행되면서 왜 기다리는지, 또 지금 무엇을 하고 있는지조차 모르게 됩니다. 그저 시간을 보내면서 그냥 기다리는 것 그것뿐입니다.

두 사람은 이제 더 이상 기다릴 수 없다며 이곳을 떠나려고 합니다. 그러면서도 실제는 움직이지 않고 또 기다립니다.

> "우리가 이렇게 함께 기다리며 있은 지가 얼마나 됐지?"
> "잘은 모르지만, 글쎄, 한 50년."
> "그럼 갈까?"
> "그래, 가세."

하지만 두 사람은 끝까지 움직이지 않습니다. 이윽고 막이 내립니다.

기다림. 글쎄요, 기다린다는 것은 우리를 지금까지 존속시켜 온 원동력 아닐까요. 지금 이 순간에도 무엇을 기다리고 있는 우리. 기다림은 인간의 존재 조건이 되어 버린 셈이지요. 이 작품에 등장하는 두 사람, 블라디미르와 에스트라공은 각각 정신과 육체를 상징합니다. 정신과 육체가 결합된 인간. 우리 인간은 고도가 올 때까지 살 것인지 또는 죽을 것인지조차 결정을 내리지 못하는 그런 존재인 것입니다. 그저 막연히 기다리며 이유도 모르고 살아가는 현대인의 근원적인 상황을 보여주는 것이지요.

우리들의 일상은 늘 그렇습니다. 어느 날, 어떤 시간에 천지가 개벽할 그런 변화는 절대로 올 것 같지 않습니다. 그냥 이대로 이렇게 사는 것이지요. 기대한 대로 얻은 것은 별로 없으면서 그래도 또 기대를 하면서 기다립니다. 번번이 희망의 배신에 속으면서도 이번에는 혹시, 이번이 아니면 다음이라도…… 평생 기대의 끈을 놓지 못하지요. 그것이 우리네 삶입니다. 누구라도 기다림이 씌워 놓은 삶의 굴레를 벗어날 수 없습니다.

일상으로부터 일탈을 꿈꾸며

　　　막연한 기대 속에 하루하루 이어지는 일상. 알람소리에 눈
을 비비며 일어나 발굽이 닳도록 뛰어야 끝나는 하루 일과. 이렇게 막연
한 기대와 목표를 성취하기 위해 바쁘게 살아가는 현대인의 일상을 장
수현 시인은 소에 비유하였습니다. 힘들고 바쁘게 살다가 결국 도살장
에 끌려가는 모습과 다르지 않다는 것이지요. 그의 「우화」라는 시입니다.

　　　　점심 때 소머리국밥 먹고
　　　　트림하면 소 울음소리 난다

　　　　ㅡ샐러리맨은 소의 후손이야
　　　　ㅡ넥타이는 신종 고삐지
　　　　(……)
　　　　나는 또
　　　　도살장에 끌려가듯
　　　　엘리베이터에 몸 싣는다

　　눈부시게 발전한 현대사회의 물질문명. 그 속에서 성공 신화를 꿈꾸
며 눈만 뜨면 일터로 향하는 소시민들. 과도한 성취 욕구 때문에 그들
은 스스로 자신의 발목에 쇠사슬을 채워 노역장으로 걸어 들어가는 노
예 신세가 되었습니다. 이러한 모습, 즉 현대사회를 살아가는 소시민의
일상과 일탈된 삶을 소설로 그려 낸 사람이 있습니다. 존 업다이크^{John}
^{Updike}(1932~2009)라는 미국 소설가인데요. 그는 『달려라 토끼』라는 작
품에서 '군중 속의 고독'으로 표현할 수 있는 인간 소외 현상과 물질만능
주의의 폐단을 상징적으로 그려 내었습니다.

고등학교 시절부터 미술에 뛰어난 재능을 보였던 존 업다이크는 하버드대학교를 우수한 성적으로 졸업한 뒤 옥스퍼드 대학교로 유학하면서 미학을 공부했습니다. 그 후 미국으로 돌아와 잡지 「뉴요커」의 편집자 겸 칼럼니스트로 활동하면서 여러 편의 시와 소설을 발표하였지요. 미술에 조예가 있어서 때문일까요. 그는 특유의 섬세한 문체로 인물과 사물을 묘사했는데요. 마치 화가가 정밀 묘사를 하는 듯한 솜씨는 가히 독보적인 그의 예술적 경지를 보여줍니다.

1960년에 발표한 『달려라 토끼』. 그 작품 속의 신장 186cm, 나이 26살 주인공 해리는 무엇이든 열심히 하여 성취감을 맛보려는 젊은이입니다. 그런데 어느 날, 불현듯 생겨난 일상의 공허함에 두려움을 느끼며 현실로부터 도망치게 됩니다. 소설의 줄거리는 이렇습니다.

세일즈맨인 해리 앵스트롬은 집에 오는 길에 아이들이 농구하는 것을 보게 됩니다. 그냥 구경꾼으로 지켜보다가 양복을 입은 채로 아이들 경기에 끼어들게 되지요. 그는 고등학교 때 제법 이름을 날렸던 선수였는데 당시 그의 별명이 바로 '토끼'였습니다. 해리가 참가하자 그의 실력 때문에 처음에는 흥미진진했지만 이내 점수 차이가 벌어지자 게임이 시들해져 버렸습니다. 그럭저럭 게임을 끝내고 해리는 집으로 돌아옵니다. 해리는 무엇이든 열성을 다해 해보려 하지만 하는 일마다 덫에 걸린 듯 잘 풀리지 않습니다.

어느 날 해리가 직장에서 막 돌아왔을 때, 때마침 방영되던 TV 쇼에서 이런 말이 흘러나옵니다.

"옛 그리스의 철학자는 '너 자신을 알라'고 말했습니다. 너는 바로 너이어야 한다는 말입니다. 하느님은 나무가 폭포로 변하는 것을 원하지 않으셨습니다."

너는 너이어야 한다는 말에 해리는 정신이 번쩍 납니다. 자기가 인생에서 원하는 것이 이런 생활이 아니었다고 느끼게 된 것이지요. 그래서 그날 밤 그는 차를 몰고 집을 나갑니다. 그러나 한밤중 내내 계속 달려도 결국 현실에서 완전히 도망칠 수 없다는 사실을 느낍니다.

'그냥 아무 생각 없이 푹 잠들었다가 깨어나 보고 싶어. 늘 그저 그렇게 살아가는 건 아무래도 어리석은 일이야. 너무 지겨워 돌아버리겠어.'

이렇게 답답함을 느끼지만 별 수 없이 차를 돌려 밤새도록 오던 길을 달려서 다시 마을로 돌아옵니다.

하지만 그는 아내에게로 돌아가지 않지요. 우연히 알게 된 매춘부에게 빠져 그녀의 아파트에서 동거 생활을 시작하게 됩니다. 처음 얼마 동안은 매춘부 주드의 신선함 때문에 생활 속에서 활기를 찾습니다. 그 와중에 갈아입을 옷을 가지러 집에 들렀다가 나오는 길에 해리는 목사를 만납니다. 그러자 목사가 해리에게 묻습니다.

"당신은 지금 부인에게 고통을 주고 있지 않습니까? 장차 어떻게 할 생각입니까?"

그러자 해리는 이렇게 대답합니다.

"지금은 아무런 생각이 없습니다. 하지만 하느님께서 폭포수가 나무로 변하기를 원한다고 생각하는 것은 아니겠지요."

얼마 후 해리는 아내가 아이를 낳았다는 소식을 듣고 일단 집으로 돌아가게 됩니다. 하지만 아내의 잔소리에 질려서 해리는 다시 집을 나오고 말지요. 그런데 불의의 사고로 아이가 죽었다는 소식을 듣고 할 수 없이 해리는 집으로 다시 돌아옵니다.

장례식 때문에 돌아온 해리를 사람들이 비난하자 해리는 또다시 그곳을 나오고 맙니다. 그러고는 마냥 달려 나갑니다. 정해진 행선지나 방향도 없이 그냥 달리기만 합니다. 그러다가 다시 매춘부 주드로부터 그녀가 임신했다는 말을 듣게 됩니다. 해리는 기뻐하면서 아이를 낳으라고 하지요. 그러고는 다시 그곳을 뛰쳐나갑니다.

> 두 손이 저절로 올라가고 양쪽 귀로 바람이 느껴진다. 그의 발뒤꿈치는 처음에는 보도 위를 무겁게 쳤지만 이제는 쉽게 어떤 즐거운 공포에 쫓기듯이 빨라지고 가벼워지고 조용해진다. 달린다. 아, 달린다. 달린다.

그저 출구를 찾아 뛰어다니는 토끼처럼 해리는 자꾸 일상에서 뛰쳐나갑니다. 하지만 그의 일탈 행위는 그가 원하는 것을 가져다주지 못합니다. 도망치면 또 다른 덫에 걸려 다시 지루함과 권태에 빠지고, 다시 탈출하면 또 다른 덫에 걸려 좋지 않은 일이 생기는 힘든 일만 되풀이될 뿐입니다. 결국 원하던 자유를 손에 넣는 것이 아니라 또 다른 구속으로 자신을 옥죄게 할 뿐입니다.

소시민들이 살아가면서 가끔씩 맞닥뜨리는 일탈의 욕망. 자신의 미미한 존재감이 싫어서 그것으로부터 벗어나려는 일탈. 그러한 일탈 가운데 소극적인 일탈은 무엇일까요. 바로 술의 힘을 빌려서 평소 생각할 수조차 없는 호기를 부리는 것 아닐까요. 상대방의 말을 가로막으며 소리 높여 허풍을 떱니다. 가만히 들어 보면 불합리와 부조리의 극치입니다. 그런대도 술자리에는 어김없이 큰 목소리로 호기 부리기 대회가 벌어지지요. 이런 일이 있었습니다.

고교 동창 대여섯 명이 모여 부부동반 송년회를 하고 있었습니다. 술잔이 서넛 차례 돌자 누군가가 제안했지요.

"야야! 내년 소원 하나씩 대 봐! 제일 멋있는 거 말하는 사람은 회비 면제해 주기로 하자. 어때?"

이 제안에 다들 "좋아! 좋아!" 하며 만장일치로 찬성했지요.

다들 돌아가며 상투적인 소원을 말하고 있었습니다. 가족 건강, 사업 번창, 자식 결혼 등 그냥 재미없게 끝나나 했지요. 그런데 의외로 다크호스가 등장했습니다. 금식이라는 친구인데요. 그는 오늘따라 아내가 몸살이 심해 할 수 없이 혼자 송년회에 참석했다가 약간 열을 받았나 봅니다. 평소 얌전하고 소심하던 금식이가 씩 웃으면서 의외의 대담한 발언을 하는 것이었습니다.

"어어, 내년에는 마눌님 치마폭으로 자주 들어갔으면 해!"

이 말에 우리는 순간 귀를 의심한다는 표정으로 서로를 쳐다보다가 박장대소를 했지요.

"야! 뭐야? 의외네!"

금식이는 그날 회비를 면제받았습니다.

금식이는 가라앉았던 기분이 좀 좋아졌습니다. 얼른 집에 가서 몸살로 참석 못한 아내에게 자랑하고 싶었지요. 집에 도착하자마자 아내에게 이렇게 말했습니다.

"여보! 오늘 송년회에서 친구들끼리 내년 소망을 말해 보기로 했는데, 내가 제일 멋있게 말해서 오늘 회비도 안 내고 잘 놀았어. 잘했지? 그치?"

그러자 아내는 궁금해졌습니다. 그래서 물었지요.

"그래? 당신 소망이 뭐였는데?"

금식이는 자랑하고 싶어 입을 막 열려고 하다가 멈칫 했습니다. 친구들에게 했던 말을 그대로 했다간 아내에게 핀잔을 들을 거라는 생각이 들었습니다.

그래서 이렇게 말했습니다.

"응, 내년에는 자기와 예배당 안에서 더 많이 기도할 수 있었으면 좋겠다고 했지."

그러자 독실한 크리스찬인 아내는 활짝 웃으며 좋아했습니다.

"당신이 정말 그런 말을 했어? 아유! 웬일이야!"

새해가 밝아오고 나서 며칠 후, 친구가 길에서 금식의 부인을 만났습니다.

"아, 제수씨! 몸살 나셨다면서요. 좀 어떠세요?"

"아, 예, 덕분에 좋아졌습니다. 송년모임에 참석 못 해서 죄송합니다."

금식의 아내는 연중행사인 부부동반 모임에 참석하지 못한 것을 미안해했습니다.

"아닙니다! 오셨으면 좋았을 텐데요. 그날 금식이가 아주 멋진 말을 했는데……."

친구는 말을 하다가 멈췄습니다.

그러자 부인이 반색을 하며 말했지요.

"아아, 그 얘기 들었습니다! 하긴 우리 그이는 잘 안 들어와요. 작년에 딱 두 번 들어왔는데요. 그것도 내가 귀를 잡아끌어서 들어온 거예요."

무의미한 삶, 여분의 존재

　　　호기, 허세. 참, 좋은 것들은 아닌데요. 어쩔 수 없겠지요. 내 뜻과는 전혀 상관없이 돌아가는 세상. 그 세상에서 나는 존재감이 거의 없으니 어떡해든 존재를 알리고 싶겠지요. 그런데 호기를 부린다고 남들이 우리를 알아봐 주겠습니까. 또 허세를 부린다고 허전한 마음이 좀 채워지겠습니까. 그래 봤자 자기혐오만 심해질 텐데요. '그래, 내가 싫다! 정말 이러는 내가 싫다! 내가 왜 이럴까!' 누구라도 가끔 이런 생각을 할 겁니다. 이런 생각을 갖고 있는 현대인들의 무의미한 일상을 날카롭게 파헤친 사람이 있습니다. 20세기 프랑스를 대표하는 지식인이지요. 실존주의 철학자로 알려진 사르트르^{Jean Paul Sartre}(1905~1980). 그는 『구토』라는 소설에서 우리가 갖고 있는 그러한 문제를 잘 보여주고 있습니다.

　사르트르는 소설과 희곡은 물론, 문예평론에서 정치에 이르기까지 다양한 분야에 걸쳐 저술 활동을 하였습니다. 그의 외가는 알베르트 슈바이처^{Albert Schweitzer}(1875~1965) 박사를 배출한 명문 집안이지요. 사르트르는 두 살 때 아버지를 여의고 외할아버지 밑에서 자랐습니다. 어린 시절에 그는 또래 아이들과는 잘 어울리지 않았던 고독한 소년이었습니다.

　1932년 후설^{Edmund Husserl}(1859~1938)의 현상학을 접한 이후 철학 연구에 몰두하지요. 그즈음, 7년에 걸쳐 쓴 소설 『구토』를 1932년에 출간합니다. 또 1943년 프랑스 실존주의의 경전이라 할 수 있는 『존재와 무』를 완성합니다. 이후 세계적인 명성을 얻은 사르트르는 국제사회에서 활발한 정치 활동을 벌이면서 동시에 철학과 문예 저술 활동을 병행합니다. 일기 형식으로 쓰인『구토』. 이 소설의 원래 제목은 '우울증'이었다고 하는데요. "그 무엇이 나에게 일어났다. 더 이상 의심의 여지가 없다." 이렇게 시작하는『구토』. 그러면 그 줄거리를 좀 볼까요.

소설 속의 나, 앙투안 로캉탱은 몇 년 전부터 부빌에 살고 있습니다. 그런데 그는 어떠한 사회적 관계도 갖지 않은 채 혼자 생활합니다. 그는 홀로 시립도서관에 다니며 연구를 수행하는 연구원입니다. 그는 프랑스 혁명 시절에 배신과 이중 스파이 행위를 하며 살아간 드 롤르봉 후작이라는 인물을 연구하고 있습니다.

어느 날 그는 조약돌을 집다가 갑자기 구역질을 느낍니다. 이후 이런 구역질은 그에게 계속 일어납니다. 물웅덩이에 있던 종잇조각을 줍고자 했을 때, 컵 안의 맥주를 보았을 때, 카페 종업원의 벨트가 셔츠의 주름 속에서 보일 듯 말 듯 했을 때, 그러다가 더 나아가 길을 가다가도 식사를 하다가도 로캉탱은 심한 혐오감으로 구역질을 해댑니다. 이 원인 모를 구토에 몹시 불안해합니다. 그러다가 마침내 로캉탱은 구토의 정체를 알게 됩니다. 바로 평범한 일상에 대한 혐오감 때문이었지요. 왜 여기에 있는지, 왜 먹는지, 왜 사는지, 다시 말하면 왜 존재하는지 그것을 모르고 있다는 사실에 대한 혐오감 때문에 구토를 한다는 것입니다.

> 삶이 무엇이냐고 누군가가 묻는다면 삶이란 아무것도 아니며 그저 빈껍데기일 뿐이라고 대답할 것이다. (……) 우리는 자기 자신을 거추장스럽게 달고 다니는 거북한 존재다. 어느 누구도 존재해야 할 이유가 없으며 모든 존재가 저마다 혼란한 마음과 막연한 불안감을 안고 살아갈 뿐이다. 그래서 우리는 다른 사람들에 견주어 우

리 스스로를 '여분의 존재'라고 느낀다.

누구나 일상적인 일과표에 따라 하루하루, 그저 그렇게 남들이 사는 방식대로 무의미하게 살아간다는 것이지요. 그래서 우리는 있어도 그만이고, 또 없어도 그만인 '여분의 존재'가 되었습니다. 이 사실을 알게 된 로캉탱은 자신이 모순 덩어리이고 또 불합리한 존재임을 느끼게 되면서 무의미한 일상을 사는 자신에 대하여 구토를 해댄 것입니다.

사르트르는 평범한 사람늘이 일상에 묻혀 사는 방식, 즉 대중적 삶의 본질을 순응주의라고 하였습니다. 사람들은 카페에 모여 커피나 술을 마시며 자신과 별로 상관없는 정치, 스포츠, 연예인 등에 관하여 이야기하며 토론도 합니다. 서로 같은 생각을 하고 있는지 확인해 보면서 생각들을 비슷하게 조정하려는 것이지요. 그렇게 해서 비슷한 생각, 같은 부류의 사람이라는 동류의식을 가지려고 합니다. 그런데 그것은 모든 것을 알고 있는 대중의 한 사람이 되는 것이지 사실상 그 자신은 아무것도 아는 것이 없는 개인일 뿐입니다.

아무튼 자신이 무의미한 삶을 살아가는 여분의 존재라며 구토를 해대는 로캉탱. 그는 여분의 존재인 자기 자신을 없애야 한다고 생각합니다. 그에 앞서 우선 살던 곳을 떠나 파리로 갈 생각을 합니다. 마지막으로 정을 붙였던 카페 여주인에게 인사를 하러 갑니다. 가는 도중에 또다시 자신이 무의미한 삶을 살았음을 실감합니다. 그동안 살았던 도시에서 어느 한 사람도 그가 떠나는 것을 아쉬워하는 사람이 없다는 겁니다. 그가 없이도 모든 것이 그대로 잘 돌아가고 있습니다. 그동안 몇 번 잠을 같이 잤던 카페 여주인조차도 그저 형식적으로 겉도는 인사만 건넬 뿐입니다. 그러자 로캉탱은 자신을 한탄합니다. 앞으로도 이렇게 그저 내가 아닌 나, 그 나를 남인 것처럼 생각하면서 그저 연명하는 존재로 살아야 하는 것인가를 반문합니다.

> 제기랄! 이 버섯 같은 존재를 영위하려는 것이 바로 나란 말이냐? 나는 매일 무엇을 할 것인가? 나는 산보를 하고, 튈르리 공원의 쇠로 된 의자에 앉거나 그것도 돈을 절약하기 위해서 나무의자에 앉을 것이다. 나는 도서관에서 독서를 할 것이다. 그러고는? 또 일주일에 한 번 영화를 보러 갈 것이다. 그러고는? 일요일에 승마하러 갈까? 뤽상부르 공원으로 퇴직자들과 크리켓을 하러 갈 것인가? 나이가 서른 살인데…… 나는 내가 가엾다.

그때 마침, 카페에서 그가 좋아하는 재즈 음악이 흘러나옵니다. 음악을 들으며 로캉탱은 영감을 얻습니다. 레코드판에 담긴 음악은 죽어 있는 것 같지만 그것이 오디오에서 돌아가면 다시 살아난다는 사실을 깨닫습니다. 즉 노래의 작곡자는 이미 죽은 '여분의 존재'가 아니라 레코드판이 돌아가는 행위에 의해 그 존재가 살아난다는 것이지요. 이것에 착안한 로캉탱은 무의미한 자신의 일상도 어떤 행위를 함으로써 의미를 찾을 수 있다는 생각을 하게 됩니다. 그래서 로캉탱은 남들과 똑같이 살아가는 평범한 사람들에게 부끄러움을 깨닫게 해주는 소설을 쓰려고 합니다. 의미 있는 소설을 쓰게 되면 구토 증상이 사라질 거라고 생각하면서…….

사르트르는 『구토』에서 무의미한 삶을 살아가는 지식인의 소외와 불안을 그려 냈습니다. 하지만 실존주의 철학자들은 역설적인 주장을 합니다. 즉 삶이 무의미하기 때문에 오히려 그것을 의미 있게 만들 수 있다는 겁니다. 말장난 같지요. 그렇기는 하지만 또 일리가 있는 말이기도 합니다. 삶이라는 것이 정해진 그 무엇이 없기 때문에 오히려 만들어 갈 수 있는 여지가 있고 또 잘 만들어 갈 자유가 주어진다는 것입니다.

의미 있는 삶을 찾아서

정신없이 빠르게 돌아가는 물질만능의 현대 사회. 그 속에서 우리는 무엇을 하려는지, 또 무엇을 하고 있는지조차 모르고 지냅니다. 단지 막연한 그 무엇을 기대하고 있을 뿐입니다. 그저 아무 생각 없이 남들이 살아가는 방식을 보고 그대로 따라 합니다. 남들에게 적당히 관심을 표시하고 그들의 비위를 적당히 맞춥니다. 또 너무 튀지 않게 적당히 행동하지요. 그렇게 함으로써 현대인은 서로서로 비슷해지려고 노력하며 그 결과 개개인이 별로 차이가 나지 않게 되었습니다. 다른 특징을 찾아볼 수 없는 고만고만한 사람이 되어 버린 것이지요. 마치 성형 수술을 하고 나온 TV 속의 연예인들처럼 말입니다. 왜 그럴까요. 왜 들쥐처럼 남들이 하는 대로 따라 할까요. 하이데거^{Martin} ^{Heidegger}(1889~1976)의 설명에 따르면 그렇게 함으로써 사람들이 위안을 얻는다는 겁니다. 그런데요. 희한한 일은 남들과 비슷해지려고 하면서도 또 비슷해지는 것을 싫어합니다. 왜냐하면 남들에게 맞춘 것은 나 자신이 진정으로 원하는 것이 아니기 때문에 불만스러워하는 것이지요. 그 결과 우리는 지루한 일상에 붙잡혀 있다는 생각을 하게 됩니다. 그 때문에 일상을 답답해하고 나아가 자신의 삶이 무의미하며 공허하다고 느끼는 겁니다.

그렇습니다. 남들이 정해 놓은 것을 그대로 따라가는 곳에서는 결코 행복하지 않습니다. 남이 설정해 놓은 성공을 그대로 가져다가 나의 목표로 삼는 사람은 평생 그 목표를 쫓아가는 피곤함만이 있을 뿐입니다. 그는 결과적으로 소진 증후군에 시달리게 되겠지요. 왜냐하면 사람은 동력만 주면 계속해서 돌아가는 기계가 아니기 때문입니다. 성공에 대한 자신만의 잣대를 선택하는 자유. 또 자기에게 맞는 삶의 리듬을 선택하는 자유, 진정한 자기 자신을 찾는 자유. 이런 자유만이 우리의 무의미한 일상을 의미 있는 삶으로 바꾸어 줄 수 있지 않을까요.

누구 없소

...
열세 번째 편지

함께 혼자인
우리

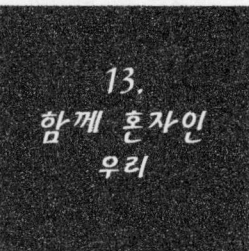

13.
함께 혼자인
우리

벽에 관련 된 말 중에
'벽 보고 얘기한다'

'벽에도 귀가 있다'
라는 말이 있죠?

여기에 착안해
'얘기를 들어주는 벽'을
만들었습니다.

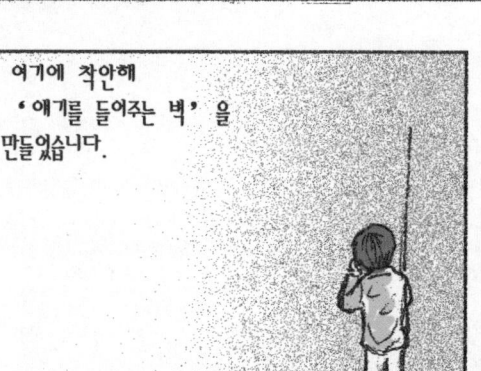

저흰 여기서
더 나아가서

이 벽을 설치한 아파트를 세웠죠.

이 벽 서비스는
입주자들의
외로움 해소에
도움이 되도록
설계되었고요.

외로움을 해소하려면
오히려 벽을 없애고
벽 너머 사람들과
소통해야 하는 거
아닌가요?

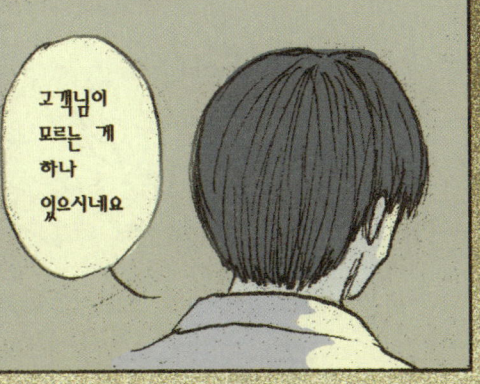

고객님이
모르는 게
하나
있으시네요

모든 사람들은
관계속에서
상처받기를
두려워하죠

직접적인
타인과의 소통은
상처받을 수 밖에
없는 관계입니다

하지만 누군가가
일방적으로 자신의 이야기를 들어준다면
상처받을 일이 없지 않겠어요?

앗아
끄덕

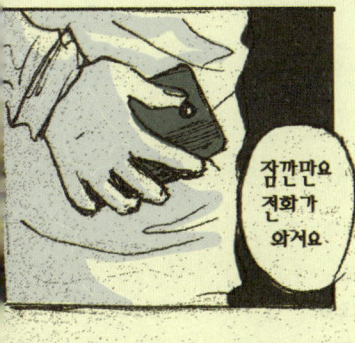

잠깐만요
전화가
와서요.

네, 무슨 일이...
뭐라고요???

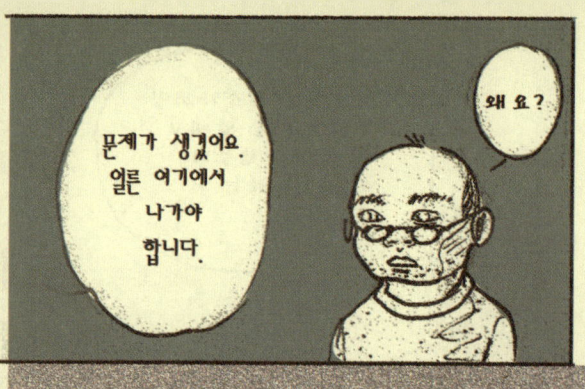

문제가 생겼어요.
얼른 여기에서
나가야
합니다.

왜요?

벽에
얘기하는 사람
말소리를
벽이 계속
흡수하다보니

그 파장이 쌓여있다 결국, 견디지 못하고 무너지고 있다는군요.

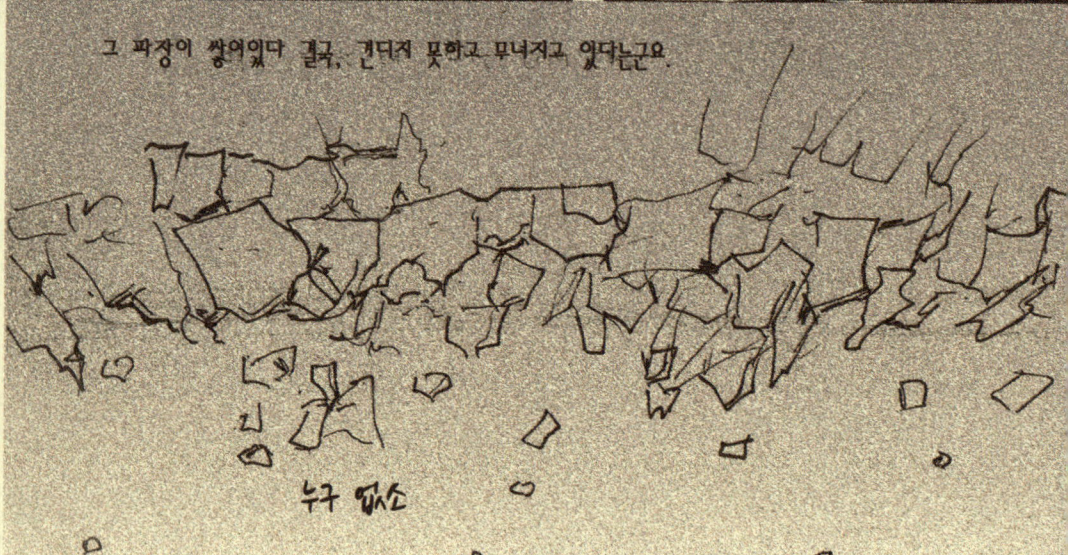

누구 없소

여보세요 거기 누구없소?
어둠은 늘 그렇게 벌써 깔려 있어
창문을 두드리는 달빛에 대답하듯
검어진 골목길에 그냥한번 불러봤어

날 기억하는 사람들은
지금 모두 오늘밤도
편안히들 주무시고 계시는지
밤이 너무 긴 것 같은 생각에
아침을 보려 아침을 보려 하네

나와 같이 누구아침을
볼 사람 거기 없소?
누군가 깨있다면 내게 대답해 주

여보세요 거기 누구 없소?
새벽은 또 이렇게 나를 깨우치려
유혹의 저녁 빛에 뜼든 내 모습 지워주니
그것에 감사하듯 그냥 한 번 불러봤어

......

여보세요 거기 누구 없소
굵고 낮은 한영애의 목소리

누군가를 찾는 우리의 모습
내 말을 들어줄 사람이 없어
오늘도 우리는 외쳐댄다
여보세요 거기 누구 없소

함께 혼자인
우리

새로운 소통 방식 SNS

　　얼마 전 인터넷에서 대단한 화제가 되었던 'T24'를 아십니까. 알고 나면 참 어이없어 할지도 모르겠는데요. 그것은 다름 아닌 24인용 텐트를 혼자 칠 수 있느냐 없느냐의 논쟁거리였습니다. 이른바 '소셜 파티'라고 하는 이 사건의 발단은 참 싱겁습니다. 온라인 커뮤니티 게시판에 '24인용 텐트를 혼자 칠 수가 없다'라는 글이 올라왔습니다. 이에 대하여 대번에 '되는데요'라는 댓글이 달렸지요. 그러자 누리꾼들 사이에 '그럼 해 보면 될 것 아니냐', '그래, 해 보자'라는 의견이 나오기 시작하면서 관심이 고조되기 시작했습니다. 그래서 서울의 한 초등학교 운동장에서 20대 남성 누리꾼이 '24인용 텐트 혼자치기'에 도전하는 이벤트가 열리게 되었습니다. 그러자 재미삼아 자발적으로 홍보하는 사람도 생겼고 또 행사 물품을 지원하는 사람도 생겼습니다. 이른바 'T24 소셜페스티벌'이 열리게 된 겁니다.

참 별것 아닌 것으로 시작된 것이 엄청난 행사로 바뀐 셈이지요. 관중도 2천여 명이 몰렸고 인터넷으로 생중계되었습니다. 행사 후까지 조회수가 100만 회를 돌파했다고 합니다. 아직은 잘 믿기지 않는 일이지만 소셜네트워크서비스SNS의 위력과 가능성이 참 대단하다는 사실을 잘 보여준 사례입니다. 작년 6월인가요. 비슷한 사례가 해외토픽에서 보도된 적이 있습니다. 독일 함부르크에 사는 16살 소녀가 페이스북에 생일 파티를 연다는 글을 올렸었지요. 그런데 '비공개'로 한다는 것을 깜박해서 난리가 났습니다. 1만 5천여 명에게 메시지가 전달되었는데요. 메시지를 받은 사람 가운데 1,500명 정도가 생일을 축하하러 오는 바람에 그 집 주변은 아수라장이 되었지요. 꽃다발을 든 젊은 남자아이들이 그 소녀의 집 담장을 둘러싸고 난리법석을 피웠습니다.

또 요즘 가수 싸이의 '강남스타일'이 세계적으로 주목을 받고 있지 않습니까. 단기간 내에 그렇게 될 수 있는 것도 바로 SNS의 위력이라고 봐야겠지요. 세계 곳곳에서 떼 지어 말춤을 추는 것이 유행처럼 번지고 있습니다. 이런 이벤트성 모임이나 해프닝을 '플래시 몹'이라고 하는데요. 불특정 다수의 사람들이 특정한 날짜, 시간, 장소 그리고 모여서 하게 될 행동을 정해 놓지요. 그런 다음, 모여서 약속된 행동을 하고 마치 아무 일도 없었던 것처럼 흩어집니다. 온라인에 있던 누리꾼들이 오프라인에서 잠깐 보여주는 깜짝 이벤트인 셈입니다. 기성세대들은 이게 도무지 뭐 하는 것인지 이해하기 힘든 현상입니다. 그만큼 사회가 변하고 있다는 증거겠지요. 사회를 이렇게까지 바꾸고 있는 강력한 힘은 어디에서 오는 것일까요. 뭐니 뭐니 해도 손안에 쥐어진 스마트폰 아닐까요.

　스마트폰의 편리성은 두말할 나위도 없습니다. 그것은 내 눈과 귀와 입과 손발의 역할을 하는 편리한 로봇이 되었습니다. 그것을 통하여 세상을 보고, 친구와 대화를 나누고, 게임을 합니다. 또 음악을 들으면서 휴식도 취하고, 친구에게 내 모습을 찍어서 보내기도 합니다. 또 카톡과 트위터, 페이스북, 공식카페, 미니 홈피, 이메일 등을 통해서 스마트폰은 접촉할 수 있는 대상과 영역을 무한대로 넓혀 주었습니다. 더 많은 사람과 소통하고 교류할 수 있게 해 주고 있습니다. 즉각적인 소통을 통해 인맥을 무한히 확장하고 더불어 사고능력과 공감능력이 배가될 수 있는 길을 열어 주었다고 합니다. 그런데 결과는 어떻습니까. 실제로도 그렇습니까.

일방적인 소통에 더욱 외로워진 사람들

　　　　스마트폰은 양날의 칼입니다. 그것에 대한 의존도가 높으면 높을수록 폐해는 심각해집니다. 스마트폰에 중독되면 종합적 사고와 사회성을 관장하는 오른쪽 전두엽의 활동이 장애를 받는답니다. 집안의 가족들, 쉬는 시간 교실에 앉아 있는 초중고교 학생들, 강의실에서 강의를 듣는 대학생들. 이들은 한결같이 스마트폰을 꺼내 들고 문자대화를 하거나 인터넷을 검색합니다. 이들은 이전처럼 옆자리 친구들과 대화를 많이 나누지 않습니다. 어쩌면 나눌 필요가 없어졌습니다. 함께 있으나 따로따로인 인간 군상이 되어 버린 것이지요.

미국 MIT 대학 사회심리학과 교수인 셰리 터클^{Sherry Turkle}은 자신의 저서 『외로워지는 사람들』에서 이렇게 말했습니다. 인간은 이미 테크놀로지가 새롭게 만들어 놓은 친근한 세계에 빠져들었다는 것이지요. 다시 말하면, 테크놀로지가 갖고 있는 강력한 매력과 현대인이 갖고 있는 약점 때문에 현대인들은 단박에 빠져들게 되었다는 겁니다. 그의 설명을 좀 더 살펴보면 이렇습니다. 인간은 자신이 외롭지만 혹여 상처받을까봐 타인들과 친밀한 관계를 갖는 데 주저하고 있다는 겁니다. 그런데 현대 테크놀로지가 이것을 기막히게 해결해 준다는 것이지요. 다시 말하면, 디지털 네트워크와 사교 로봇은 친구가 아니면서도 교류를 할 수 있는 환상적인 수단을 제공하고 있다는 것이지요. 이로 인하여 현대인은 단숨에 이끌리게 되었고 따라서 사교에 대한 생각과 행위가 바뀌고 있다는 것입니다.

그런데 문제가 생겼습니다. 페이스북과 트위터의 접속을 통하여 교류는 가능한데 속마음을 털어놓을 수 있는 친구는 줄어들었습니다. 또한 문자와 이메일을 통하여 일방적인 문자 대화만 하다 보니 마주 보고 나누는 대화의 기술은 점점 떨어질 수밖에 없습니다. 문자와 이메일은 상대를 처리해야 할 대상 또는 물건으로 여기게 할 뿐이지 결코 자신의 감정을 충실히 전하며 상대를 설득할 수 있는 수단이 되지 못합니다. 어깨 통증을 유발하고 손가락이 저릴 정도로 쉴 새 없이 이루어지는 문자

대화. 하지만 공감을 얻지 못하는 대화는 메아리처럼 공허할 뿐입니다. 들어주는 상대가 없는 말. 이것은 마치 트로이의 공주였던 카산드라를 생각나게 합니다. 카산드라는 아폴론 신으로부터 예언의 능력을 선물로 받았지만 동시에 그녀의 말은 누구도 귀담아 듣지 않는 저주를 받았습니다. 그러니 그녀의 말은 일방적인 그녀의 말일 뿐이지요. 트로이 전쟁이 발발하자 카산드라는 트로이의 비극적인 모습을 예언합니다. 무너져 내리는 성벽. 땀과 피가 범벅이 되어 죽어 가는 병사들. 시뻘건 불길에 휩싸인 왕궁. 카산드라는 이런 광경을 아버지, 프리아모스 왕에게 떨리는 목소리로 알립니다. 하지만 왕은 물론 그녀의 어머니, 오라버니, 심지어 트로이의 어떤 사람도 그녀의 말을 듣지 않습니다. 안타깝게도 카산드라의 말은 누구도 믿지 않는 그녀만의 혼잣말일 뿐이었습니다.

내 말 좀 들어 주세요

상대방의 말에 전혀 귀 기울이지 않는 사람들. 아니 귀를 기울일 줄 모르는 사람들. 주변 사람에게 전혀 신경 쓰지 않는 사람들. 이런 모습은 신화시대의 카산드라 주변의 사람들만 그랬을까요. 그런 모습은 오늘날도 마찬가지입니다. 그렇다면 우리는 왜 내 말을 들으려 하지 않는 사람들에게 말을 하려 할까요. 그것은 가슴에 담겨 있는 힘든 일들도 그것을 말로 뱉어내게 되면 고통이 많이 줄어듦을 느끼기 때문입니다. 바로 그 카타르시스 때문이지요. 그래서 내 말을 잘 듣고 이해해 줄 사람이 필요한 겁니다. 그런데 보시다시피 현대인들은 무신경, 무관심해서 여간해서는 남의 말에 귀 기울여 줄 정도로 배려심이 많지 않습니다. 그러다 보니 현대인들은 자기 말을 들어줄 사람을 찾기가 여간 힘든 것이 아닙니다. 그래서 늘 외로움을 간직하고 살아갑니다. 혜성과 같이 나타난 20세기 미국의 여류 소설가인 카슨 매컬러스^{Carson} ^{McCullers}(1917~1967). 그녀가 쓴 『마음은 외로운 사냥꾼』이라는 소설은 인간 소외와 고독의 문제를 잘 보여주고 있습니다. 그녀는 열다섯에 열병을 앓아서 시른 살 무렵에는 걷는 것조차 힘들 정도로 거동이 불편해졌습니다. 말년에는 왼손마저 쓰지 못해 오른손만으로 타자를 치면서 글을 썼다고 합니다. 그래서 그런지 고통을 경험한 사람만이 알 수 있는 깊은 통찰력으로 고독한 사람들의 내면을 잘 읽어 내고 있습니다. 『마음은 외로운 사냥꾼』의 줄거리는 이렇습니다.

주인공 싱어는 청각장애자입니다. 물론 말도 못 하지요. 그는 같이 살던 친구 안토나풀로스가 감옥에 가는 바람에 가끔 면회를 가는 것이 그의 주요 일과가 되었습니다. 싱어 주변에는 외로운 사람들이 살고 있습니다. 음악가가 되려고 꿈꾸는 믹 캘리라는 소녀, '뉴욕카페'라는 식당의 주인인 비프 브레넌, 사회의 변화를 꿈꾸는 급진주의자 제이크 블라운트, 흑인 인권 운동을 하는 의사 코플랜드 박사, 그의 딸이며 믹 캘리네 집 가정부인 포샤.

그런데 어느 날인가부터 이들은 듣지도 말하지도 못하는 싱어에게 자신들의 이야기를 털어놓게 됩니다. 듣지도 못하는 그가 자신들이 하는 말을 이해한다고 믿으면서 말이지요. 싱어는 늘 고개를 끄덕이거나 미소를 짓습니다. 사람들은 그가 정말 알아듣는지 궁금하기도 했지만 상관치 않았습니다. 싱어의 눈은 누구도 이해해 주지 못하는 것을 알아듣는 듯한 느낌을 주었기 때문입니다. 그래서 사람들은 점점 더 마음속 깊이 있는 말들도 쏟아내기 시작했습니다. 마치 싱어가 하느님인 것처럼 고해성사도 했습니다. 그러나 싱어는 그저 미소를 띠거나 슬퍼하거나 고개만 끄덕일 뿐입니다. 사람들은 이렇게 듣지도 말하지도 못하는 싱어에게 자신들의 속마음을 털어놓으면서 자신들의 외로움과 심리적 불안을 위로받을 수 있었습니다.

어느 날 싱어는 친구 면회를 갔다 와서는 편지를 씁니다.

'사람들은 너무나 바빠. 얼마나 바쁜지 너는 모를 거야. 일 때문에 바쁜 것이 아니라 마음속의 일 때문에 그렇지. 그들은 나한테 와서 다 털어놓고 가지. 나는 사람들이 지치지도 않고 그렇게 입을 놀릴 수 있다는 것이 참 신기해.'

그러면서 싱어 역시 친구가 그립다고 고백합니다. 그 역시 다른 사람처럼 외로웠던 겁니다. 단지 말을 못 했다는 것일 뿐.

친구 안토나풀로스를 면회하러 갔던 그 어느 날, 그 친구의 죽음을 알게 된 싱어는 삶의 의미를 잃고 자살합니다.

싱어가 죽고 나자 싱어에게 마음을 털어놓던 사람들은 마음의 안식처를 잃게 되면서 크게 흔들립니다. 누구로부터도 위안을 얻을 수 없게 되자 그들은 다시 외로움에 빠져듭니다. 외로운 사람들의 이야기는 이렇게 끝이 납니다.

주인공 싱어. 가수라는 의미의 단어를 굳이 이름으로 쓴 의도는 뭘까요. 아마도 사람들의 이야기를 들어 주는 행위나 노래를 불러 위안을 주는 행위나 같은 것이라는 암시 아니겠습니까. 그러니까 우리 이야기를 들어 줄, 그래서 우리에게 위안을 줄 사람이 꼭 필요하다는 것이겠지요. '마음은 외로운 사냥꾼' 그건 자신의 이야기를 끝없이 털어놓고 싶어 하는 사람들. 바로 우리들 자신입니다. 그러니 더도 말고 덜도 말고 그저 내 이야기를 들어 주시기만 하면 됩니다.

당신에게 무언가를 고백할 때,
그리고 곧바로 당신이 충고를 하기 시작할 때,
그것은 내가 원한 것이 아니었습니다.

그러니 부탁입니다.
침묵 속에서 내 말을 귀 기울여 들어 주세요.
만일 말하고 싶다면,
당신의 차례가 올 때까지 기다려 주세요.
그러면 내가 당신의 말을 귀 기울여 들을 것을
약속합니다.

관심과 인정에 목마른 현대인

내 이야기를 들어 줄 사람 없는 외로운 사냥꾼이 되어 버린 우리. 특히 '이웃이 없는 이웃'을 갖게 된 대도시의 거주민들. 더구나 이곳에서 스마트폰을 들고 살다 보면 문자와 동영상만 오고 갈 뿐, 사람의 온기는 느낄 수 없습니다. 그러다 보니 때로는 누군가로부터 관심을 받고 싶어집니다. 인간은 사회적 동물입니다. 본능적으로 사회적 관계, 즉 사랑과 인정을 받고 싶어 합니다. 거리를 한번 내다보세요. 거리를 오가는 수많은 자동차들. 자세히 보면 같은 색깔의 같은 차종인데도 온

갖 눈에 띄는 치장이 되어 있습니다. 젊은 여성들은 눈에 띄는 옷차림을 합니다. 또 십대 아이들도 튀는 옷차림을 하고 그것도 모자라 길거리에서 비보이 흉내도 냅니다. 오토바이로 관심을 끌고자 하는 폭주족도 있습니다. 모두 다 다른 사람의 관심을 끌고 싶은 것이지요. 즉 다른 사람으로부터 인정을 받는 것에 목말라 있는 겁니다. 엄마의 관심을 끌기 위해 일부러 저지레 하거나 떼를 쓰는 어린아이와 똑같습니다.

그렇다면 우리는 왜 이렇게 되었을까요. 인간관계에 있어 관심과 인정이 메마르게 된 것은 아마도 자본주의가 그 원인이겠지요. 자본주의 사회에서는 돈으로 물건을 사는 것처럼 돈으로 사람, 즉 노동력을 살 수 있습니다. 그래서 돈을 가진 자가 주인의 지위를 갖고, 돈이 없는 자는 노예의 지위를 갖게 되지요. 요즈음의 용어로 바꾸어 말하면 자본가와 노동자의 관계가 되는 겁니다. 그런데 이 경우에 양쪽이 대등한 위치에서 인간다운 관계를 서로 인정하고 보장받기는 어렵습니다. 돈이 없는 약자가 우월한 상대로부터 대등한 관계를 요구하기는 어렵습니다.

당장 콘서트가 열리는 공연장에 가보세요. 모든 공연장에는 돈에 따라 좌석등급이 매겨져 있습니다. 소리가 잘 들리는지 또 무대가 잘 보이는지에 따라 A석 위에 S석, 그 위에 R석, 그 위에 VIP석, 그 위에 VVIP석, 그리고 P석 등의 등급을 매기고 그 등급에 따라 좌석 값이 차이가 납니다. 이것이야말로 게오르그 루카치^{Georg Lukács}(1885~1971)가 말한 물화 사회입니다. 인간관계가 사물적인 관계로 대체된 현장이지요. 가격이 낮은 객석에 앉아 있는 사람은 제대로 대우받고 있다는 생각이 들 리 없으며 또한 이런 처지에 만족하지는 않겠지요. 관심과 인정을 받고는 싶고 그런데 가만히 있으면 될 리 없으니 스스로 직접 관심을 끌기 위해 나서기도 합니다.

　가장 손쉬운 방법은 목소리를 높이는 겁니다. 카페나 식당에 갔을 때 주변을 둘러보세요. 상당히 시끄럽습니다. 왜 이렇게까지 시끄러울까요. 주변을 잘 살펴보면 주 대화보다는 거기에 맞장구 쳐주는 소리가 훨씬 크다는 것을 알 수 있습니다. 그 이유는 아마도 주변 사람으로부터 관심과 인정을 받기 위한 것 아닐까요. 요란하게 맞장구를 치는 사람들의 심리 상태는 이럴 겁니다. 먼저, 상대방이 하는 이야기에 적극적으로 공감을 표현해 그와의 관계를 돈독히 하려는 의도가 있을 겁니다. 또 자신은 수준 높은 이야기를 십분 이해하고 공감한다, 그런데 그렇게 잘 알아듣는 자신도 훌륭하지 않느냐 그것도 좀 인정해 달라, 뭐 이런 생각이겠지요. 특히나 자존감이 약한 사람은 영향력이 큰, 힘 센 사람이 말할 때 중간중간 아주 강하게 맞장구를 칩니다. 그러면서 자신도 그 사람과 비슷한 비중의 중요 인물이라는 것으로 인정받고 싶은 것이지요. 지금 우리는 물화세계가 되어 버린 대도시에 살다 보니 자존감이 미약한 존재가 되어 버렸습니다. 그래서 주위 사람들로부터 인정을 받지 못하고 무시당한다는 강박증에 늘 사로잡혀 있습니다.

　그래서 그런지 IT 기술의 발달로 인해 새로운 현상이 나타나고 있습니다. 주변 사람들로부터 인정받고 싶은 욕구를 표출하는 새로운 방식이 생겼지요. 그것은 다름 아닌 인증샷 문화인데요. 얼굴이나 자신을 알아볼 수 있는 인터넷 아이디를 노출시키며 특정 장소를 찍거나 특정 행위와 연관된 사진을 인터넷 공간에 올리는 것을 '인증샷'이라고 합니다. 인증샷 문화는 서로가 누구인지 모르는 익명 공간에서 공통의 관심사에 관하여 거리낌 없이 말하고 행동하는 자유를 즐기는 문화입니다. 그렇다고 그것이 커뮤니티 구성원들 사이에 친밀한 관계나 유대감을 형성하게 해 주는 것은 아닙니다.

자신이 소외된 현실을 지각함으로써 주위로부터의 관심을 얻으려는 노력은 때때로 본의 아닌 실수를 유발하기도 합니다. 주변 관심의 과지각. 즉 인정을 받기 위한 기회 손실을 최소화하려다 보니 무리수를 두는 것이지요. 바로 이런 경우가 그것입니다.

영식은 어학원 화장실에 앉아서 볼일을 보고 있었습니다. 그때 갑자기 옆 칸에서 남자의 말소리가 들렸습니다.

"야! 잘 지내냐?"

영식은 소심한 성격이라 낯선 사람과는 말을 잘 건네지 않지만 자기를 아는 친구이겠지, 또 내가 이 칸에 들어가는 것을 그 친구가 봤나 보다 생각하고 기본적인 예의는 지켜야겠다는 생각에 이렇게 대답했습니다.

"응! 잘 지내."

그러자 옆 칸의 남자는 다시 이렇게 말했습니다.

"요즘 뭐하고 지내는데?"

영식은 뭐라고 하기가 좀 마땅치 않아서 덤덤하게 대답했습니다.

"늘 그렇지 뭐."

그런데 곧바로 옆 칸의 남자가 이렇게 말하는 것이었습니다.

"내가 지금 그쪽으로 갈까?"

그 말에 당황한 영식은 약간 말을 더듬었습니다.

"어? 뭐? 왜 이리 오겠다는 건데⋯⋯?"

그때 옆 칸에서 약간 짜증난 목소리가 들렸습니다.

"야! 조금 있다가 다시 전화할게. 옆 칸에서 어떤 멍청한 놈이 자꾸 내 말에 대꾸를 해. 아, 씨이! 너랑 뭔 말을 하는지 모르겠어. 그래! 응! 다시 할께."

마음이 허전하니 남들에게 관심받고 싶다는 욕망. 때로는 상대의 관심을 얻고자 하는 지나친 욕심이 간혹 부작용을 낳게 되나 봅니다. 이것이 심리학에서 말하는 조명효과 또는 무대효과라는 것인데요. 상대의 관심을 유도하는 것에 그치지 않고 지나쳐서 오히려 상대의 시선을 과도하게 의식하는 것이지요. 소위 공주병과 왕자병 환자들이 이 경우에 해당됩니다. 주변의 모든 사람들이 자신의 일거수일투족을 보고 있는 것으로 착각하거나 또 주변의 일이나 사건들이 자기로 인하여 빚어진 결과로 인식하는 것이지요. 그러니 이게 환자가 아니고 뭐겠습니까.

진정한 교환과 관계 맺기

대도시에 거주하는 현대인. 화려하고 거대한 물질문명에 떠밀려 약해질 대로 약해진 존재감. 그래서 우리 현대인은 더 외롭고 고독하고 미미한 존재가 되어 버렸습니다. 우선 소외감과 외로움에서 벗어나 자존감을 회복해야 되겠지요. 그래서 프랑스 사상가인 레비스트로스Claude Levi Strauss(1908~2009)는 무엇보다 관계를 맺고 있는 인간을 강조했습니다. 그런데 관계를 맺으려면 먼저 교환이 선행되어야 한다는 겁니다. 관계를 맺고 나서 교환하는 것이 아니라는 것이지요. 그는 교환이 없다면 아직 관계 맺은 것이 아니라고 했습니다. 오랜 역사를 통해서 볼 때 인간은 교환하면서 다른 인간들과 관계를 맺고 살아왔다는 겁니다. 교환하는 것이 물건이든, 생각이든 상관없습니다. 인간은 상대방과 주고받음으로써 그와 관계를 맺고, 또 그럼으로써 존재해 왔다는 것입니다.

그러니 일방적으로 문자언어를 날리는 현대인들은 쉴 새 없이 주기만 할 뿐이지 상대방으로부터 진실한 것을 받지 못합니다. 또 인증샷도 일방적으로 내 것만 보여줄 뿐이지요. 그러니 레비스트로스가 말한 교환이 없습니다. 주기만 할 뿐 받는 것이 없으니 진정한 교환이라 할 수 없고 또 교환이 없으니 관계를 맺을 수가 없습니다. 따라서 관계를 맺지 못한 인간은 존재할 수 없지요. 그러니 오늘날을 살아가는 우리들은 문명사회 속에 존재하고는 있으나 인간으로서의 존재감을 가질 수 없다는 것입니다.

우리가 이렇게 된 데에는 여러 가지 원인이 있겠지요. 그중 하나는 거주 환경입니다. 대부분의 현대인들은 도시에 거주하게 되면서 문제가 생기기 시작합니다. 스스로 담장을 쌓고 이웃과 관계 맺기를 거부합니다. 그러면서 늘 외롭다는 투정을 부려 왔지요. 뉴잉글랜드 지방의 자연 풍광과 농민의 소박한 삶을 노래하여 퓰리처상을 네 번이나 수상한 미국의 국민 시인. 바로 그 로버트 프로스트^{Robert Frost}(1874~1963)는 「담장수리」라는 시에서 이 점을 날카롭게 지적하였습니다.

> 무엇인지 몰라도 담장을 좋아하지 않는 것이 있습니다.
> 그것은 담장 밑 얼어붙은 땅을 부풀어 오르게 하여
> 햇볕 속에 드러난 위쪽 둥근 돌들을 벌어지게 합니다.
> 나는 언덕 너머 사는 이웃에게 이것을 알리고
> 날 잡아 하루 만나 담을 따라 걸으며

우리 사이에 담장을 다시 세웁니다.
그는 솔밭이고 나는 사과나무 과수원이니
내 사과나무들이 그쪽으로 넘어가
소나무 아래 솔방울을 먹을 리 없다고 말하지만
그는 "담장이 튼튼해야 좋은 이웃이 되지요"라고
말할 뿐입니다.

외로움을 떨치고 인간으로서 존재하기. 이것을 위해서는 무엇보다도
우리 사이에 가로놓인 담장을 헐어야 합니다. 너와 나 사이에 가로놓인
벽을 허물어야 하는 것이지요. 그리고 주고받는 교환이 있어야 합니다.
그것에는 당연히 마음의 교환도 있어야 되겠지요. 로마의 문인이자 철
학자이며 정치가였던 키케로^Marcus Tullius Cicero(BC 106~BC 43)는 신들이
인간에게 준 최고의 선물로 우정을 꼽았습니다. 그는 선의와 호감을 갖
고서 서로 간에 감정이 일치된 상태를 우정이라고 하였습니다. 그러면
서 우정으로 관계를 맺고 기쁨과 슬픔과 노여움 등을 함께 나누기를 권
유하였지요. 키케로는「우정에 관하여」에서 이렇게 말하고 있습니다.

친구 사이의 선의를 주고받음으로써 편안함을 얻지 못한다면
어떻게 살 만한 가치가 있겠는가.
자네가 마치 자네 자신과 말하듯 무엇이든 마음껏 말할 수 있는
누군가가 있다는 것만큼 즐거운 일이 또 있겠는가.
자네가 하는 일이 잘될 때
자네 못지않게 그것을 기뻐해 줄 누군가가 없다면
어떻게 그것을 마음껏 누릴 수 있겠는가.
자네가 불운할 때 자네 자신만큼 걱정하는 사람이 없다면
그 불행은 정말로 견디기 어려운 것이 된다네.

인생을 살면서 적어도 스승 한 분과 진정한 친구 여럿을 두어야 한다

고 들었습니다. 키케로는 선의와 호감을 가지고 교류하는 사람을 친구라고 했는데요. 키케로가 말한 친구를 동양적인 사고로 정의한다면 '진리의 길을 같이 걷는 벗', 즉 '도반道伴'이라고 할 수 있겠지요. 인생길을 함께 가며 이런저런 기쁨과 슬픔을 함께 나누고, 또 고민도 털어놓으며 마음을 주고받는 그런 동반자. 그가 바로 우정을 나누는 친구입니다. 우리에게는 그런 친구가 필요한 것이지요.

선의와 호감을 가지고 타인과 교류하며 살아야 한다는 것은 아무리 강조해도 지나치지 않습니다. 얼마 전, 구글Google사의 에릭 슈미트Eric Schmidt 회장이 한 말이 세인들의 주목을 끌었는데요. 그것은 바로 그가 보스턴 대학교 졸업식에 참석하여 행한 축사였습니다. 구글은 아시다시피 세계 최대의 인터넷 검색엔진과 휴대폰 운영체계 업체입니다. 슈미트 회장은 컴퓨터공학박사이고 정보통신 분야의 최고 기술을 개발한 사람입니다. 그런 그가 축사에서 이렇게 말했습니다.

> 스마트폰이나 컴퓨터의 '끄기' 버튼을 찾으세요. 하루 한 시간씩 이 기계들을 꺼 놓고 사랑하는 사람의 눈을 들여다보고 진짜 대화를 하십시오. (……) 휴대폰, 컴퓨터 스크린에서 눈을 떼고 주변 사람들과 세상을 직접 느끼고, 맛보고, 냄새 맡으며 맞부딪칠 기회를 더 많이 만드세요. (……) 인생은 반짝이는 모니터 속에서 살아지는 것이 아니고, 소셜미디어 '상태'를 업데이트하는 일의 연속도 아니며, '친구'로 등록된 이들의 숫자에 있지도 않습니다. (……) 인생은 당신이 누구를 사랑하고 어떻게 살아야 하는지, 누구와 여행을 하는지에 달려 있는 것입니다.

이제 우리는 인류역사상 가장 훌륭하고 빠른 연결망을 가진 시대에 살게 되었습니다. 그리고 일상의 문제들을 쉽게 해결할 수 있는 능력도 갖게 되었습니다. 모두가 스마트폰 덕분입니다. 그러나 스마트폰은 양날의 칼입니다. 문제 해결을 위한 지식과 정보 전달에는 도움이 되지만 인간다운 삶으로 이끄는 애정과 배려, 헌신, 협동 같은 전통적 가치들을 교환하는 데 있어서는 방해꾼이 되고 있습니다. 또 스마트폰의 속도를 따라가다 보니 부작용도 생겼습니다. 미국의 심리학자 로버트 레빈^{Robert} ^{Levine}의 말처럼 우리는 속도에 이미 중독되어 있고, 그 속도는 우리를 더욱더 자극적으로 몰아대고 있습니다.

지금 이 글을 읽는 순간에도 스마트폰을 조작하고 있는 것은 아닌지요. 그러지 마시고 슈미트 회장의 말대로 오랜만에 친구의 따뜻한 눈에서 그의 온기를 느껴 보는 것이 어떨는지요. 스마트폰을 꺼놓고 온유한 마음을 가진 친구를 편안하게 바라보는 시간을 가져 보세요. 아니면 평온한 마음으로 그런 친구의 방문을 기다려 보시든가요.

난 바보처럼 살았군요

욕망의 그늘

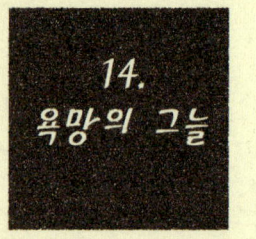

14.
욕망의 그늘

아직도 그러고 있는거야?

이 깃털 좀 꽂고 한 번 더 다듬어야돼.

제 동생은 항상 치장하는 걸 좋아합니다. 지나칠 정도로요.

그런 동생이 날 때면 모든 새들의 시선이 쏠렸어요.

하지만 그런 동생도 가는 세월을 막진 못했죠.

아무리 색 깃털로 꾸며보려해도

세월을 가리기엔
역부족이곘죠

화려했던 동생이 힘없이
저와 함께 나는 걸 보면

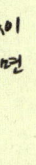

인생무상을
느껴요.

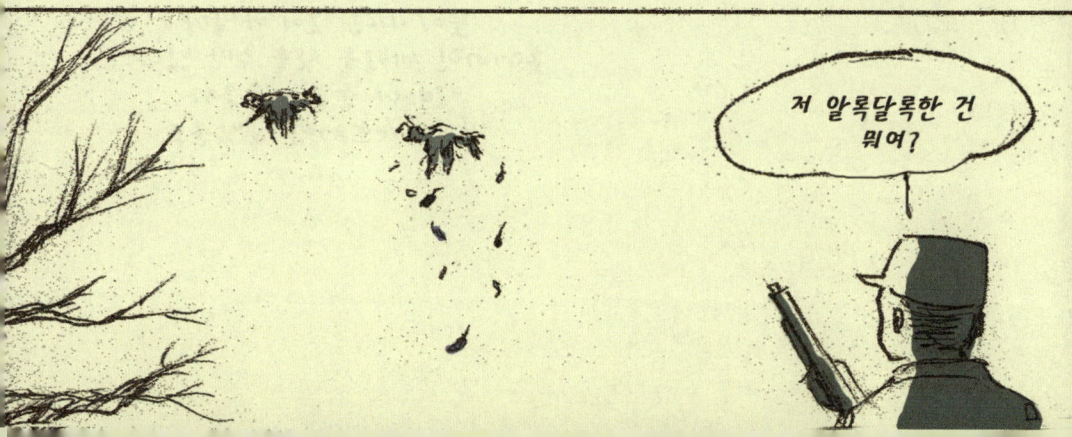

저 알록달록한 건
뭐여?

난 바보처럼 살았군요

......
어느 날 난 낙엽 지는 소리에
갑자기 텅 빈 내 마음을 보았죠
그냥 덧없이 흘러버린
그런 세월을 느낀 거죠
저 떨어지는 낙엽처럼
그렇게 살아버린 내 인생을

잃어버린 것이 아닐까
늦어 버린 것이 아닐까
흘러버린 세월을 찾을 수만 있다면
얼마나 좋을까 좋을까
난 참 바보처럼 살았군요
......

불우한 사람들의 자기 탄식
난 바보처럼 살았군요

세상은 바보들의 연극 무대
우리는 뽐내며 안달하는 서툰 배우
그리고
허세와 분노뿐인 바보들의 이야기

욕망의 그늘

어긋난 인생, 야속한 세상

얼마 전 '한국 부자 보고서'가 발표되었습니다. 부자들에 관한 이러저러한 통계였지요. 그 통계를 보며 부자들의 재산이 가리키는 숫자에도 주눅이 들었습니다. 또한 부자가 점점 늘어간다는 사실에 일말의 자괴감에 빠지기도 합니다. 부자들이 돈 벌 때 난 뭘 했나. 그렇다면 난 실패한 인생인가. 그렇다면 잘못 살았다는 것을 인정해야 하나. 그러다가도 '아니야, 뭐든지 운이 따라야 되는 거야'라는 말로 자기 합리화 논리를 들이댑니다. 그렇지 난 열심히 살았는데 운이 안 맞아서 이렇게 된 것이라고 애써 자기 위안을 삼지요. 그러면서 한 술 더 떠 역사적으로 불우했던 사람들을 떠올리며 불리한 상황을 회피하려 합니다. 고려 때 뛰어난 재주를 타고 난 이규보李奎報(1168~1241)도 자신이 시대를 잘못 만나 불우하다고 그랬으니까요. 그가 쓴 「위심」이라는 시가 있습니다. 한번 읽어 보시면 그의 심경을 이해하실 겁니다.

> 인간사 자질구레한 일이 탈도 많아서
> 예상에 빗나가 제대로 되는 게 없어라.
> 남들 풍년일 땐 가난해서 마누라에게 무시당하고
> 말년에 봉급 많아지니 기생들만 따르려 하네.
> 장마 때엔 돌아다닐 일 많아지고
> 날 갰을 땐 오히려 집 안에 들어앉게 되네.
> 배불러서 더 못 먹을 때 맛있는 고기 나오고
> 목에 탈 나 마시길 꺼려하면 좋은 술 나온다.
> 있던 보물 싼값에 팔고 나면 시장 가격 올라가고
> 오랜 병 낫고 보면 바로 이웃에 의원 있었었네.
> 작은 일도 이렇게 맞지 않으니
> 양주에서 학 타는 신선 노릇 바랄 수나 있을까.

이규보는 고려시대 뛰어난 문재를 갖춘 걸출한 인물로 알려져 있습니다. 당시는 무신정권 시기여서 타도와 축출의 대상이었던 문신들은 살아가기가 무척 힘들었던 시기였지요. 이규보 자신도 뛰어난 재주로 과제급제는 했지만 벼슬자리를 얻지 못해 고생을 면치 못했습니다. 그러다가 나중에 무신정권의 최고 권력자인 최우崔瑀(?~1249)에게 인정을 받아 벼슬길에 나서면서 승승장구하게 됩니다.

이 시는 이규보가 형편이 여의치 못해 매사 불만스럽고 야속했던 당시 사정을 잘 보여주고 있습니다. 만사가 이렇게 어긋나니 언감생심 학을 타는 신선을 어떻게 바라겠느냐는 것이지요. 이거야말로 고려판 머피의 법칙입니다. 그런데 세상의 이치대로라면 어차피 약자들은 이렇게 하든지 저렇게 하든지 피해를 보게 되어 있습니다. 시세 말로 '안 될 놈은 안 돼' 이겁니다. 결혼하고 집 사느라 빚져서 하우스 푸어, 자식 가르치느라 빚져서 에듀 푸어, 자식 결혼시키고 은퇴 후 수입 줄어 실버 푸어로 이어지는 인생. 그야말로 어물어물하다 보면 빚의 먹이사슬에 옭아 매인 인생이 되고 맙니다.

안분지족 아니면 필사탈출

그렇다면 이렇게 살아온 우리가 어리석은 것인지, 아니면 이 세상이 잘못된 것인지. 가치관에 혼란이 일어납니다. 하지만 살다 보니 이러한 가치관의 혼란조차도 두 갈래로 정리가 되는 것 같습니다. 그 중 하나는 이겁니다. 바로 전만종田萬種의 「자탄」이라는 시가 대변하고 있는 것인데요. 말하자면, '에잇! 더러운 세상. 안 보면 그만이지!'하고 한 발짝 물러나 사는 겁니다.

어진 사람은 적이 없다고 들어왔건만
요즘 보니 의롭게 살아도 비웃음 당하네.
부귀영화 누리면 탐욕 더욱 드러내고
빈천하게 살아가면 옳은 것도 그르게 되네.
하늘의 뜻을 우리가 어찌 헤아리랴마는
사람의 마음도 쉽게 알기 어려워라.

심신산천으로 돌아가는 게 낫겠네.

'내가 그렇지 뭐! 그래도 험한 세상 이만큼 산 것도 다행이야' 하면서 내 분수에 만족하는 안분지족. 그것으로 평정심을 찾으려고 노력하는 것이지요. 그러나 그게 어디 말처럼 쉽겠습니까. 눈만 뜨면 TV, 스마트폰, 컴퓨터 화면에 상류층의 소비문화를 부추기는 영상이 봇물 터진 듯 쏟아집니다. 그러면 슬그머니 화가 치밀어 오릅니다. '나는 왜 이 모양이지? 내가 뭘 잘못했어?' 이런 생각에 열을 받기 시작하면 화가 화를 부르지요. 그러다가 간신히 정신을 차리고 화를 가라앉히면 다시 우울해집니다.

두 번째 유형은 '이렇게 쭈그러지느니 아예 치고 올라가 보자'라고 생각하는 적극적인 행동가들입니다. '하면 된다. 노력하면 너도 성공할 수 있다'라는 긍정주의 신념을 실천해 보려는 것이죠. 그러나 다 아는 사실이지만 죽도록 일한다고 성공이 보장되는 것은 아니잖습니까. 그러다 보니 수단과 방법을 가리지 않는 비열한 짓들을 서슴없이 저지르게 됩니다. 여기 그런 타입의 인물이 있습니다. 바로 프랑스 소설가인 스탕달 Stendhal(1783~1842)의 작품, 『적과 흑』에 나오는 주인공 쥘리엥 소렐이 바로 그런 인물입니다.

소설 『적과 흑』은 주인공인 쥘리엥 소렐이 귀족부인과 귀족의 딸을 이용하여 출세하는 과정과 그들의 섬세한 심리를 그린 작품입니다. 『적과 흑』이 유명세를 타면서 주인공 '쥘리엥 소렐'은 출세 지향적인 모략가를 지칭하는 대명사가 됩니다. 하여튼 세간에는 쥘리엥 소렐이 스탕달 자신이라고 알려져 있는데요. 꼭 그렇지는 않습니다. 스탕달은 그다지 미남도 아니고 작은 키와 짧은 다리 때문에 콤플렉스를 갖고 있었습니다.

단지 같은 점이라면 유부녀와 금지된 사랑을 했다는 것이지요. 또한 「적과 흑」에 나오는 이야기도 스탕달의 경험담은 아닙니다. 이 작품의 내용은 1827년 법정신문에 실렸던 베르테 사건의 기사 내용을 스탕달이 참고하여 다시 소설로 각색한 것이지요. '베르테 사건'은 이렇습니다.

앙투안 베르테는 그르노블의 신학교에 다니던 중 건강이 악화되어 고향인 브랑그 마을로 돌아옵니다. 고향에서 휴식을 취하던 중 그는 마을 촌장인 미슈 씨 집에 가정교사로 들어가게 되지요. 그런데 촌장의 아내, 미슈 부인이 베르테를 유혹하여 사실상 동거생활에 들어갑니다. 두 아이의 엄마이며 39살의 미슈 부인에게 19살의 철부지가 넘어간 것이지요. 어쨌든 베르테는 일 년 남짓 있다가 이 집에서 나와 다시 신학 공부를 하러 떠납니다. 2년 후 다시 돌아와 보니 미슈 씨 집에는 새 가정교사가 와 있었고 미슈 부인의 애인 자리도 그에게 넘어갔다는 사실을 알게 됩니다. 불같이 타오르는 질투심 때문에 베르테는 괴로워합니다. 그러다가 베르테는 미슈 부인에게 협박 편지를 보내기 시작합니다. 그러다가 자신의 모든 불행이 미슈 부인 때문이라고 결론짓고 복수하기로 결심하지요. 1827년 7월, 그는 권총 두 자루를 사 가지고 브랑그 교회로 향했습니다. 예배를 보는 사람들을 헤집고 들어가 미슈 부인에게 총격을 가했습니다. 미슈 부인은 "나는 그를 용서한다"라고 말하면서 절명했습니다. 이듬해 베르테는 그르노블에서 사형에 처해졌습니다.

스탕달은 이 베르테 사건을 읽고 거기에다 자신의 복잡한 연애 심리를 정교하게 덧입혀 『적과 흑』이라는 명작을 만들어 냈습니다. 연애에 관한 그의 생각은 실제 연애 경험에서 나온 것이지요. "수많은 세월이 지난 후에도 나에게 기억되는 것은 사랑했던 여인의 미소뿐"이라고 말한 것만 봐도 그가 얼마나 사랑을 탐닉하고 연애에 집착했는지 알 수 있습니다. 그러나 그가 연애에 온갖 노력을 기울였음에도 불구하고 연애 성적은 시원치 않았습니다. 『적과 흑』의 주인공 소렐의 화려한 연애는 아마도 그의 희망사항이었는지도 모릅니다. 그의 연애 상대는 28세의 메틸데라는 미모의 유부녀였습니다. 스탕달은 그녀를 보자마자 빠져들었고 그녀가 35세로 세상을 떠날 때까지 그녀에 대한 사랑으로 괴로워했습니다. 하지만 눈물 속에 피는 꽃이라고 했던가요. 이 쓰라린 고통은 스탕달을 연애 심리의 대가로 만들어 주었습니다. 훗날 스탕달은 메틸데를 향한 쓰라린 사랑의 경험을 승화시켜 『적과 흑』은 물론 『파르마의 수도원』과 『연애론』 같은 걸작을 내놓게 됩니다. 하지만 스탕달의 작품은 그가 죽기 전까지도 사람들로부터 인정을 받지 못했습니다. 오히려 소설의 내용이 미풍양속을 해친다며 비난을 받았습니다. 그는 사람들이 자신을 이해하려면 50년이 지나야 한다고 말하곤 했는데 이 예언은 적중했습니다. 19세기 말, 20세기 와서야 그의 작품은 진가를 인정받기 시작했으니까요.

『적과 흑』에는 표면적으로 연애 이야기가 주를 이루지만 그 이면에는 1830년대의 사회와 정치적 현실에 대한 개인의 욕망과 심리가 잘 그려져 있습니다. 『적과 흑』이라는 소설 제목도 이 작품이 발표된 시점인 1830년대의 지배계급을 상징하는 것이지요. 즉 '적'은 군대의 군복 색깔이었고 '흑'은 성직자의 옷 색깔이었습니다. 말하자면, 당시 하층계급의 젊은이들이 신분상승을 꾀하는 방법은 군인 아니면 성직자가 되는 수밖에 없었습니다. 그래서 소설 속 주인공이었던 쥘리엥 소렐도 그렇게 하려고 시도했던 것이지요. 『적과 흑』의 줄거리는 이렇습니다.

때는 바야흐로 나폴레옹의 공화정이 몰락하고 부르봉 왕조가 부활하여 왕정이 복고된 시기였습니다. 가난한 목재상의 셋째 아들로 태어난 쥘리엥 소렐. 그는 맨손으로 출세한 나폴레옹을 영웅으로 떠받들며 흠모했었습니다. 하지만 나폴레옹의 시대가 끝나고 왕정으로 회귀하자 출세하려면 성직자가 되는 수밖에 없다고 생각한 쥘리엥 소렐은 사제가되기 위해 열심히 노력합니다. 그의 가슴은 늘 어두운 현실을 빠져나가고 싶은 욕망과 부조리한 계급사회에 대한 증오심으로 들끓었습니다.

쥘리엥의 총명함과 박식함이 입소문을 타고 널리 알려지면서 레날 시장도 그 사실을 전해 듣습니다. 그 소문 덕분에 그러저러한 과정을 거쳐 쥘리엥은 레날 시장 집의 가정교사로 들어가게 됩니다. 레날 시장 집에서 생활하는 동안 쥘리엥은 자신을 따뜻하게 돌보아 주는 시장 부인에게 의도적으로 접근합니다. 결국 둘은 불륜 관계에 빠지고 그것 때문에 쥘리엥은 시장 집에서 쫓겨나게 되지요.

시장 집에서 쫓겨난 쥘리엥은 고향인 베리에르로 가는 대신, 브장송 신학교에 들어갑니다. 그런데 그곳에서도 그의 비상한 재주는 교장선생님의 눈에 들게 되지요. 그 결과 교장선생님의 추천을 받아 파리의 대귀족이자 정계의 거물인 라몰 후작의 비서가 됩니다.

파리의 후작 저택에서 생활하게 된 쥘리엥. 그는 사교계의 꽃이라 불리는 후작의 딸 마틸드의 마음을 잡으려고 노력합니다. 그녀를 출세의 발판으로 이용하기 위해서였지요. 마침내 두 사람은 서로 사랑하게 됩니다. 그리고 마틸드는 자신의 아버지에게 쥘리엥과의 결혼을 허락해 달라고 조르기 시작하지요. 처음에 라몰 후작은 평민 출신의 남자와의 결혼은 절대 안 된다며 반대합니다. 하지만 후작은 자신의 딸 마틸드가 이미 쥘리엥의 아이를 가진 사실을 알고 어쩔 수 없이 둘의 결혼을 허락하고 맙니다.

쥘리엥은 후작의 힘으로 경기병 중위로 임명됩니다. 일단 바라던 것 하나를 이루지 그는 모든 것이 자신의 뜻대로 풀려 간다고 생각했지요. 그러나 그때 편지 한 통이 라몰 후작 앞으로 배달됩니다. 그것은 바로 레날 부인이 쥘리엥의 과거 소행을 폭로하는 편지였습니다. 예상치 못한 편지 한 통 때문에 순식간에 자신의 꿈이 부서진 쥘리엥은 격분하여 고향으로 돌아갑니다. 그러고는 레날 부인을 찾아 그녀에게 총을 쏴 부상을 입히지요.

쥘리엥은 즉시 체포되어 감옥에 갇힙니다. 옥중에서 실의의 나날을 보내지만 또 그와 동시에 모든 세속적 야망으로부터는 해방되어 홀가분함을 느끼지요. 게다가 그를 찾아온 레날 부인에게서도 행복한 이야기를 듣고 위안을 받게 됩니다. 즉 그 밀고 편지의 내용이 레날 부인 자신의 뜻이 아니라 남편의 협박에 의한 것이었다는 말을 듣게 되지요. 그것으로 쥘리엥은 레날 부인의 진실한 사랑을 확인하게 됩니다. 그 순간 이후 행복한 시간을 보내던 쥘리엥은 어느 날 사형대의 이슬로 사라집니다.

가난하고 비천한 신분에서 하루바삐 벗어나는 데에만 급급했던 쥘리엥. 자신의 야망만을 위해 온갖 수단과 방법을 가리지 않았던 쥘리엥. 하지만 그의 과도한 욕망이 부른 것은 결코 그가 마음에 그렸던 꿈의 실현이 아니었습니다. 그가 마지막 순간 맞은 것은 바로 자신의 꿈을 산산이 깨뜨려 버리는 허망한 파멸, 그것뿐이었습니다.

파멸을 부르는 과욕

이러한 쥘리엥 소렐이 과연 19세기의 스탕달 시대에만 있었을까요. 그렇지 않습니다. 현대판 쥘리엥 소렐은 우리 주변에서 너무나 쉽게 또 너무나 많이 눈에 뜨입니다. 그 정도 위치까지 올라갔으면 그만 만족하고 내려올 만도 한데요. 실제로 권력의 맛을 보면 그게 안 되는 모양입니다. 글쎄요, 그것도 자연의 섭리인가요. 가을철 곡식이나 과일을 수확할 때 보면 인간사회와 공통되는 것이 많이 있습니다. 원래 잘 익은 곡식이나 과일은 저절로 툭툭 터져서 씨앗이나 열매같이 필요한 것들을 자연으로 미련 없이 돌려줍니다. 그런데 덜 익은 놈일수록 줄기에 끈질기게 매달려 있습니다. 여간해서 잡고 있는 줄기를 잘 놓지 않습니다. 똑똑한 바보들은 이런 자연의 섭리를 잘 몰라서 그럴까요.

어느 작은 마을에 제법 많은 군중들이 모였습니다. 다가오는 의회 의원 선거에 출마한 후보자들의 선거유세가 막 진행되고 있었습니다. 한 후보자가 군중 앞에 섰습니다. 그는 한 시간이 넘도록 자기가 나라를 위해 많은 고생을 했다고 과장해서 떠들어댔습니다.

"친애하는 시민 여러분." 그는 이렇게 외치면서 계속 말을 이어 나갔습니다.

"저는 독립전쟁이 시작된 이후부터 우리나라를 위해 여러 전투에 참전하였습니다. 적들과 맞서 목숨을 걸고 용감하게 싸웠지요. 때로는 전쟁터의 땅바닥에 그대로 누워 새우잠을 잤습니다. 하늘을 이불 삼아 노천에서 잠을 잔 것이 한두 번이 아닙니다. 장거리 행군 때문에 발바닥이 터져서 걸을 때마다 발에서 피가 흐른 적도 있었지요. 너무 더워서 일사병으로 쓰러진 적도 있었습니다. 또 너무 추워서 온몸이 감각을 잃을 정도로 마비되기도 했습니다. 때로는 목숨마저 위험할 때도 있었지요. 하지만 그것을 불평한 적은 한 번도 없습니다. 오로지 나라를 위해 임무를 포기하지 않고 끝까지 해냈습니다."

바로 그때, 청중들 속에서 어느 한 사람이 나서며 그 후보자의 말을 가로막았습니다. 그 사람은 나이가 지긋한 그래서 인생살이의 산전수전을 다 겪은 듯한 인상을 풍기는 할머니였습니다. 과연 할머니는 여느 청중들과는 좀 달랐습니다. 할머니는 많은 사람 앞에서 그 후보자가 말한 것을 하나하나 짚기 시작했습니다.

"독립전쟁에 참전했다고 말했소?"라고 할머니가 물었습니다.

"예, 할머니. 그랬었지요."

후보자는 대답하였습니다.

"하늘을 지붕 삼아 맨땅에서 잠을 잤다고 했나요?"

할머니가 다시 물었습니다.

"예, 맞습니다"라고 후보자가 대답하였습니다.

"너무 많이 걸어서 발이 터져 피가 났다면서요?" 할머니가 재삼 물었습니다.

"정말 그랬었지요." 후보자는 자랑스러운 듯 힘주어 말했습니다.

이 말에 할머니는 작심한 듯 단호하게 말했습니다.

"글쎄, 그렇다면 당신은 나라를 위해 너무 고생을 많이 했으니 집에 가서 좀 쉬시구려. 힘든 고생은 나누어서 해야지. 이번에는 다른 후보를 내보내도록 합시다."

권력에 대한 끝없는 욕심이든 재물에 대한 욕심이든 지나친 욕심은 결국 화를 부르지요. 과유불급過猶不及. 그래서 지나침은 모자람만 못하다고 하잖습니까. 아무리 높은 직에 올라 권력을 누릴 만큼 누렸어도 어쩔 수 없는 모양입니다. 끊임없이 권력을 위해 달려들고 움켜쥐려고 하지요. 또 재산이 아무리 많아도 늘어나는 욕심을 충족시킬 수는 없나 봅니다. 그러니 욕심을 좇다가 파멸의 길을 가는 것이 그들의 운명이고 존재의 이유인지도 모르겠습니다. 여기 이달李達(1539~1618)의 「대추 따는 아이」에 등장하는 할아버지도 지나친 욕심을 부리다 아이들에게 봉변을 당합니다.

> 옆집 어린아이 대추 따는 것을 보고
> 할아버지 문을 나서며 아이를 쫓네요.
> 어린아이 오히려 노인에게 말하길
> 내년 대추 익을 때까지 사시지도 못할 텐데

우리는 이렇게 과도한 물욕 때문에 쓸데없는 것에 집착하다가 욕을 보게 되는 것이지요. 그러니 욕심을 버려야 하는데 그게 말처럼 쉽지 않습니다. 나이를 먹는다 싶으니 마음이 급해지고 본 것은 많아서 점점 욕심을 냅니다. 그런데 욕심을 다 이룰 수는 없으니 거짓으로 포장을 합니다. 바쁜 척, 능력 있는 척, 많이 가진 척, 예쁜 척. 뭉뚱그려 말하면 잘

난 척이지요. 그런데 사람들은 왜 이러는 걸까요. 왜 다른 사람에게 자신을 과시하려고 허장성세를 보이는 걸까요. 윌리엄 제임스^{William James}라는 심리학자에 따르면 인간은 고문보다도 주위 사람들로부터의 무관심을 더 두려워한다는 것입니다. 누구도 자신을 아는 체하지 않고, 물어도 대답을 하지 않고, 어떤 짓을 해도 주목해 주지 않고 무시하는 것, 무관심한 것. 이것을 제일 두려워한다는 말이지요. 다시 말하면 왕따 되는 것을 가장 무서워한답니다. 그 때문에 다른 사람의 관심을 끌어서 그 사람이 나를 주시하게 만들려고 합니다. 그런데 문제가 생겼습니다. 예전과는 달리 현대사회는 속도의 사회가 되었습니다. 사람들이 바쁘게 움직이기 때문에 만나더라도 아주 짧은 시간만이 허용될 뿐입니다. 짧은 만남은 여유를 갖고 상대를 관찰할 시간을 내 주지 않습니다. 그러니 만나면서 바로 맞교환하게 되는 첫인상이 매우 중요합니다. 첫 대면에서 허풍을 떨더라도 상대에게 강렬한 첫인상을 남겨야 상대가 나에게 관심을 갖게 되겠지요. 그래야 지속적인 만남으로 이어질 수 있으니까요.

그러다 보니 '내가 어떻게 보이는가?'라는 이미지에 큰 관심을 갖게 되었습니다. 그런데 내가 연출하는 나의 이미지에 대하여 주위 사람들은 과연 얼마나 관심을 갖고 주목할까요. 이것에 관하여 미국 코넬 대학교의 토머스 길로비치^{Thomas Gilovich} 교수가 실험을 해 보았답니다. 한 학생에게 유명인사 A, B, C의 얼굴이 새겨진 티셔츠를 번갈아 입고서 대여섯 명의 학생들이 앉아 있는 방에 잠깐 들어갔다가 나오게 하는 실험이었습니다. 방에 들렀다 나오는 학생에게 길로비치 교수가 물었습니다. "당신이 유명인사의 티셔츠를 입었다는 것을 방 안의 학생들이 몇 명이나 기억할까요?" 그러자 그 학생은 어느 티셔츠든 절반 정도는 자신이 입은 티셔츠를 제대로 기억할 것이라고 대답했지요. 그러나 실제로는 그렇지 않았습니다. 가장 최근에 인기를 끌고 있는 젊은 유명인의 티셔츠를 입었을 경우, 방에 있었던 학생들 중 23%가 제대로 기억하는 것으로 나타났습니다. 그러나 인기가 좀 떨어지거나 나이가 많거나 이미 사망한 과거의 인물의 티셔츠일 경우, 기억하는 비율은 최저 8%까지 떨어졌습니다.

이 실험의 결과는 조명효과라는 용어로 설명이 되는 것인데요. 대부분의 사람들은 자기 자신이 무대에 올라 스포트라이트를 받는 주인공으로 착각하며 살아간다고 합니다. 그래서 늘 다른 사람들이 자신을 주목하고 있다는 착각에 빠져 있다는 겁니다. 따라서 다른 사람의 시선을 의식하다 보니 내 옷차림과 행동거지에 무척 신경을 쓰게 됩니다. 나 자신이 이렇게 신경 쓰는 데 반해 다른 사람들은 그렇지 않습니다. 보는 입장이 되어 생각해 보세요. 어쩌다 거리에서 눈에 띄는 사람을 한 번쯤은 흘끗 봅니다. 하지만 그게 다입니다. 얼마 후면 그 모습이 생각나지 않습니다. 아니, 그런 사람을 보았다는 것조차도 잊습니다. 각자 자기 일에 바쁘기 때문이지요. 여기 기철이라는 청년도 조명효과에 사로잡혀 다른 사람들을 상상 속의 청중으로 오인하고 있습니다.

기철은 가난한 시골 마을에서 태어났습니다. 어린 시절 가난을 뼈저리게 경험한 후, 불우한 환경을 벗어나고자 고향을 등지고 도시로 향했습니다. 불굴의 용기와 타고난 근면으로 비교적 짧은 기간에 성공하여 마침내 재계의 손꼽히는 거물 기업가가 되었습니다.

기업가로서 꿈을 이루자 그는 고향 사람들에게 자신의 성공을 자랑하고 싶었지요. 마침내 기철은 역사적인 고향 방문 길에 올랐습니다. 그는 자기 같은 재계의 거물급 인사가 역사적인 고향 방문을 하는 것이니 고향 마을의 모든 사람들이 대대적으로 나서서 환영할 것으로 생각했습니다.

마침내 기차는 고대하던 고향 역에 도착했습니다. 그러나 예상외로 기철을 마중 나온 사람은 찾아볼 수 없었습니다. 예상 밖의 상황에 잠시 동안 그는 무엇을 어떻게 해야 할지 몰라서 잠시 그대로 서 있었습니다. 그러는 동안 기차에서 내린 몇몇 사람들이 그의 곁을 지나갔습니다. 하지만 그들 모두는 기철을 알아보지 못하고 그냥 지나쳤으며 기철이 서 있는 쪽으로 시선조차 주지 않았습니다.

마침내 기차에서 내린 사람들이 거의 다 역을 빠져나갔을 때였습니다. 그때 역장이 사무실에서 나와 느릿느릿한 걸음으로 다가왔습니다. 그는 의기소침한 모습으로 서 있는 기철에게 이렇게 말했습니다. "어이, 기철이 아냐! 자네 어디 갔다 오나?"

페르소나를 쓴 가면극 배우

알고 보면 사람들은 제 일에 바쁘기 때문에 남에게 별로 신경 쓰지 않습니다. 그런데 정작 자기 자신은 자가당착으로 자기만의 생각에 갇혀 조명효과에 빠집니다. 주변 사람들을 관객으로 의식하면서 '내가 어떻게 보이는가'에 무척 신경을 쓰게 되는 것이지요. 그러다 보니 자기 본연의 모습이 아닌 연출된 모습으로 행동하게 됩니다. 셰익스

피어$^{William\ Shakespeare}$(1564~1616)가 말했듯이, 세상이라는 무대 위에서 자기가 맡은 배역을 연기하는 배우처럼 말이지요. 다시 말하면 페르소나^{Persona}라고 불리는 가면을 쓰고 가면극을 하고 있는 배우와도 같습니다. 지셴紀弦(1913~)은 「탈」이라는 제목으로 이런 생각을 피력했습니다.

> 나는 꼭 탈을 써야 밖으로 나선다.
> 그리고 쇼핑을 하고 사무실에서 일을 한다.
> 또 파티에서 사람들과 만나 예의를 차림으로써
> 사람들에게 좋은 인상을 주려고 한다.
>
> 그러나 내 거처로 돌아와 문을 잠그고
> 아무도 나를 볼 수 없고 들을 수 없게 될 때
> 나는 탈을 벗어 힘껏 내동댕이친다.
> 그제야 비로소 나의 영혼은 제 빛을 내게 된다.

자신의 진정한 모습은 감춘 채 남에게 보여주기 위하여 겉모습에 신경을 쓰며 살아가는 우리. 태어나 성장하고 사회에 진출하면서, 주어진 배역의 페르소나를 쓰고 살아가는 우리의 모습입니다. 집안에서는 아버지와 어머니 또는 아들과 딸로서, 아니면 사위 혹은 며느리로서 역할에 맞는 페르소나를 쓰고 있습니다. 직장에서는 중역, 아니면 직장 상사 또는 부하직원으로서 그에 걸맞은 페르소나를 쓰고 있는 것이지요. 때로는 거짓이고 위선자의 모습이지만 어쩔 수 없다고 자위하며 살아갑니다.

하지만 언제나 가면을 쓰고 있을 수만은 없습니다. 가면은 가면일 뿐이지 맨얼굴은 아니기 때문이지요. 그래서 가끔 맨얼굴을 누군가에게 보여주고 싶은 욕망이 생깁니다. 왜냐하면 가식적인 행동은 불편하기도 할뿐더러 사람을 외롭게 만들기 때문이죠. 맨 얼굴을 숨기면서 가면을 사이에 두고 대하는 인간관계는 진정성이 결여되어 있습니다. 그러니 진심이 느껴지지 않기 때문이지요. 때문에 적절한 때 맨얼굴을 드러내야 합니다. 하지만 여전히 사람들은 페르소나를 쓴 채 많은 시간을 보내고 있습니다. 그 결과 가끔은 페르소나가 자신의 맨얼굴인 양 착각하게 되지요. 그러니 맨얼굴을 잊지 않기 위해서라도 관리를 해야 합니다. 본연의 자신을 끝없이 향상시키면서 본연의 자기 자신으로 돌아가는 것입니다. 화려한 페르소나로 겉을 꾸밀수록 사람은 더 왜소해지고 허해지기 때문이지요.

진정한 나를 찾아서

소비 위주의 자본주의에 중독된 페르소나를 쓰고 있는 우리. 지나친 소유욕과 경박한 탐미관, 무리한 과시욕. 이 과장된 허세를 하루라도 빨리 버리고 진정한 나를 찾아야겠지요. 물론 힘든 일입니다. 남이 하는 대로가 아니라 나만의 길을 가야 하니 주변의 따가운 눈총을 받게 되겠지요. 중국 명나라 시절에 이런 마음을 가지고 살았던 이지李贄(1527~1602)라는 사람이 있었습니다. 탁오卓吾라는 호가 더 유명한 사람인데요. 주위 사람들에게는 이단으로 몰렸고 그가 쓴 글들은 사문난적斯文亂賊으로 치부되었지요. 하지만 그는 모든 허영과 가식을 던져 버리고 자기 소신껏 자기 모습으로 살아가기를 고집했던 사람이었습니다. '태워 버릴 책'이라는 의미의 「분서焚書」. 그 책의 속편에 다음과 같은 글을 실어 자신의 의견을 밝혀 놓았습니다.

나는 어린 시절부터 성인의 가르침을 읽었으나 그 가르침을 제대로 깨우치지 못했으며, 또한 공자를 존경했으나 그 이유를 제대로 알지 못했습니다. 말 그대로 난쟁이가 하는 광대놀음을 구경하다가 사람들이 잘한다고 소리 지르면 나도 따라서 잘한다고 소리치는 꼴이었습니다. 나이 오십이 되기 전, 나의 모습은 정말이지 한 마리의 개에 지나지 않았습니다. 앞에 있는 개가 그림자를 보고 짖으면 나도 따라서 그냥 짖어댔던 것입니다. 누가 왜 짖느냐고 물으면 그냥 멋쩍게 웃기만 할 뿐이었습니다.

이제는 남이 하는 대로, 사회관습 그대로 따르지는 않겠다는 치열한 자기반성이지요. 그 솔직하고 당당함이 부럽습니다. 나이 오십, 지천명 知天命. 이제는 하늘의 뜻을 알 나이이니 죽는 날까지 하늘을 우러러 한 점 부끄럼 없기를 기도하며 살아야 하지 않을까요.

이미 많이 보았습니다. 그렇게 대단해 보이던 부귀영화도 지나고 보면 헛된 물거품이라는 것을 말입니다. 그리고 사랑과 명예도 한바탕의 꿈일 뿐입니다. 그런데 우리는 그러한 것들이 나를 제외한 남들에게만 적용되는 것으로 여깁니다. 나는 그것에서 예외 적용을 받는 것으로 착각하지요. 어떤 때는 잠깐 가볍게 시인하기도 합니다. 하지만 진짜 속마음은 그렇지 않습니다. 아직도 욕망의 불길이 활활 타오르고 있습니다. 오히려 시간이 갈수록 그 불길은 더 거세게 타오릅니다. 이러니 욕심과 미련을 버릴 수 있겠습니까. 버리기는커녕 오히려 더 집착하게 됩니다. 그런데 언제까지 그럴 겁니까. 끝까지 그런다고 뭐 달라지겠습니까. 이제라도 그만 마음을 비워야 하지 않을까요. 당장은 잘 안 된다면 서서히 비울 준비라도 해야 되겠지요. 하지만 쉽지 않습니다. 오늘도 또 지금 이 순간에도 페르소나를 쓰고 열심히 연기를 하고 있으니 말입니다.

이젠 그랬으면 좋겠네

시지프스의
후예들에게

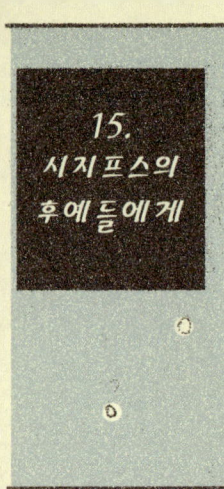

**15.
시지프스의
후예들에게**

한 겨울에 곰 한마리가
먹이를 찾으러
어기적거리고 있었다

여기서 예리한 독자라면
'곰이 왜 겨울잠을
안자고 있어'고
물으실 수 있는데...

그곰은 불면증에 걸린 것이었다!

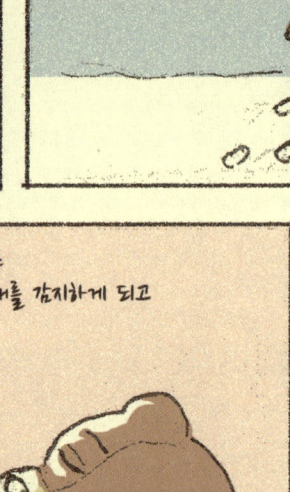

어쨌든, 그 곰은 밤에도
열심히 먹이를 찾아 헤멨지만

먹이는
쉽게 보이지 않았다

꼬르륵

그러던
어느날,

멀리서 나는
미세한 냄새를 감지하게 되고

쿵 쿵

냄새의 근원을
찾아내었고,
그곳은...

사람들이 만들어 놓은
식품저장고였던 것이었다!

꽤 오랫동안 굴에서 여위었던 곰은 작은 구멍을 쉽게 통과할 수 있었다.

곰은 저장고에 들어오자마자 모든 음식을 흡입했다

소시지 드리킹

와구와구

합 합

저장고를 싹쓸이하고 포만감을 느끼고 있던 곰에게

꺼어~억

불룩 불룩

탕

쾅콰쾅

청천벽력같은 총소리가 들렸다.

앞 회에 등장했던 박수 사냥꾼. 슬개없이 총알낭비.

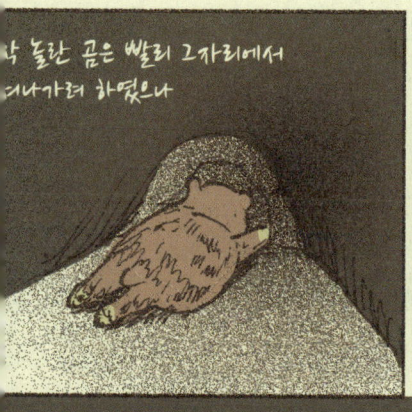

깜짝 놀란 곰은 빨리 그자리에서 벗어나려 하였으나

빵빵하게 불어난 배를 곰은 쉽게 나갈 수 없게 했다.

꾸악~ 완전 껴버렸다!!

응? 저 뚱뚱한 건 뭐지?

쿵쾅 쿵쾅

버둥버둥

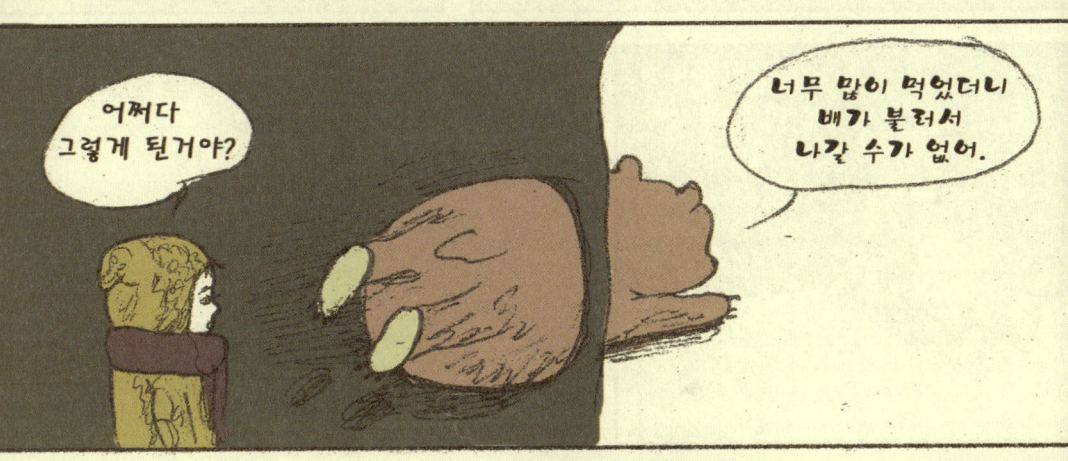

...에 가해진 엄청난
...으로
먹었던 걸 모두 게워냈다

*혐오감을 일으킬 수 있는
장면이라 자체삭제했습니다

모든 걸 도로 토해 낸 곰은 다시 마른 몸으로 돌아가,
구멍에서 나올 수 있었고,

힘이 다 빠진 나머지
겨울잠에 바로 들 수 있었다

우리 엄마가 그랬는데요,
욕심 많이 부려봤자
다 헛일이라고...

내가 너무 어릴 때
인생의 진리를
알아버렸군...

이젠 그랬으면 좋겠네

나는 떠날때부터 다시 돌아올걸 알았지
눈에 익은 이자리 편히 쉴수 있는 곳
없는 것을 찾아서 멀리만 떠났지 난 어디 서 있었는지
하늘높이 날아서 별을 안고 싶어 소중한건 모두 잊고 살았나

이젠 그랬으면 좋겠네
그때 그늘에서 지친마음 아물게 해
소중한건 옆에 있다고
먼길 떠나려는 사람에게 말했으면

너를 보낼때부터 다시 돌아올걸 알았지
손에 익은 물건들 편히 잠들 수 있는 곳
숨고 싶어 헤매던 세월을 잠고서 넌 무얼 느껴왔는지
하늘높이 날아서 별을 안고 싶어 소중한건 모두 잊고 살았나

이젠 그랬으면 좋겠네
......

전철 여기있다!

박정현이 다시 부른
조용필의 메시지
먼 길 다녀온 사람의 고백
그리고 맞이하는 사람의 화답

많은 것을 찾아
멀리 멀리 헤맸지만
소중한 것은 옆에 있다는 진실

...
시지프스의
후예들에게

하찮은 존재, 호모 글로벌리스

　　얼마 전 사회연구원은 경제협력개발기구OECD 회원국의 '행복지수'를 발표하였습니다. 우리나라는 34개 회원국가 중 뒤에서 세 번째인 32위였습니다. 삶의 질과 관련된 19개 지표를 평가해 행복지수를 구한 것인데요. 덴마크, 오스트레일리아, 노르웨이, 오스트리아, 아이슬란드 등이 상위에 올라 있고 우리나라는 터키와 멕시코 등과 함께 하위권이었습니다.

그런데 사실 사람들의 행복이 이와 같은 객관적인 요인에 의해서만 결정되는 것은 아니지요. 오히려 행복은 우리 스스로가 만들어 내는 한 가지 주관적인 요인에 의해 크게 좌우된다고 합니다. 그 요인에 관심을 둔 사람이 있는데요. 바로 『하찮음의 공포』라는 저서를 낸 이스라엘의 심리학자 카를로 스트렝거[Carlo Strenger]입니다. 그는 21세기 인류를 '호모 글로벌리스'라고 명명했습니다. 국적이 필요 없는 세계인이라는 것이지요. 그런데 '호모 글로벌리스'가 된 현대인은 세계화 속에 자존감을 상실하고 스스로 두려움에 빠져들게 된다는 것입니다. 다시 말하면, '호모 글로벌리스'는 첨단 통신기술의 발달에 힘입어 세계적인 스타와 세계적으로 성공한 사람들의 이야기를 꾸준히 접하면서 그들과 자신을 끊임없이 비교하게 된다는 것입니다. 그럼으로써 현대인은 자신의 하찮은 자존감에 상처를 받고 위축되면서 더 나아가 두려움까지 갖게 된다는 것이지요. 유명인사에 비하여 너무나 보잘것없는 신세가 된 자신을 돌아보며 현대인은 스스로가 절대 행복하지 않다고 느끼게 된다는 것입니다.

이렇게 보면 행복은 겉으로 드러나는 외양적인 것에 크게 좌우되는 것은 아닙니다. 오히려 보이지 않는 그 무엇에 의해 좌우되는 것이지요. 그것은 소박하고 평범한 것일 수도 있는데요. 그것을 단적으로 보여주는 글이 있습니다. 제프 딕슨[Geoff Dixon]이 처음 인터넷에 올린 이후, 독자들이 한 줄씩 보탠 것인데요. 겉은 풍요롭게 변했지만 안은 빈곤해진 현재 우리 상황을 잘 보여주고 있습니다.

> 집은 커졌지만 가족은 더 적어졌다.
> 더 편리해졌지만 시간은 더 없다.
> 약은 많아졌지만 건강은 더 나빠졌다.

생활비를 버는 법은 배웠지만
어떻게 살 것인가는 잊어버렸고
인생을 사는 시간은 늘어났지만
시간 속에 삶의 의미를 넣는 법은 상실했다.

달에 갔다 왔지만
길을 건너가 이웃을 만나기는 더 힘들어졌다.
외계를 정복했는지 모르지만
우리 안의 세계는 잃어버렸다.

　첨단 기술의 발달로 편리하고 풍요로운 생활환경이 마련되기는 했지만 내면적으로는 빈곤이 더 악화되는 결과를 가져왔습니다. '외양적 풍요 속에 내면적 빈곤'인 셈이지요. 언제부터인가 우리는 아침 일찍 일터로 출근하여 밤늦게까지 일에 매달리게 되었습니다. 유럽인들은 근무 시간이 상대적으로 적으니 우리보다는 시간이 많이 남습니다. 그들은 그 시간을 집에서 자녀들을 위하여 요리도 하고 정원도 가꾸며 또 자녀들에게 삶의 지혜를 전수하는 여가 시간으로 활용합니다. 그러나 우리나라 가장들은 직장에서 하루의 대부분을 보냅니다. 좀 과장해서 말하면 가정은 그저 잠을 자고 아침밥을 먹는 하숙집에 불과하지요. 가족과 함께 보낼 시간은 거의 없습니다. 따라서 가족 간의 유대감은 적어지고 이것 또한 행복의 체감지수를 떨어뜨리는 요인으로 작용합니다.

과욕이 부른 불행

　　　그런데 잘 생각해 보면 우리는 일에 대하여 이중적인 태도를 갖습니다. 무슨 말인가 하면 일을 싫어하면서도 한편으로는 일을 하려고 합니다. 왜냐하면 일을 통하여 인정받기를 원하기 때문이지요. 일을 통하여 능력을 발휘하고 인정을 받는다면 그에 대하여 합당한 보상이 뒤따른다고 믿기 때문입니다. 그래서 엄청난 보상이 걸려 있다면 그 보상 기대치 때문에 모여드는 경쟁자와 열띤 경쟁도 마다하지 않습니다.

그런데 더 많은 것, 더 좋은 것이 걸려 있는 경쟁은 더 치열하고 과열될 수밖에 없습니다. 과열되다 보니 불법적이거나 비열한 수단을 동원해서라도 꼭 이기려는 욕심을 부리기도 합니다. 그런데 그 지나친 욕심은 늘 파국을 몰고 옵니다. 인간의 과욕이 부르는 불행과 파멸. 그것을 잘 보여주는 소설이 있습니다. 바로 미국의 소설가 존 스타인벡[John Steinbeck](1902~1968)이 쓴 『진주』라는 작품입니다.

존 스타인벡은 1930년대 사회적 사실주의 문학의 거장입니다. 미국 대공황 시기의 정치경제적 불안이 낳은 공포와 비참한 현실에 관심을 갖고 이것을 자신의 소설 작품 속에서 다루었습니다. 그는 포도주로 유명한 미국 캘리포니아 주 살리나스 계곡에서 지방 공무원인 아버지와 전직 교사였던 어머니 사이에 태어났습니다. 스탠포드 대학에 입학하였지만 중퇴하고 1930년 결혼할 때까지 이렇다 할 직업을 갖지 않고 여행과 독서 그리고 글쓰기를 하면서 지냈습니다. 그러다가 1935년 『토틸라 마을』을 출판하면서 작가로 이름을 알렸고 그 후 몇몇 작품을 거쳐 1939년 그의 대표작인 『분노의 포도』를 발표하고 퓰리처상을 받았습니다. 그 후 1952년 『에덴의 동쪽』 등을 출판하며 노벨상도 수상하게 됩니다. 『진주』는 1947년에 발표한 작품인데요. 멕시코 사람들 사이에 전해지는 민담을 소설로 각색한 것입니다. 진주 하나를 놓고 벌이는 인간의 탐욕과 범죄, 그리고 그로 인한 불행을 적나라하게 보여주는 작품입니다.

그 줄거리는 이렇습니다.

  멕시코의 어느 해안가에 키노라는 어부와 그의 부인 주아나, 그리고 그들의 아기 코요티토가 살고 있었습니다. 어느 날 침대에서 잠자던 아기가 전갈에 물립니다. 키노 부부는 목숨이 위태로운 아기를 품에 안고 의사를 찾아갑니다. 그러나 그들에게 돈이 없다는 이유로 의사는 치료를 거절하지요.

  아기의 치료비를 벌기 위해 키노는 진주를 캐러 바다로 나갑니다. 하늘의 도움이 있어서 그런지 키노는 운 좋게 갈매기 알만큼 커다란 진주를 캐게 됩니다.

  그런데 키노가 엄청나게 큰 진주를 가지고 있다는 소문이 온 마을에 퍼지자 제일 먼저 의사가 자진해서 키노를 찾아옵니다. 그런데 그날 밤, 키노의 집에는 진주를 훔쳐 가려는 도둑이 듭니다. 간신히 도둑을 물리친 키노는 그 다음 날 진주를 팔러 갑니다. 그런데 상인들은 서로 짜고 키노의 진주에 대해 터무니없이 싼 가격을 부릅니다. 상인들과 몇 차례 흥정을 벌였지만 가격이 맞지 않아 결국 키노는 진주를 팔지 못하고 할 수 없이 진주를 가지고 다시 집으로 돌아옵니다. 그런데 그날 밤 또 도둑이 들고 키노는 도둑과 사투를 벌이게 되지요.

  아내 주아나는 생명의 위협을 느끼자 남편에게 진주를 갖다 버리는 것이 좋겠다고 말합니다. 하지만 키노는 아내의 충고를 따르지 않습니다. 그런데 그날 새벽에 또다시 도둑이 듭니다. 그 도둑과 결투를 벌이다 키노는 도둑을 죽이게 되지요. 할 수 없이 키노 부부는 아기를 안고 마을에서 도망을 칩니다. 그러자 진주를 노리는 추적자들이 곧 부부를 쫓아옵니다. 쫓고 쫓기던 끝에 키노 부부는 동굴 속으로 숨어듭니다. 그런데 아이의 울음소리 때문에 위치가 노출되고 추적자가 쏜 총에 맞아 아이가 죽게 됩니다.

죽은 아이와 함께 마을로 돌아온 키노. 키노는 진주를 캤던 바로 그 바닷가에 나와 진주를 꺼냅니다. 진주를 손에 들고 바라보니 바로 그 진주 표면에 악마의 얼굴이 비칩니다. 악마가 그의 눈을 빤히 보고 있었습니다. 키노는 결심한 듯 진주를 바다로 힘껏 던져 버렸습니다. 진주는 천천히 바다 속으로 가라앉습니다. 그 위로 천천히 모래가 덮이고 이윽고 진주는 보이지 않게 되었습니다.

진주를 서로 차지하려고 벌이는 인간의 탐욕스런 싸움. 이것은 마치 사이좋게 놀고 있는 동네 개들에게 뼈다귀 하나를 던져 주었을 때 상황과 흡사합니다. 먹을 것이 눈앞에 떨어지면 언제 사이가 좋았던가 하듯이 으르렁거리며 살벌한 싸움판이 벌어지지요.

남이 나보다 좋은 것을 갖고 있을 때 느끼는 질투와 시기심. 이런 본능적인 욕심은 밑 빠진 독에 물을 붓는 것처럼 아무리 채워도 가득 채워지지 않습니다. 정상적으로는 욕심을 충족시킬 수 없고 억지를 부리고 오기를 부리다 보니 결국 탈이 납니다. 이러한 무리수는 선량한 다른 사람들에게 막대한 피해를 입힙니다. 그런데 지나친 욕심에 대한 애꿎은 희생자가 주변에 있는 사람만으로 국한되는 것은 아닙니다. 때로는 동물도 그 피해자가 됩니다. 미식가들이 선호하는 푸아그라를 아시지요. 원래 '기름진 간'이라는 뜻인데요. 송로버섯, 캐비아와 함께 서양요리의 3대 진미로 꼽히는 것입니다. 하지만 동물 보호주의자들은 줄곧 푸아그라의 생산과 판매를 금지해야 한다고 주장해 왔습니다. 그 이유인즉슨 이렇습니다. 푸아그라를 얻기 위해서는 특별한 사육방법을 통해서 거위나 오리의 간을 비정상적으로 키워야 하는데요, 이 과정에서 거위와 오리가 엄청난 스트레스와 고통을 받기 때문에 그 자체가 동물학대라는 겁니다. 인간의 식탐 때문에 애꿎은 거위나 오리가 고통을 당한다는 것이지요. 푸아그라는 거위나 오리가 오랜 옛날 철새였을 때 가지고 있던 DNA를 살짝 이용한 겁니다. 철새들은 원거리를 이동할 때 쓰기 위한 영양분을 미리미리 간에다 축적합니다. 이 사실에 착안하여 푸아그라 생산자들은 거위나 오리의 식도에 관을 연결하여 이를 통해 하루에 수차례 곡물사료를 주입합니다. 그렇게 하면 거위나 오리의 간은 정상보다 10배쯤 커집니다. 이런 식으로 푸아그라를 얻는데요. 문제는 인간의 욕심과 이기심이지요. 자신에게 필요한 것을 얻기 위해서라면 거위나 오리에게 강제로 사료를 주입하는 것도 마다하지 않으니까요.

이기적 진실

우리 인간은 이기적인 생각으로 더 좋은 것을 더 많이 가지려고 하다 보니 그 영역이 물질적인 것에만 국한되지 않습니다. 이미 사고 영역까지 확대되어 이제 우리는 자신에게 유리한 것만을 좇으며, 보고 싶은 것만 보고, 믿고 싶은 것만 믿는 '선택적 지각'을 하게 되었습니다. '선택적 지각'이란 원래 쏟아지는 새로운 정보를 접할 때, 마음의 갈등 없이 신속하게 문제를 처리하기 위한 방편입니다. 무의식적으로 자신에게 불리한 것은 외면하고, 보기 싫은 것은 보지 않고, 또 믿고 싶지 않은 것은 빼 버리는 것이지요. 그러고는 자신이 믿고 있는 신념이나 판단에 일치하는 정보만 계속 수용하다 보니 객관성을 잃고 한쪽으로 쏠리는 '확증편향'이 일어나게 되는 것입니다. 이것은 미국의 저널리스트인 파하드 만주^{Farhad Manjoo}가 쓴 『이기적 진실』에서 언급하고 있는 '주관적 진실'과 같은 의미입니다.

이렇게 욕심을 앞세워 주관적인 사고를 하는 사람들은 성향이 같은 사람끼리 뭉쳐서 우리 편과 상대편으로 편 가르기를 합니다. 게다가 자기편이면 옳고 자기편이 아니면 틀린 것으로 간주하는 편향된 사고를 갖게 됩니다. 말하자면 집단주의 사고방식을 갖게 되는 것이지요. 특히나 또래 집단은 거의 같은 생각을 갖고 있기 때문에 동류의식이 저절로 생기고 이 때문에 집단극단화가 일어나기 쉽습니다. 그래서 자신들이 생각하는 것 이외의 다른 것은 이성적으로 검증하려고 하지도 않습니다. 무조건 자기네 집단은 좋은 것이고 다른 집단은 나쁘게 보는 '내^內집단 편향적 지각'을 하게 되지요. 이것은 아시다시피 편견을 낳습니다. 독설과 독특한 행동으로 유명한 영국의 극작가 버나드 쇼^{George Bernard Shaw}(1856~1950)의 일화 중에 이런 것이 있습니다.

어느 날, 버나드 쇼는 프랑스 조각가 로댕^{Auguste Rodin}(1840~1917)의 작품을 싫어하는 안티로댕 클럽의 회원들을 초대하였습니다. 그 자리에서 쇼는 데생 한 장을 보여주며 얼마 전에 구입한 로댕의 작품이라고 하였지요. 그랬더니 그 자리에 모인 사람들은 자세히 보지도 않고 데생이 수준 이하라고 마구 깎아내렸습니다. 한참을 듣고 있던 쇼가 사람들의 말을 끊으면서 사실 그것은 미켈란젤로^{Buonarroti Michelangelo}(1475~1564)의 작품이라고 말했지요. 그러자 사람들은 자신들이 했던 발언들을 급히 수정하기에 바빴습니다.

있는 그대로 보는 것이 아니라 볼 수 있는 것만 보는 것. 보편적인 것이 아니라 자기만의 잣대로 재고 자기만의 셈법으로 계산하는 편견. 결과적으로 같은 것에 대한 전혀 다른 시각과 평가인데요. 내가 하면 로맨스, 남이 하면 스캔들. 자기편은 괜찮고 상대편이면 무조건 안 된다는 억지 논리인데 그것처럼 잘못된 것도 없습니다.

인간의 지나친 욕심, 자신만을 위하는 이기심, 욕심과 이기심을 감추려는 위선, 자기와 자기편만 옳다는 편견. 프랑스 소설가 모파상^{Guy de Maupassant}(1850~1893)은 그의 작품 『비계 덩어리』에서 이 점을 신랄하게 풍자하고 있습니다.

프로이센과의 전쟁에서 패한 프랑스의 북부 도시 루앙. 열 명의 시민들이 어렵게 구한 여행 허가증을 가지고 마차 한 대로 루앙 시를 빠져나가고 있습니다. 명문 귀족인 백작 내외, 방직공장을 여러 개 가진 도의회 의원 내외, 포도주 도매상 내외, 두 명의 수녀, 부모로부터 물려받은 재산으로 무위도식하며 정계 진출의 기회를 엿보던 공화주의자 한 명, 또 '비계 덩어리'라는 별명을 가진 매춘부가 그들입니다.

그런데 교양과 체면으로 치장한 이들은 비계 덩어리가 매춘부라는 사실이 밝혀지자 그녀를 본척만척 외면하고 자기들끼리만 이야기를 합니다.

때는 추운 겨울날이었습니다. 짙은 안개와 눈발 때문에 마차는 평소

보다 훨씬 달리는 속도가 느려집니다. 철저한 준비 없이 길을 나선 이들은 엄습한 추위와 허기가 몰아닥치자 무척이나 초조해합니다. 그때 비계 덩어리가 바구니를 열어 준비해 온 음식을 나누어 주지요. 일행은 비계 덩어리가 가지고 온 통닭과 포도주, 그리고 파이와 과일 등을 나누어 먹으며 허기를 면합니다. 이전까지는 눈길도 마주치지 않으려 했던 사람들이 비계 덩어리가 음식을 나누어 주자 전혀 다른 모습을 보여줍니다. 체면을 차리고 거드름을 피우던 포도주 상인 부부도 아양을 떨기 시작합니다.

어느덧 마차는 시내에 들어와 숙박할 집에 도착합니다. 그런데 바로 그때 프로이센의 장교가 여행 허가증을 제시하라며 한 사람씩 검열을 하기 시작합니다. 검열이 무사히 끝나자 사람들은 안도의 숨을 내쉬었습니다. 그러나 그게 끝이 아니었습니다. 여행 허가증이 있음에도 불구하고 프로이센의 장교가 이들의 출발을 허락하지 않았기 때문이지요. 그 이유는 단 한 가지. 프로이센의 장교는 비계 덩어리와의 동침을 원했습니다. 이 사실을 알게 된 동행자들은 적군 장교의 파렴치한 요구에 치를 떨며 분노했습니다.

하지만 하루 또 하루가 지나가면서 분위기는 돌변합니다. 오히려 사람들은 비계 덩어리를 원망하기 시작했지요. 그들은 심지어 비계 덩어리 한 사람만 붙잡아 두고 다른 사람들은 떠날 수 있게 해 달라고 요청하기도 했습니다. 그러나 프로이센 장교는 그럴 수 없다고 통보했지요. 그러자 그들은 비계 덩어리를 적군 장교에게 보내기 위해 그녀를 설득하기 시작합니다. 그들은 비계 덩어리에게 입을 모아 희생의 미덕을 역설했지요. 하지만 그녀는 완강하게 거부했습니다. 급기야 그들은 매춘부 주제에 남자를 가린다는 비난까지 퍼붓게 됩니다. 이제 그들에게 적은 프로이센의 장교가 아니라 자신들과 동행할 자격이 없는 창녀, 즉 비계 덩어리였던 것입니다. 그녀는 또다시 프로이센 장교에게 가는 것을 거부하지만 수녀의 설득과 백작의 회유 때문에 결국 그들의 요청을 받아들이게 됩니다. 비계 덩어리가 프로이센의 장교를 찾아간 그날 밤, 사람들은 술을 마시며 웃고 떠들어 댑니다. 비계 덩어리 같은 창녀들은 국적에 관계없이 군복 입은 남자라면 다 좋아할 거라고 비아냥거리기까지 합니다.

다음 날 아침, 마침내 떠나도 좋다는 허락이 떨어집니다. 바로 그때 비계 덩어리가 무안해하는 모습을 보이며 마차에 올라타지요. 그러나 그녀를 맞이하는 사람들의 태도는 감사의 표현도 아니었고, 또 프로이센 장교에 대한 분노도 아니었습니다. 그들은 철저히 그녀를 무시하고 외면했지요. 그들의 태도는 단지 불결한 존재와의 접촉을 피하려는 그런 몸짓일 뿐이었습니다. 그러면서 그들은 미처 음식을 준비하지 못한 그녀 앞에서 자기네들만 음식을 꺼내 먹습니다. 누구 하나 비계 덩어리에게 음식을 권하지 않습니다. 비계 덩어리는 화가 나서 음식을 먹고 있는 이들을 노려봅니다. 그러다가 그들이 야속해서 걷잡을 수 없이 눈물을 쏟아 냅니다. 이때 사람들은 비계 덩어리가 부끄러워 우는 것이라고 수근거립니다.

자신의 욕심만을 앞세우며 다른 사람의 희생을 강요하는 사람들. 더 나아가 타인의 고귀한 희생에 고개를 숙이기는커녕 그것을 인정하고 감사하는 것조차 거부하는 사람들. 백작 부부, 공화주의자, 수녀, 귀부인.

이들은 모두 이기심과 편견에 사로잡혀 얄팍한 인간이 되어 버린 우리들의 일그러진 모습이 아닐까요.

끊임없는 욕망은 형벌

양심도 체면도 없는 사람들. 그러나 위세 당당하게 거드름을 피우는 위선자의 모습으로 자신의 욕심만을 생각하는 이기주의자들. 그런데 우리들을 이렇게 탐욕스런 이기주의자로 만든 것이 과연 본능적인 욕심, 그것뿐일까요. 예를 들어 보통 사람들이 갖기 힘든 천만 원짜리 명품백. 그것을 갖고 싶어 하는 여성들의 심리를 본능만으로 설명할 수 있을까요. 물론 여성들이 명품백을 자궁과 동일시하여 좋은 주머니를 욕심낸다는 설명도 일리는 있지만 그것이 다는 아닐 겁니다. 본능적 욕심을 부채질하는 무엇이 있을 겁니다.

결론적으로 말하면 그 주범 중에 하나가 바로 유행입니다. 후기 자본주의를 이끄는 강력한 소비조작 메커니즘 가운데 하나이지요. 생산자가 계속해서 신상품을 생산하기 위해서는 소비자가 쓰던 물건을 버리고 신상품을 구입하게 만들어야 하는데 유행이 바로 그 역할을 하고 있다는 겁니다.

원래 초기 자본주의는 금욕주의에 바탕을 둔 것이었습니다. 이것은 독일의 사회학자 막스 베버^{Max Weber}(1864~1920)가 쓴 『프로테스탄티즘의 윤리와 자본주의 정신』에 잘 나타나 있지요. 그는 서양에서 자본주의가 발전한 것은 프로테스탄티즘과 그 기저에 깔려 있는 금욕정신이라고 말했습니다. 기독교 전통에 따라 천국에 가려면 현세에서는 육체적 쾌락을 절제하고 금욕적인 삶을 살아야 한다는 것이지요. 그리하여 소비자는 소비를 최대한 억제하고, 자본가는 남는 이윤을 다시 생산 부분에 투자하여 생산성을 높임으로써 자본주의가 발달한다고 주장했습니다.

그러나 베버의 주장이 나오자마자 반론을 제기한 사람이 있었지요. 바로 그의 절친한 동료였던 좀바르트^{Werner Sombart}(1863~1941)입니다. 그의 저서 『근대 자본주의 발전사에 대한 연구』의 논지는 이겁니다. 베버가 말한 대로 금욕주의에 바탕을 두고 소비를 억제한다면 생산자가 만들어 낸 상품들은 누가 살 것인가. 상품이 팔리지 않으면 자본가는 어떻게 재투자를 하여 생산성을 높일 수 있겠는가. 좀바르트는 이러한 문제를 제기하며 베버의 주장을 반박하였습니다. 그러면서 자본주의 발달의 비결은 '소비'이며 '사치'라고 주장하였지요.

그런 와중에 19세기 후반이 되자 산업혁명에 이은 과학 기술의 발전으로 생산성이 높아져 상품의 대량생산이 가능해졌습니다. 그 결과 상품들이 넘쳐나게 되었지요. 독일의 경제학자 만델^{Ernest Mandel}(1923~1995)이 말한 '후기 자본주의' 시대가 된 것입니다. 쌓여 있는 상품들을 처분하는 방법은 누군가가 그것을 구매해 주는 수밖에 없습니다. 아니, 누군가가 상품을 구매하게 만들어야 합니다. 바로 이것을 위해 후기 자본주의는 인간의 욕망을 최대한 이용합니다. 더 예쁜 디자인으로 포장되어 소비자를 유혹하는 신상품. 언제 어느 때나 충동구매를 가능케 하는 신용카드. 끊임없이 신상품을 소비하게 만드는 유행. 쉴 틈 없이 욕망을 부추기는 광고. 이렇게 후기 자본주의는 정치경제 및 문화적 수단을 총동원하여 사람들의 욕망을 부추기고 상품을 구매하게 만듭니다.

그렇다면 후기 자본주의 사회에서 우리들은 과연 행복할까요. 결론적으로 말하면 그렇지 않습니다. 점점 욕망의 늪에 빠져 허우적거리다가 결국 파멸에 이르게 되지요. 이것을 비유적으로 잘 보여주는 것이 있습니다. 바로 에스키모인들이 늑대를 사냥할 때 쓰는 방법입니다. 에스키모인들은 늑대를 잡기 위해 먼저 날이 시퍼렇게 설 정도로 칼을 잘 갈아 놓습니다. 다음에 그 날카로운 칼날에 다른 동물의 피를 묻혀서 눈밭에 꽂아 놓습니다. 그러면 피 냄새를 맡고 늑대가 다가옵니다. 늑대는 처음에 칼날에 묻은 피를 핥아 먹습니다. 그러다가 칼날에 혀를 베게 됩니다. 그러면 칼날에는 늑대 자신의 피가 묻게 되지요. 그런데도 늑대는 피 맛을 보았기 때문에 핥는 동작을 그만두지 못합니다. 결국 늑대는 점점 혀를 많이 베이게 되고 그것 때문에 과다 출혈도 죽고 맙니다.

이 늑대사냥 방법은 시사해 주는 바가 큽니다. 쇼핑중독이라는 말 들어 보셨지요. TV 홈쇼핑 채널, 인터넷 쇼핑 사이트, SNS의 소셜커머스 등에서는 온갖 수단을 동원하여 소비를 충동질합니다. 이 유혹에 빠져들면 칼날을 핥던 늑대처럼 헤어나기 어렵습니다. 시작은 미미한 것이었는데 결국 감당할 수 없는 엄청난 폐해의 소용돌이에 말려드는 것입니다.

대부분의 욕망은 마치 앞서 가는 그림자를 잡으려는 것처럼 이룰 수 없는 것입니다. 그런데도 우리는 부질없이 욕망을 좇습니다. 그리스 신화에 나오는 죄인 시지프스처럼 말이지요. 시지프스는 커다란 암석을 산 정상까지 밀어 올리는 형벌을 받았습니다. 그런데 그 돌을 산 정상에 올려놓는 순간 다시 산 아래로 굴러 떨어집니다. 그래서 다시 또 밀어 올려야 하지요. 그런데 밀어 올려놓으면 또 굴러 떨어지고, 다시 밀어 올리면 또다시 굴러 떨어집니다. 결국 밀어 올리는 일은 부질없는 짓일 뿐입니다. 이루어지지 않을, 결코 만족될 수 없는, 헛된 그것을 이루려고 끊임없이 욕심을 부리는 시지프스. 그것이 바로 우리의 모습이 아닐까요.

소중한 것은 가까이에

얼마 전 미국 미시건대학의 잉글하트^{Ronald Inglehart} 교수는 삶의 질에 관한 연구를 발표했습니다. 그 연구에 따르면, 근래에 들어 사람들의 가치관에 많은 변화가 생겼다는 것입니다. 그 변화 중에 눈에 띄는 것은 사람들이 소득과 안정보다는 복지와 즐거움에 관한 것들을 더 중요하게 여긴다는 것이지요. 앞에서도 보았듯이 소득과 행복지수는 별 상관관계가 없습니다. 그것이야말로 '심리적 대비 현상'으로 설명되는 것이지요. 옆 사람이 나보다 소득이 높으면 나는 가난하다고 느끼는 겁니다. 또 옆 사람이 나보다 소득이 낮으면 나는 부자입니다. 문제는 그런 것이 아니라 마음이 문제입니다. 즉 욕심을 버리고 마음을 비우는 것인데요. 어렵겠지만 수행을 하는 수도승의 마음을 가져야 한다는 것입니다. 수도승들이 입은 옷을 본 적이 있습니까. 인도의 승려들이 입는 옷인 사프란은 원래 죽은 사람의 시체를 싸는 수의 색깔입니다. 수도승은 이미 죽은 사람과 마찬가지라는 암시를 하는 것이지요. 또한 자연으로 돌아가는 날 입는 수의에는 주머니가 없습니다. 'Shrouds have no pockets'라는 영어 속담이 그것인데요. 어차피 아무것도 가져갈 수 없으니 지금 가지고 있는 것들을 버리고 비우라는 메시지입니다. 빈손으로 왔다가 빈손으로 가는 것이 인생이라며 공수래공수거空手來空手去라는 말 쓰지 않습니까. 부질없는 욕망을 쫓아다닐 것이 아니라 다 버리고 이 순간 찾아온 소박한 행복을 찾으라는 것이겠지요.

> 봄을 찾아 하루 종일 헤맸으나 찾지 못했고
> 짚신 닳도록 구름 덮인 먼 산까지 찾아 다녔네.
> 지쳐서 돌아오니 뜰 앞에는 매화향기 가득하고
> 봄은 이미 매화나무 가지에 달려 있었네.

　여기에도 그런 메시지가 잘 담겨 있습니다. 작가 미상의 중국 한시인데요. 봄을 찾아 하루 종일 헤매고 다니다가 지쳐서 집에 돌아오니 정작 봄은 매화나무 가지에 달려 있었다는 겁니다. 찾으려는 봄. 그것은 내가 찾으려고 하는 나의 행복, 소망. 그런 것이 아닐까요. 그런데 그렇게도 내가 바라던 것은 멀리 있는 것이 아니라는 겁니다. 바라던 것은 오히려 가까운 곳에 있다는 것이지요. 거창한 것을 바라고 인생 내내 뛰어다니지만 결국 바라는 것은 바라는 것으로 끝날 뿐. 진짜 소중한 것은 내 옆을 지키고 있던 작은 것, 아니면 가족과 친구입니다. 그러니 마음을 피폐하게 만드는 지나친 욕심은 이제라도 버리고 곁에 있는 작은 행복을 찾아야 하지 않을까요. 지금 옆에서 나를 기다리는 것. 그 작은 행복이 무엇인지, 또 나를 기쁘게 해 주는 사람이 누구인지 한번 둘러보시지요.

내 영혼 바람 되어

피할 수 없는 외길

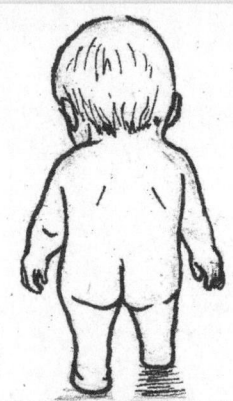

나는 자연에서
태어났습니다

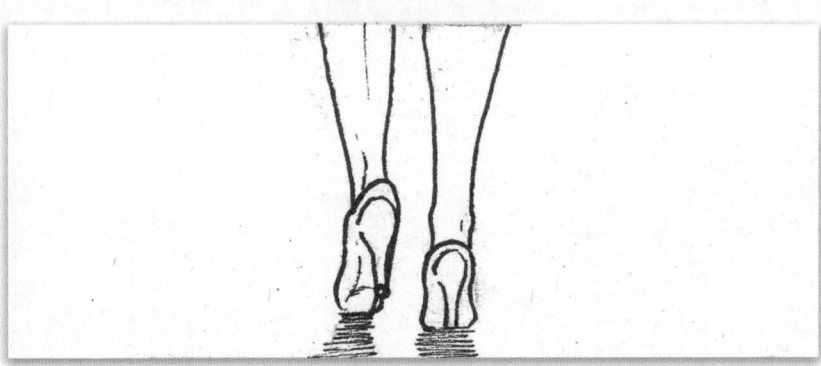

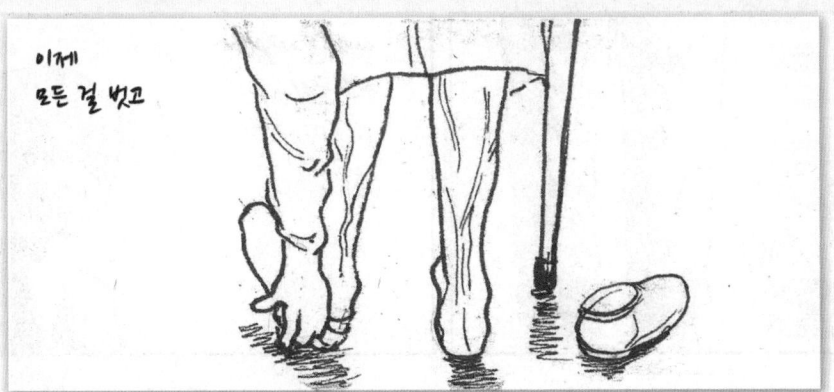

이제
모든 걸 벗고

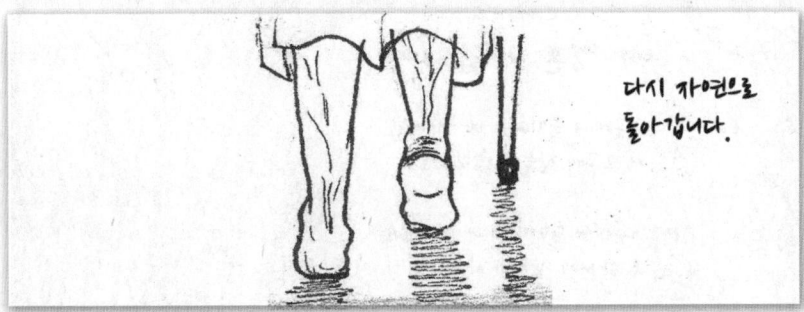

다시 자연으로
돌아갑니다.

응?
그 때
그 생쥐?

나도 돌아갈 때가
되었구나......

내 영혼 바람되어

그곳에서 울지마오 나 거기없소
나 그곳에 잠들지 않았다오

그곳에서 슬퍼마오 나 거기없소
그 자리에 잠든게 아니라오

나는 천의 바람이 되어
찬란히 빛나는 눈빛 되어
곡식 영그는 햇빛되어
하늘엔 가을비 되어

......
밤이 되면 저 하늘 별빛 되어
부드럽게 빛난다오

영국이 북아일랜드와 갈등을 겪던 1950년대
전투에 참가했다 사망한 청년 스티븐 커민스
부모에게 보내는 그의 편지에 적혀 있던 시

내 죽음을 슬퍼하지 마세요
나는 죽은 것이 아닙니다
바람, 눈, 햇살, 가을비, 밤하늘의 별
이것이 나의 모습입니다
그러니 슬퍼하지 마세요

피할 수 없는
외길

바람직한 노후

　　나이가 들어가면서 12월이 되면 문득 생각나는 시 구절이 있습니다. 언젠가 한시 집에서 본 것인데요. 몸은 그대로인데 거울 속 얼굴은 해마다 달라진다는 시 구절이었습니다. 그래서 나이가 들면 거울을 보지 않게 된다고 하던가요. 갈수록 적어지는 머리숱인데 그것도 흰 머리카락이 눈에 띄게 늘어납니다. 수염까지 하얀 것들이 몇 가닥씩 생기더니 급기야 눈썹까지 옮겨 왔습니다. 눈 밑에 잡히는 주름. 볼은 작년보다는 더 파인 것 같고 다리는 점점 가늘어집니다. 눈은 자꾸 침침해져 잔글씨를 볼라 치면 몇 번 껌벅거려야 합니다. 그것은 그래도 괜찮습니다. 아예 보기를 포기하는 글자 크기가 깨알에서 팥알 크기로 커졌습니다. 소리는 또 어떻습니까. TV의 음량 크기를 나타내는 막대그래프가 점점 길어집니다.

반응이 느려지고 감각이 무뎌지는 것이야 이미 각오한 바이지만 그래도 서글픈 심정은 어쩔 수가 없습니다. 하여 앞서 살다 가 인생 선배들이 한 말들을 떠올리며 억지로 위안을 삼아 봅니다. 'Tears in Heaven'으로 유명한 전설적인 기타리스트 에릭 크랩튼^{Eric Clapton}. 그도 나이 듦에 대한 실감나는 말을 남겼지요. 나이 50이 넘어 다행인 것은 여자를 보면서도 더 이상 생물학적인 충동을 느끼지 않게 되었다는 것입니다. 그거 정말 다행인가요. 또 지난 세기 최고의 지성인이었던 버트런드 러셀^{Bertrand Russell}(1872~1970). 그는 젊음이 가고 나면 즐거울 일이 별로 없다고 했습니다. 이렇게 앞서 간 사람들의 말을 들으며 노년이 되면 다 그렇게 되는 건가라는 생각에 만감이 교차합니다.

그런데 걱정스런 것이 하나 있습니다. 우리나라 중년 사람들의 노후 준비가 되어 있지 않아서 불행한 삶이 될 수도 있다는 언론 보도를 본 적이 있습니다. 특히 한국의 남성들은 은퇴 후에 마땅히 할 일이 없어 그냥 집 안에 틀어박혀 세 끼 밥만 챙겨먹으며 아내와 함께 TV 드라마를 많이 보는 것으로 알려져 있습니다. 이것은 일본에서도 마찬가지인가 봅니다. 일본에서는 은퇴 후에 아내만 졸졸 따라 다니는 남편을 '젖은 낙엽'이라고 하는데요. 가을비 내리는 날, 거리를 걸을 때 구두 밑창에 달라붙는 젖은 낙엽 같은 신세라는 것이지요. 그래서 노후의 삶에 대한 자성의 결과인지는 몰라도 최근 일본에서는 노후에 '오팔'족이 되려는 사람들이 많아졌다고 합니다. 오팔^{OPAL}은 'Old People with Active Life'의 머리글자만 따서 만든 단어인데요. '활동적인 삶을 살고 있는 노인들'이란 뜻입니다. 의학의 발달로 수명이 늘어남으로써 노후에 더 적극적이며 활동적인 삶을 살아가려는 노인들을 지칭하는 말이지요.

우리나라에서도 올 들어 베이비부머 세대의 은퇴가 본격화되면서 귀농 인구가 부쩍 늘었습니다. 물론 이 가운데는 농사를 짓지 않고 그저 전원생활을 즐기려 내려온 사람들도 있지만 대부분 농사일을 배워 가며 농촌 생활을 즐기고 더 나아가 삶의 활기를 되찾으려는 사람들입니다. 이는 예전의 우리 조상님들의 모습과도 닮아 있습니다. 조선 후기의 실학자였던 이덕무^{李德懋}(1741~1793)도 한양에서의 고달픈 도시생활을 접고 귀농하여 농사일을 배웠던 모양입니다. 「유감」이라는 그의 시에 이러한 모습이 잘 나타나 있습니다.

> 동틀 무렵 농부별이 하늘에서 반짝일 때
> 안개 뚫고 서리 맞으며 동쪽 논에 나갑니다.
> 냉혹한 세상만사 가난 탓에 맛보았고
> 온갖 환대멸시는 객지에서 다 겪었지요.
> 늙으신 부모님 계시니 어찌 천한 일 마다하리오.
> 재주 또한 모자라니 육체노동이 제격입니다.
> 경략의 달변 또한 없으니 이를 문질러 잡으리오.
> 반기는 얼굴로 시골 노인네나 맞이해야지요.

경략의 달변 없으니 이를 잡는다는 구절이 있는데요. 여기서 경략^{景略}은 중국 동진시대의 인물로 아주 건방지고 안하무인이었던 정치가, 왕맹^{王猛}(325~375)을 말합니다. 그는 사람들과 마주 앉아 대화하면서 이를 문질러 죽이기도 하는 등 무례한 짓을 한 사람으로 유명합니다. 시 속의 화자는 자존심 강한 조선의 사대부 아니겠습니까. 사랑방에 꼿꼿하게 앉아서 글이나 읽어야 할 고고한 선비인데요. 그런 선비가 생활고 때문에 자의 반 타의 반으로 농사일을 하게 된 서글픈 심정을 노래하고 있습니다.

그런데 이런 귀향, 귀농이 비단 우리만의 일은 아닌 것 같습니다. 아주 멋있는, 그래서 전원생활을 동경하게 만든 모범을 보여준 부부가 있었습니다. 1930년대 초, 대공황의 여파로 시달리던 시기에 뉴욕을 떠나 버몬트 시골마을로 거주지를 옮긴 스콧 니어링Scott Nearing(1883~1983)과 헬렌 니어링Helen Nearing(1904~1995)이 바로 그들입니다. 그 부부는 버몬트 숲에서 보낸 20년의 일상을 기록하여 『조화로운 삶』이라는 책을 출간하였습니다. 물론 그전에 헬렌 니어링은 『아름다운 삶, 사랑 그리고 마무리』라는 자서전을 썼는데요. 그녀는 스콧 니어링과 결혼하기 전, 우리에게 『살며 사랑하며 배우며』의 저자로 알려진 크리슈나무르티Jiddu Krishnamurti(1895~1986)의 연인이기도 했습니다.

전원으로 이주하면서 니어링 부부는 세 가지 원칙을 세웠습니다. 경제적으로 자립하는 삶, 건강한 삶 그리고 올바른 삶. 바로 이것이었지요. 그를 위하여 세부원칙을 다시 세웠습니다. 생필품의 절반 정도는 자급자족할 것, 돈 벌 목적이 아니니 채소와 곡식 같은 것은 먹을 만큼만 생산하고 혹시 남으면 이웃에게 나누어 줄 것, 그리고 생명존중 사상을 실천하기 위해 가축은 기르지 말 것 등이었습니다.

노동 시간과 기타 삶에 관여하는 시간을 가급적 줄이고 여유 시간을 늘리려고 노력했습니다. 그래서 오전에는 먹고살기 위한 노동을 하고 오후에는 독서와 사색으로 자유 시간을 보냈지요. 니어링 부부는 인간성 말살과 노동 착취 같은 자본주의의 심각한 문제에 대하여 경각심을 고취시키며 또한 인간으로서 존엄하게 살아갈 수 있는 삶의 방식을 제시해 보려고 노력하였습니다.

　게다가 스콧 니어링은 그의 마지막 가는 길조차도 범상치 않은 방법을 택했습니다. 가장 자연스럽게 자연으로 돌아가는 방법을 평소에 생각해 놓았습니다. 그는 그것을 유언의 형태로 기록해 두었는데요. 바로 이것입니다.

　　주위 여러분에게 드리는 말씀

　　인생의 마지막 순간이 오면
　　나는 자연스럽게 죽게 되기를 바란다.
　　나는 병원이 아니고 집에 있기를 바라며
　　어떤 의사도 곁에 없기를 바란다.
　　(……)
　　그리고 나는 단식을 하다 죽고 싶다.
　　죽음이 다가오면 음식을 끊고
　　할 수 있다면 마시는 것도 끊기를 바란다.
　　(……)
　　내가 죽은 뒤 되도록 빨리 친구들이
　　내 몸에 작업복을 입혀 침낭 속에 넣은 다음
　　평범한 나무 상자에 뉘기를 바란다.
　　(……)
　　화장터로 보내어 조용히 화장되기를 바란다.
　　어떤 장례식도 열려서는 안 된다.
　　화장이 끝난 뒤 되도록 빨리 나의 아내가,
　　만일 아내가 나보다 먼저 가거나 그렇게 할 수 없을 때는
　　누군가 다른 친구가 재를 거두어
　　바다가 바라다 보이는 나무 아래 뿌려 주기 바란다.

스콧 니어링은 매우 건강한 삶을 살았기 때문에 90대가 되어서야 비로소 노인임을 받아들이기 시작했습니다. 그러다가 100세 생일을 앞둔 어느 날, 스스로 더 이상 쓸모 있는 존재가 아니라는 것을 느끼고 단식을 시작하여 물만 마시다가 세상을 하직하였습니다.

병원이나 어떠한 의학적인 도움을 원치 않는 자연스런 죽음. 장의사나 성직자가 아닌 친구의 손에 의해, 그리고 아내의 손에 의해 마지막 길을 가고 싶다는 소망. 왔던 곳으로 되돌아가는 것은 지극히 자연스런 일이기 때문에 여기에 타인에 의한 의식이나 화려한 허례허식은 당연히 필요 없는 것. 그런 자신의 생각을 거리낌 없이 그대로 실천했던 스콧 니어링. "생각하는 대로 살지 못하면 사는 대로 생각하게 된다"라는 그의 말이 절절히 가슴에 와 닿습니다.

백년해로와 해로동혈

니어링 부부의 삶을 보면서 문득 부부라는 인연과 사별을 생각해 보게 됩니다. 얼마 전 미국 워싱턴 공항공단의 찰스 스넬링Charles Snelling 회장이 6년 동안 치매를 앓던 그의 아내를 손발처럼 보살피다가 세상을 떠났다는 보도가 있었습니다. 그는 아내를 수발하는 것은 자신이 아내로부터 60년간 받은 빚을 갚는 일이라고 말했습니다. 그러면서 그는 자식들에게는 이렇게 편지를 남겼습니다. 행복에 대한 기대가 사라진 뒤까지 살지는 않기로 했다고 말하면서 금슬 좋은 그 부부는 한날한시 함께 세상을 떠났습니다.

부부가 함께 오래 살자는 백년해로百年偕老. 함께 늙고 죽어서도 한 자리에 묻히자는 해로동혈偕老同穴. 사실 부부라는 사람들은 피가 섞인 형제도 아닙니다. 부부는 촌수가 없는 무촌지간의 남남입니다. 서로 자라온 성장배경도 다르고 성격도 다르고 성별도 다른 남남이 만나 살면서 서로에게 조금씩 다가가는 부부라는 사람들. 함께한 세월만큼 생각과 기호와 말투와 몸짓과 심지어 생김새까지 닮아 가는 사람들. 그 부부관계를 잘 표현한 시가 있습니다. 스코틀랜드에서 태어나 투박한 방언으로 토속적인 시를 많이 썼던 로버트 번스Robert Burns(1759~1796). 사랑에 관한 일가견이 있었던 시인인데요. 그가 「나의 연인, 존 앤더슨」이라는 시로 부부의 인연을 이렇게 노래했습니다.

> 우리가 처음 알게 되었을 때
> 당신의 머리는 검었지요.
> 당신의 아름다운 이마는 주름이 없었습니다.
> 하지만 이제 그 이마는 벗겨졌습니다.
> 그 머리카락도 눈처럼 하얗습니다.
> 그렇더라도 서리 내린 당신의 머리 위에
> 축복이 있기를 기원합니다.
>
> 우리는 함께 언덕을 올라왔지요.
> 그리고 우리는 함께 즐거운 나날을 보냈습니다.
> 우리는 이제 힘겹게 다시 내려가야 합니다.
> 우리는 손을 잡고 내려가서
> 그 기슭에 함께 잠들 것입니다.

마주 보며 서로에게 다가가 서로에게 스며드는 사람들. 검은 머리일 때 만나서 세상이라는 높은 산을 함께 올라온 사람들. 이제 힘겹지만 손을 잡고 함께 내려가 그 기슭에 함께 잠들게 될 사람들. 그 사람들이 바로 부부인 것입니다. 너무 쉽게 만나고 너무 쉽게 헤어지는 요즘 세태를 떠올리며 잠시 잠자는 아내의 얼굴을 물끄러미 바라봅니다. 함께 세파를 헤쳐 가며 젊은 날의 아름다움을 다 바친 아내. 그런 아내에게 무엇을 돌려주었는가 하는 생각에 잠깁니다. 지금은 이렇지만 다음이 있겠지. 그런데 정말로 다음이란 시간이 주어질까. 이 순간 그것이 두려워집니다. 혹 돌려줄 기회가 주어지지 않아서 죽는 날까지 마음이 빚을 지고 살게 되는 것은 아닌지. 그런데 이런 걱정이 절대로 기우는 아닌 것 같습니다. 실제로 저미는 슬픔을 안고 살아야 했던 사람들이 있었습니다. 바로 그 옛날 조선시대 고고한 품격을 지키던 사대부 이계李誡(1453~1510)라는 사람인데요. 그는 아내를 먼저 보내고 상을 치른 뒤 남은 물건을 정리하게 되었나 봅니다. 그때 부인의 옷을 보면서 복받치는 슬픔을 「부인의 죽음을 애도하며」라는 시로 남겨 놓았습니다.

시집올 때 가져온 옷 절반이 새것인데
옷상자 열어 살펴보니 마음 더욱 아파라.
생전에 좋아하던 물건들 모조리 보내어서
빈산에 맡겨두고 먼지 되게 하리라.

하기야 조선시대만 해도 평균수명이 마흔 살도 채 안 되었으니 젊은 나이에 저세상 사람이 되는 경우가 많았을 겁니다. 더구나 의술까지 변변치 못해서 여인들은 아이를 낳다가 세상을 떠나는 경우도 많았었지요. 그러니 시집온 지 얼마 되지 않아서 젊은 나이에 죽었으니 남은 옷가지가 다 새것일 수밖에요. 부부가 사별한 경우 지금이라고 다르겠습니까. 여기 「접시꽃 당신」으로 우리들의 눈시울을 붉히게 했던 도종환 시인도 「옥수수밭 옆에 당신을 묻고」에서 그 슬픔을 이렇게 적었습니다.

> 견우직녀도 이 날만은 만나게 하는 칠석날
> 나는 당신을 땅에 묻고 돌아오네.
> 안개꽃 몇 송이 함께 묻고 돌아오네.
> 살아평생 당신께 옷 한 벌 못해주고
> 당신 죽어 처음으로 베옷 한 벌 해 입혔네.
> 당신 손수 베틀로 짠 옷가지 몇 벌 이웃께 나눠주고
> 옥수수밭 옆에 당신을 묻고 돌아오네.
> (……)

살아평생 옷 한 벌 못해 주고, 죽고 나서야 겨우 베옷 한 벌 해 입혔다는 구절이 너무나 마음을 아프게 합니다. 매서운 세상살이. 온몸에 든 상처 하나 제대로 어루만져 주지 못한 미안함. 남들처럼 호강 한번 시켜주지 못했다는 자책감. 부디 이런 슬픈 운명이 제발 나는 비켜가기를, 그래서 나에게는 다가오지 않기를 바랄 뿐입니다.

죽음이라는 것

그런데 말입니다. 우리에게 닥치는 이런 슬픔을 치유해 주기 위한 것인지는 모르겠습니다. 불교에서 말하는 공空이라는 것. 들어보셨지요. 공이란 텅 비었다는 말 아닙니까. 원래 아무것도 없었고 단지 모든 것들은 그저 인연의 마주침으로 잠깐 생겼다가 인연이 다하면 멀어져서 결국 없어진다는 것이지요. 젊음도, 재산도, 부귀와 명예도,

부모자식도, 아내도 모두 그렇다는 것입니다. 그러니 굳이 집착을 보이며 슬퍼할 이유가 없다는 것이지요. 어느 날 인연이 다하면 눈앞에서 멀어져 가며 사라져 간다는 것인데요. 인도의 불교 철학자인 나가르주나 Nagarjuna(150?~250?)가 말하는 '공'이라는 개념을 풀이하면 이렇습니다.

> 자아라는 실체가 없는데 어떻게 자아의 것이 있을 수 있겠습니까. 자아와 자아의 것이 없기 때문에 자아라는 존재는 자아에 대한 의식도 없고 또 소유하려는 의식도 없습니다. 그러니까 나도 하나의 자아로 본다면, 나라는 생각이 없고 또 내 것이라는 생각이 없다면 집착을 가질 것이 없어질 것입니다.

이해가 되시나요. 말장난 같지요. 원래 아무것도 없었던 거니까, 그 안에 생각이 있을 수 없고 또 생각이 없으니 집착도 있을 수 없다는 것. 생각해 보면 그런 것도 같습니다. 그런데 또 어떻게 보면 내가 지금 여기 있는데 실체가 없다니……. 여기서부터 말뜻을 받아들이기 힘듭니다. 어쨌든 불교식 치유 방법은 인연이 다했으니 멀어지는 거다. 그러니 집착하지 말라. 이렇게 말하고 있는데요. 서양에서는 죽음이라는 것이 인간이 관여할 문제가 아니라고 선을 긋습니다. 이런 메시지는 그리스 신화에도 나타나 있지요. 너무나 사랑했기에 아내의 죽음을 받아들일 수 없었던 오르페우스라는 청년. 그는 아내가 죽자 저승세계로 들어가 아내를 구해 오려고 합니다. 그의 절절한 아내 사랑의 모습을 보시지요.

오르페우스는 아폴론과 칼리오페의 아들입니다. 부모가 예술분야를 관장하는 신이다 보니 오르페우스는 태어날 때부터 예술적인 재능이 남달랐습니다. 그가 노래를 하면 지상은 물론 천상의 신과 요정까지도 숨을 죽이고 그의 노래에 매료되었다고 하니까요. 그렇게 노래를 잘하는 오르페우스. 그의 이름은 오늘날에도 오페라^{opera}에 남아 있습니다.

아무튼 오르페우스는 성년이 되어 숲 속의 나무 요정 에우리디케와 사랑을 나누게 되었고 마침내 결혼을 하게 됩니다. 그러나 무슨 운명의 장난인가요. 신혼의 달콤함이 채 가시기도 전에 죽음의 악령이 아름다운 신부를 덮쳤습니다. 에우리디케가 독사에게 발을 물려 순식간에 목숨을 잃고 말았지요.

갑작스럽게 에우리디케를 잃어버린 오르페우스는 아내를 포기할 수 없었습니다. 결국 그는 죽은 사람들의 세계인 저승으로 가서 아내를 찾아보기로 결심하지요.

저승으로 들어가 천신만고 끝에 드디어 저승 세계를 다스리는 하데스를 만났습니다. 그 자리에서 오르페우스는 애절한 그의 마음을 노래에 담아 전했지요.

"지하 세계의 왕이시여! 이곳은 살아 있는 자는 절대로 들어올 수 없다는 걸 알고 있습니다. 그럼에도 불구하고 목숨을 걸고 이곳에 온 이유는 바로 억울하게 죽은 제 아내를 구하기 위해서입니다. 부디 함께 살 수 있도록 아내의 생명을 돌려주십시오."

지하 세계의 왕비인 페르세포네가 눈시울을 붉히며 남편인 하데스에게 그의 청을 들어 주자고 말했습니다. 그러자 하데스는 결심한 듯 말했습니다.

"좋아! 이번만은 예외로 너의 청을 들어주마. 하지만 조건이 있다. 너희들이 저승을 벗어나 햇빛을 볼 때까지 너는 절대로 네 아내를 돌아봐서는 안 된다. 명심해라!"

마침내 오르페우스는 꿈에 그리던 사랑하는 아내 에우리디케를 데리고 나가라는 허락을 받았습니다. 하지만 기쁨을 누릴 새도 없이 그는 다시 험난한 길을 나서야 했습니다. 길은 가도 가도 끝이 안 보입니다. 안개는 자욱하고 주위는 적막만이 흐를 뿐. 불현듯 오르페우스는 불안해졌습니다. 이렇게 힘든 길을 에우리디케가 잘 따라오는지, 또 정말 에우리디케가 맞는지…… 느닷없이 마음속에 들어온 불안감의 불씨에 불이 붙더니만 의심의 연기는 마치 여름날의 먹구름처럼 뭉게뭉게 퍼져 나갔습니다. 오르페우스는 점점 견디기 힘들어졌습니다.

안 되겠다 싶어 아내의 이름을 불렀습니다. 몇 번이고 불러도 아무 대답이 없습니다. 절대로 뒤를 돌아보면 안 된다는 하데스의 경고를 떠올릴 새도 없이 오르페우스의 고개는 저절로 돌아갔습니다.

오르페우스 눈에 들어온 것은 에우리디케. 꿈에 그리던 바로 그녀였습니다. 그러나 오르페우스가 에우리디케를 본 순간, 사랑스런 아내의 얼굴은 이내 말할 수 없는 슬픔이 가득 찬 표정으로 변했습니다. 곧이어 잡고 있던 손이 스르르 풀리더니 아내의 형체가 점점 흐려졌습니다. 그러고는 마침내 한 줄기 연기가 되어 사라졌습니다.

오르페우스는 필사적으로 아내를 붙잡으려고 손을 내밀었지만 아무 소용이 없었습니다. 망연자실하던 오르페우스. 간신히 정신을 차리고 길을 따라 되돌아가기 시작했습니다.

하지만 모든 것은 달라져 있었습니다. 지난번과는 달리 지하 세계의 문지기들은 오르페우스를 들여보내 주지 않았습니다. 어쩔 수 없이 지상의 세계로 돌아온 오르페우스. 자책감과 허탈감 때문에 그대로 주저앉아 식음을 전폐했지요. 그에게 남은 것은 하프의 선율에 맞춰 아내를 그리워하는 노래를 부르며 하루라도 빨리 아내를 따라가는 것뿐이었습니다.

아내를 구하기 위해 저승세계도 마다하지 않고 달려갔던 오르페우스. 결국 죽은 아내를 살려내는 데 실패한 오르페우스의 신화는 죽음에 대한 두 가지 메시지를 전해 줍니다. 살아 있는 사람은 누구든 어쩔 수 없이 언젠가는 또 어떠한 형태로든 죽음을 맞이하게 된다는 것입니다. 그것은 숙명과도 같은 것이어서 피할 수 없다는 것이지요. 그리고 또 하나는 살아 있는 사람은 죽은 사람의 세계를 결코 관여할 수 없다는 강력한 금기를 보여줍니다. 산 자는 산 자의 세계가, 죽은 자는 죽은 자의 세계가 있으니 각각의 세계를 받아들여야 한다는 것이지요. 그런 다음 지내다 보면 가는 세월 속에 모든 것은 잊힌다는 사실을 암시하는 것입니다. 김훈의 『자전거 여행』에도 이와 같은 메시지를 담은 글이 있습니다.

> 슬픔도 시간 속에서 풍화되는 것이어서, 30년이 지난 무덤가에서는 사별과 부재의 슬픔이 슬프지 않고 슬픔조차도 시간 속에서 바래지는 또 다른 슬픔이 진실로 슬펐고, 먼 슬픔이 다가와 가까운 슬픔의 자리를 차지했던 것인데, 이 풍화의 슬픔은 본래 그러한 것이어서 울 수 있는 슬픔이 아니다.

슬픔조차도 세월 속에 풍화되어 약해진다는 것이지요. 그러니 사랑하는 사람을 떠나보내는 사별의 아픔이라는 것도 시간이 가면서 자연스레 받아들일 수 있는 것이며 나아가 점점 잊히게 된다는 겁니다. 그런데 떠나보내는 당장의 아픔도 싫어서일까요. 천상병 시인은 이 세상의 삶을 소풍 온 것에 비유하여 떠나는 슬픔을 위로하려 합니다.

나 하늘로 돌아가리라
노을빛 함께 단둘이서
기슭에서 놀다가 구름 손짓하면은

나 하늘로 돌아가리라
아름다운 이 세상 소풍 끝내는 날
가서, 아름다웠더라고 말하리라……

바로 「귀천」이라는 시입니다. 우리는 이 세상으로 잠깐 소풍 나온 것이고 조금 놀다가 다시 원래 거주지인 하늘로 돌아간다는 겁니다. 그렇다면 소풍 와서 좀 힘들게 재미없게 소박하게 놀다 가는 사람. 아니면 좀 사치스럽게 야단스럽게 놀다 가는 사람. 뭐 그 정도 차이인 것이지요. 그리고 소풍 와서 같이 놀다가 헤어지는 것인데 그리 애달플 것도 없습니다. 어차피 다들 하늘로 돌아갈 것이니까요.

하지만 좀 더 해야 할 일이……

　　사랑하는 가족, 친지와 친구 및 지인들과 보내는 주어진 시간 동안의 소풍, 또 소풍 장소에서 새롭게 만난 사람들, 그리고 그곳에 존재하는 아름다운 것들. 놀다 보면 놀던 곳에서 좀 더 머무르고 싶기도 하지요. 하지만 돌아가야 하는 것은 분명하고 또 돌아가야 할 시간은 정해져 있습니다. 그전에 하고 싶은 일과 또 해야 할 일도 있습니다. 미국인들, 특히 케네디^{John F. Kennedy}(1917~1963) 대통령의 사랑을 받았던 로버트 프로스트^{Robert Frost}(1874~1963)는 「눈 오는 저녁 숲가에 서서」라는 시를 통해 이런 심경을 노래했습니다. 눈 오는 계절이니 한 해를 마감하는 시기이지요. 그 시기 중에서도 잠드는 시간, 그 마지막까지도 할 일이 있다는 것입니다.

> 이 숲이 누구의 숲인지 알 것도 같다
> (……)
> 바람소리와 솜털 같은 눈송이뿐.
> 숲은 아름답고 어둡고 깊다.
> 하지만 난 지켜야 할 약속이 있고
> 잠들기 전에 갈 길이 멀다.
> 잠들기 전에 갈 길이 멀다.

　소풍에서 돌아가야 할 시간이 다 되어 갑니다. 바로 그때 보게 된 아름다운 숲. 그 숲의 아름다움에 이끌려 거기서 좀 더 쉬고 싶기도 합니다. 하지만 그럴 수 없습니다. 소풍에서 돌아가기 전에 꼭 해야 일이 있습니다. 가족과의 약속, 다른 사람들과의 약속 그리고 나 자신과의 약속이 있습니다. 그 약속을 지키기 위해서 가야 합니다. 지치고 피곤한 몸을 이끌고서라도 좀 더 가야만 합니다. 해가 져서 잠들기 전까지는. 해가 져서 잠들기 전까지는…….

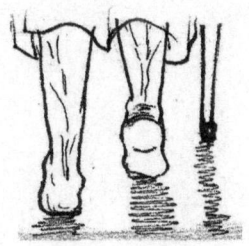

에필로그

매일 보는 밤 하늘이
오늘은 다르게 보였다면 그건,
반짝거리던 시절의 나를 만나서겠지?

생쥐가 올걸보니
내가 돌아갈 때가 될거 같다.

어떻게 말해야하지...?

아,
벌써 알고 있구나

많은 형제들 사이에서
자라 나는
어렸을때부터
눈치가 빨랐다.

그러니까 이 아이는 지금 우리가 헤어져야 하는 걸 눈치 챈게 분명하다.

매일 보는 밤 하늘이
오늘은 다르게
보였다면 그건,

반짝거리던 시절의 나를
만나서겠지?

나는 오늘도 걷고
내일도 걷는다.

그 시절의 나와,
다시 한 번 마주하길
기다리면서.

다녀왔습니다

글: 노진서

온고이지신. '과거는 곧 미래'라는 진리를 생각하며 앞서 간 사람들의 글과 행적에서 현재를 살아가는 지혜를 얻으려 그들의 세계를 연구하는 교양 저술가이다.

현재 광운대학교 교양학부 교수로 재직하면서 원래 전공인 영문학을 기반으로 역사와 철학을 아우르는 인문학 강의를 하고 있다.

최근의 저서로는, 영어권의 문화와 앵글로 색슨 민족의 역사를 영어 발달 과정에 견주어 교양서로 풀어낸 『천오백 년, 영어 글로벌화의 역사』, 교양 분야의 관심사를 다룬 『시간과 공간을 조각하다』(공저)가 있으며, 또한 저명한 언어학자인 조지 율George Yule의 저서를 번역한 『율이 들려주는 언어학 강의』가 있다.

그림: 엘로

런던 소재 Kingston University에서 일러스트와 애니메이션을 전공하고 그와 연관된 창작활동을 하고 있다.

*본문 만화에 사용된 폰트 중 일부는 네이버에서 무료로 제공받았습니다.

인문학 카페에서 읽는 16통의 편지

마흔,
흔들리되
부러지지는
않기를

초판인쇄 | 2013년 2월 8일
초판발행 | 2013년 2월 8일

지은이 | 노진서
펴낸이 | 채종준
펴낸곳 | 한국학술정보㈜
주　소 | 경기도 파주시 문발동 파주출판문화정보산업단지 513-5
전　화 | 031)908-3181(대표)
팩　스 | 031)908-3189
홈페이지 | http://ebook.kstudy.com
E-mail | 출판사업부　publish@kstudy.com
등　록 | 제일산-115호(2000.6.19)

ISBN　978-89-268-4074-0 03810 (Paper Book)
　　　　978-89-268-4075-7 05810 (e-Book)

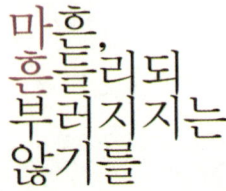 는 한국학술정보(주)의 지식실용서 브랜드입니다.